Alguien a quien conoces

Shari Lapena

Alguien a quien conoces

Traducción de
Martín Schifino

Título original: *Someone We Know*

Primera edición: febrero de 2020

© 2019, 1742145 Ontario Limited
© 2020, Penguin Random House Grupo Editorial, S. A. U.
Travessera de Gràcia, 47-49. 08021 Barcelona
© 2020, derechos de la presente edición en lengua castellana:
Penguin Random House Grupo Editorial USA, LLC.
8950 SW 74th Court, Suite 2010
Miami, FL 33156
© 2020, Martín Schifino, por la traducción

Adaptación del diseño original de cubierta de Erwin Serrano:
Penguin Random House Grupo Editorial
Imagen de cubierta: Devon Opdendries/Getty Images

ISBN: 978-1-644731-44-4

Impreso en Estados Unidos – *Printed en USA*

Penguin
Random House
Grupo Editorial

Para Manuel

Prólogo

Viernes, 29 de septiembre

Está quieta en la cocina, mirando por las amplias ventanas de atrás. Se vuelve hacia mí —un ondear de su cabellera castaña y tupida acompaña el gesto—, y en sus grandes ojos marrones veo confusión y un miedo repentino. Ha comprendido la situación, el peligro. Nos miramos fijamente. Parece un hermoso animal asustado. Pero no me importa. Me da un subidón: una furia pura y descontrolada; nada de pena.

Ella y yo somos conscientes del martillo que llevo en la mano. Es como si el tiempo se ralentizara. Todo debe de estar sucediendo deprisa, pero no lo parece. Abre la boca, como para formar palabras. Pero no me interesa lo que tenga que decir. O a lo mejor quiere gritar.

Me abalanzo sobre ella. Muevo el brazo deprisa, y el martillo impacta con fuerza contra su frente. Se oye un sonido horrendo y brota un espantoso chorro de sangre. De su boca sale un jadeo áspero. Empieza a caer al tiempo que levanta las manos hacia mí, como implorando clemencia. O tal vez quiere coger el martillo. Se tambalea como un toro a punto de venirse abajo. Descargo el arma una vez más, ahora en la parte superior del cráneo y con mayor fuerza, porque la cabeza está más baja. Puedo imprimirle mayor velocidad al golpe y quiero liquidarla. Ya está de rodillas, desplomándose, sin mostrar la cara. Cae de bruces y queda inmóvil.

Me detengo a su lado, respirando con dificultad, mientras del martillo gotea sangre sobre el suelo.

Necesito asegurarme de que está muerta, así que la golpeo unas cuantas veces más. Al final se me cansa el brazo y me quedo sin aliento. El martillo está manchado de tejidos y mi ropa, toda salpicada de sangre. Estiro el brazo y la vuelvo de espaldas. Tiene un ojo reventado. El otro sigue abierto, pero ya sin vida.

Lunes, 2 de octubre

La ciudad de Aylesford, en el valle del río Hudson, estado de Nueva York, es un lugar con mucho encanto: entre las principales atracciones figuran el casco histórico situado a orillas del río y los dos majestuosos puentes en los que se centran las miradas. El valle del Hudson es famoso por su belleza natural, y al otro lado del río se puede llegar en coche en apenas una hora a las montañas de Catskill, que están pespunteadas de pueblecitos. La estación de ferrocarril de Aylesford cuenta con un aparcamiento amplio y frecuentes servicios de trenes que conectan con la ciudad de Nueva York; en menos de dos horas se llega a Manhattan. En resumen, es un buen sitio para vivir. Pero hay problemas, claro, como en todas partes.

Robert Pierce entra en la comisaría de Aylesford —un nuevo y moderno edificio de ladrillos y cristal— y se acerca a la recepción. Detrás del mostrador, un agente de uniforme está escribiendo algo en su ordenador y lo mira de reojo, mientras levanta la mano para indicarle que enseguida lo atiende.

«¿Qué diría un marido normal?».

Robert carraspea. El policía lo mira y dice:

—Deme un minuto. —Sigue introduciendo unos datos en el ordenador mientras Robert aguarda. Al cabo de un momento, levanta la vista y pregunta—: ¿En qué puedo ayudarlo?

—Quisiera informar de la desaparición de una persona.

El agente centra toda su atención en Robert.

—¿Quién es la persona?

—Mi esposa. Amanda Pierce.

—¿Y usted es…?

—Robert Pierce.

—¿Cuándo vio a su esposa por última vez?

—El viernes por la mañana, cuando se fue a trabajar —dice Robert y vuelve a aclararse la garganta—. Tenía pensado irse de viaje con una amiga el fin de semana a la salida de la oficina. Se marchó del trabajo según lo previsto, pero anoche no regresó a casa. Ya estamos a lunes por la mañana, y sigue sin volver.

El agente lo estudia con la mirada. Robert siente que se sonroja delante de ese hombre. Es consciente de la impresión que da. Pero no puede dejarse intimidar. Tiene que hacerlo. Tiene que informar de la desaparición de su esposa.

—¿Ha intentado llamarla?

Robert lo observa incrédulo. Desearía soltarle: «¿Me cree usted idiota?». Pero se contiene. En cambio, dice en tono de frustración:

—Por supuesto que lo he intentado. Varias veces. Pero en su móvil salta siempre el buzón de voz, y no me devuelve las llamadas. Debe de tenerlo apagado.

—¿Y la amiga?

—Bueno, por eso estoy preocupado —admite Robert. Se detiene incómodo. El agente espera a que continúe—. Hablé con ella, se llama Caroline Lu, y..., y me ha dicho que este fin de semana no tenía planes con Amanda. No sabe dónde está.

Después de un silencio, el agente dice:

—Entiendo.

Mientras, mira a Robert con desconfianza, o como si sintiera pena. A Robert no le gusta nada.

—¿Qué cosas se llevó? —pregunta el agente—. ¿Una maleta? ¿Pasaporte?

—Sí, se llevó una maleta de fin de semana. Pequeña.

Y el bolso. No..., no sé si se llevó el pasaporte. —Añade—: Dijo que iba a aparcar en la estación y coger el tren a Nueva York, para pasar un par de días de compras con Caroline. Pero fui al *parking* a primera hora de la mañana y no he visto el coche.

—No quiero pecar de insensible —dice el agente—, pero... ¿está seguro de que su mujer no se ve con nadie? ¿A lo mejor lo engaña? —Luego añade con delicadeza—: En fin, si le mintió sobre irse de viaje con su amiga, tal vez no haya desaparecido.

—No creo que hiciera algo así —replica Robert—. Me lo contaría. No me dejaría en ascuas. —Sabe que parece terco—. Quiero informar de su desaparición —insiste.

—¿Había problemas en casa? ¿El matrimonio iba bien? —pregunta el agente.

—Estábamos muy bien.

—¿Tienen hijos?

—No.

—De acuerdo. Le tomaré los datos y una descripción, y veremos qué puede hacerse —dice el agente a regañadientes—. Pero, para ser franco, da la impresión de que ella se ha ido por voluntad propia. Lo más probable es que aparezca. La gente se marcha todo el tiempo. Le sorprendería saber cuánto.

Robert mira al agente fríamente.

—¿Ni siquiera la van a buscar?

—Dígame su dirección, por favor.

1

Sábado, 14 de octubre

Olivia Sharpe está sentada en la cocina ante una taza de café, con la mirada perdida en el jardín de atrás, al otro lado de las puertas acristaladas correderas. A mediados de octubre, el arce que crece junto a la cerca del fondo luce unos espléndidos tonos rojos, naranjas y amarillos. La hierba sigue verde, pero el resto del jardín se ha preparado para el invierno; pronto llegará la primera helada, piensa. De momento, disfruta de los dorados rayos de sol que bañan el jardín y caen de soslayo en su cocina inmaculada. O más bien trata de hacerlo. Es difícil disfrutar de algo cuando la sangre te hierve a fuego lento.

Su hijo, Raleigh, aún no se ha levantado. De acuerdo, es sábado, y ha estado yendo a clase toda la semana, pero son las dos de la tarde, y el hecho de que siga durmiendo la pone furiosa.

Deja el café en la mesa y vuelve a subir lentamente las escaleras alfombradas hasta el primer piso. Vacila ante la puerta de la habitación de su hijo, se recuerda que no tiene que gritar, llama con suavidad y entra. Como esperaba, el chico está profundamente dormido, con la manta todavía encima de la cabeza: él mismo se la cubrió cuando ella entró por última vez, hace media hora. Olivia sabe que su hijo detesta que lo obligue a levantarse, pero, si no lo hace por sí mismo, ¿cómo se supone que debe actuar ella? ¿Debe dejarle dormir todo el día? Los fines de semana le gusta permitirle que se relaje un poco, pero, por el amor de Dios, ya es la hora de la comida.

—Raleigh, levántate. Son más de las dos.

No le gusta nada la irritación que oye en su propia voz, pero todos los días se le va tanta energía en tratar de sacar a su hijo de la cama que es difícil no enfadarse.

A él no se le mueve ni un pelo. Olivia se queda mirándolo y siente una compleja mezcla de amor y frustración. Es un buen chico. Un alumno inteligente, si bien poco motivado. Un cielo. Pero es perezoso: no solo no se levanta por su cuenta, sino que tampoco hace los deberes, y no ayuda con los quehaceres de la casa a no ser que ella esté siempre encima. Él le dice que detesta tenerla siempre encima. Bueno, a ella tampoco le agrada. Le responde que, si hiciese lo que le pide a la primera, no tendría que repetírselo, pero a él no le entra. Olivia lo atribuye a sus dieciséis años de edad. Los varones de dieciséis años son la muerte. Tiene la esperanza de que, para cuando cumpla dieciocho o diecinueve, su corteza prefrontal se haya desarrollado, tenga mejores funciones ejecutivas y empiece a ser más responsable.

—¡Venga, Raleigh, arriba!

El chico sigue sin moverse, sin admitir su existencia siquiera con un gruñido. Olivia ve su móvil encima de la mesilla. Muy bien, si no se levanta, le confiscará el teléfono. Se lo imagina dando manotazos, buscando el chisme aun antes de destaparse la cabeza. Lo coge al vuelo y se marcha del dormitorio, cerrando de un portazo. Se va a poner furioso, pero ella ya lo está.

Regresa a la cocina y deja el móvil sobre la encimera. Entra un mensaje de texto, con un tono de aviso. Nunca ha fisgoneado en el teléfono o el ordenador de su hijo. Desconoce las contraseñas. Y se fía de él por completo. Pero tiene el mensaje allí delante, y lo mira.

¿Anoche forzaste la entrada?

Se queda helada. ¿Qué demonios significa eso?

Otro tono.

¿Sacaste algo bueno?

El estómago de Olivia da un vuelco.

Contesta cuando t levantes.

Coge el teléfono y se lo queda mirando, a la espera de más mensajes, pero no aparece ningún otro. Trata de desbloquearlo, pero, por supuesto, está protegido con una contraseña.

Anoche su hijo salió. Dijo que iba al cine. Con un amigo. No aclaró con quién.

Olivia no sabe qué hacer. ¿Tiene que esperar a que el padre vuelva de la ferretería? ¿O antes debería enfrentarse a su hijo ella sola? Se siente sumamente inquieta. ¿Es posible que Raleigh ande metido en cosas raras? Parece increíble. Es un vago, pero no de los que se meten en líos. Nunca lo ha hecho. Tiene un buen hogar, una vida cómoda y dos padres que le quieren. No es posible que...

Si es lo que parece, también su padre se pondrá furioso. Tal vez sea mejor que ella hable primero con Raleigh.

Cuando vuelve a subir las escaleras, el amor y la frustración de antes dan paso a una mezcla aún más compleja de rabia y miedo. Entra de golpe en la habitación con el teléfono en la mano y le retira la manta de un tirón. El chico abre los ojos con cara de sueño; parece enfadado, como un oso al que acaban de perturbar. Pero también ella está furiosa. Agita el teléfono delante de sus narices.

—¿Dónde estuviste anoche, Raleigh? Y no me digas que fuiste al cine, porque no te creo. Más vale que me lo cuentes todo antes de que vuelva tu padre.

El corazón de Olivia palpita con ansiedad. «¿Qué ha hecho Raleigh?».

El chico mira a su madre. La tiene de pie delante con su móvil en la mano. ¿Qué demonios hace con su móvil? ¿Qué tonterías está diciendo? Está molesto, aunque sigue medio dormido. No se despierta así como así; necesita un tiempo de ajuste.

—¿Qué pasa? —atina a decir. Le molesta que ella haya entrado en su habitación con él dormido. Siempre quiere despertarlo. Siempre quiere que todo el mundo vaya a su ritmo. Todos saben que se pasa de controladora. Le vendría bien relajarse. Pero ahora parece realmente cabreada. Lo está mirando con una cara que nunca le ha visto. De repente Raleigh piensa en la hora. Se vuelve a mirar su radio reloj. Las dos y cuarto. Pues vale... Tampoco es el fin del mundo.

—¿Qué demonios has estado haciendo? —pregunta su madre, apuntándole con el teléfono con gesto acusador.

Raleigh siente que el corazón le da un vuelco, y contiene el aliento. ¿Qué sabe su madre? ¿Ha desbloqueado su teléfono? Pero entonces recuerda que ella ignora la contraseña, y vuelve a respirar.

—Ha dado la casualidad de que estaba mirando tu teléfono cuando entró un mensaje —dice su madre.

Raleigh se sienta con dificultad; la mente se le queda en blanco. Mierda. ¿Qué habrá visto?

—Echa un vistazo —añade ella, y le lanza el teléfono.

El chico lo toca y ve los mensajes comprometedores de Mark. Se queda estudiándolos, sin saber cómo encarar el asunto. Le da miedo mirar a su madre a los ojos.

—Mírame, Raleigh —exige ella.

Siempre dice eso cuando está enfadada. Lentamente él levanta la vista. Ya está bien despierto.

—¿Qué significan esos mensajes?

—¿Qué mensajes? —dice como un idiota, tratando de ganar tiempo. Pero sabe que lo han pillado. Los puñeteros mensajes están más que claros. Si será idiota, Mark. Vuelve a mirar el teléfono; es más fácil que mirar la cara de su madre.

¿Anoche forzaste la entrada? ¿Sacaste algo bueno?

Raleigh está entrando en pánico. No se le ocurre nada con la rapidez necesaria para tranquilizar a su madre. Solo atina a decir una frase desesperada:

—¡No es lo que parece!

—Ah, me alegro —contesta su madre en su tono más sarcástico—. ¡Porque lo que parece es que entraste por la fuerza en una casa!

Raleigh ve una oportunidad.

—No es eso. No estaba robando.

Ella le lanza una mirada furibunda.

—Más vale que me lo cuentes todo, Raleigh. Sin mentiras.

Él sabe que no podrá zafarse de esta negándolo todo. Está aprisionado como una rata en una trampa, y lo único que puede hacer es minimizar los daños.

—La verdad es que me metí en la casa de una persona, pero no fue para robar. Fue más bien para... echar un vistazo —murmura.

—¿O sea que anoche realmente forzaste la entrada de una casa? —dice su madre, escandalizada—. ¡No me lo puedo creer! Pero, Raleigh, ¿qué tienes en la cabeza? —Levanta las manos—. ¿Cómo demonios se te ocurre hacer algo así?

Él se queda sentado en la cama, mudo, incapaz de explicarlo. Lo hace por placer, por diversión. Le gusta entrar en casas ajenas y acceder a los ordenadores de la gente. No se atreve a confesar lo segundo a su madre. Debería darse por satisfecha de que no consuma drogas.

—¿De quién era la casa? —exige saber ella.

Raleigh se queda helado. A eso no puede contestar. Si le dice dónde se metió anoche, su madre perderá la cabeza por completo. Le aterra pensar en las consecuencias.

—No lo sé —miente.

—Bueno, ¿dónde estaba?

—No me acuerdo. ¿Qué más da? ¡No me llevé nada! Ni siquiera saben que estuve allí.

Su madre se inclina hacia él y dice:

—Pues ahora lo sabrán.

La mira aterrado.

—¿A qué te refieres?

—Vas a vestirte y vas a enseñarme la casa en la que entraste, y luego vas a llamar a la puerta y a pedir perdón.

—Pero no puedo —contesta desesperado.

—Puedes hacerlo y lo harás —dice ella—. Quieras o no.

Él empieza a sudar.

—No puedo, mamá. No me obligues, por favor.

Ella lo mira con perspicacia.

—¿Qué más me estás ocultando?

Pero entonces Raleigh oye que se abre la puerta de entrada, y a su padre silbar mientras deja las llaves en la mesita del recibidor. El corazón empieza a latirle con fuerza y se siente un poco mareado. A su madre puede manejarla, pero a su padre... Le aterra imaginar cómo va a reaccionar. Raleigh no había previsto esto; nunca pensó que lo pillarían. Maldito Mark.

—Levántate ya mismo —le ordena su madre, arrancándole el resto de la ropa de cama—. Vamos a hablar con tu padre.

Al bajar las escaleras en pijama, Raleigh está sudando. Cuando entran en la cocina, su padre levanta la vista sorprendido. Por las caras de ambos, se da cuenta de que algo va mal.

De golpe deja de silbar.

—¿Qué ocurre? —pregunta su padre.

—A lo mejor conviene que nos sentemos —dice su madre, apartando una silla de la mesa de la cocina—. Raleigh va a contarte una cosa, y no te va a gustar nada.

Se sientan los tres. El sonido de las sillas al arrastrarse resuena en los nervios de Raleigh como uñas contra una pizarra.

Tiene que confesar. Lo sabe. Pero no está obligado a contarles todo. Ya está más despierto, puede pensar mejor.

—Lo siento de veras, papá, sé que he hecho mal —empieza a decir. Le tiembla la voz, y le parece un buen comienzo. Pero su padre está frunciendo el ceño, y a Raleigh le entra miedo. Titubea.

—¿Qué demonios has hecho, Raleigh? —pregunta su padre.

Él le devuelve la mirada, pero no logra articular palabra. Por un momento, se queda totalmente paralizado.

—Entró en una casa por la fuerza —dice al final su madre.

—¿Cómo?

El escándalo y la furia que la expresión de su padre deja traslucir son inconfundibles. Raleigh aparta los ojos aprisa y se queda mirando el suelo.

—No entré por la fuerza. Me metí.

—¿Se puede saber por qué lo hiciste? —pregunta su padre.

Raleigh se encoge de hombros, pero no contesta. Sigue con la vista clavada en el suelo.

—¿Cuándo ha sido?

Su madre lo alienta poniéndole una mano en el hombro.

—¿Raleigh?

Al cabo de un momento, él alza la cabeza y mira a su padre.

—Anoche.

Su padre le devuelve la mirada, boquiabierto.

—O sea que, mientras nosotros estábamos cenando con unos amigos y se suponía que tú estabas en el cine, ¿en realidad estabas metiéndote en la casa de alguien? —La voz ha ido subiendo de volumen hasta que, al final de la frase, su padre ha gritado. Por un momento, se hace el silencio. El aire vibra de tensión—. ¿Ibas solo o acompañado?

—Solo —murmura Raleigh.

—¿Así que ni siquiera podemos consolarnos con que otra persona te ha llevado por el camino de este comportamiento totalmente inaceptable y delictivo?

Raleigh quiere cubrirse las orejas con las manos para bloquear los gritos de su padre, pero sabe que de hacerlo lo enfurecerá aún más. Sabe que el haber actuado solo tiene peor pinta.

—¿De quién era la casa?

—No lo sé.

—¿Y qué pasó? —Su padre mira de reojo a su madre, y luego lo mira a él—. ¿Te pillaron?

Raleigh niega con la cabeza, y su madre dice:

—No. Fui yo la que vio un mensaje en su móvil. Raleigh, muéstrale los mensajes a papá.

Raleigh desbloquea el teléfono y se lo entrega a su padre, que observa la pantalla con incredulidad.

—¡Madre de Dios, Raleigh! Pero ¿en qué cabeza cabe? ¿Ya lo habías hecho antes?

Eso es lo malo de su padre: sabe qué preguntas hacer. Cosas que a su madre, con los nervios y el estupor, no se le ocurre plantear. Y claro que Raleigh lo ha hecho antes, algunas veces.

—Una sola vez —miente, evitando la mirada de su padre.

—¿Así que has entrado por la fuerza en dos casas? Asiente.

—¿Lo sabe alguien más?

Raleigh niega con la cabeza.

—Claro que no.

—«Claro que no» —repite su padre en tono de burla. El sarcasmo de su padre es peor que el de su madre—. Lo sabe tu amigo. ¿Quién es?

—Mark. Del instituto.

—¿Alguien más?

Raleigh niega con la cabeza a regañadientes.

—¿Hay alguna manera de que te puedan pillar? ¿Cámaras de seguridad?

Raleigh vuelve a indicar que no, y mira a su padre.

—No había cámaras de seguridad. Lo comprobé.

—Dios mío. Eres increíble. ¿Se supone que con eso debería sentirme mejor?

—Ni siquiera saben que estuve allí —dice Raleigh a la defensiva—. Tuve mucho cuidado. Ya se lo he dicho a mamá: nunca me llevé nada. No hice ningún daño.

—¿Y entonces qué hacías allí? —pregunta su padre.

—No lo sé. Supongo que echar un vistazo.

—«Supongo que echar un vistazo» —repite su padre, y Raleigh se siente como si tuviera cinco años—. ¿Y qué querías ver? ¿Bragas y sujetadores?

—¡No! —exclama Raleigh, poniéndose colorado de vergüenza. No es un pervertido cualquiera. Murmura—: Más que nada miraba lo que había en sus ordenadores.

—Dios mío —grita su padre—, ¿te metiste en los ordenadores de la gente?

Raleigh asiente desconsolado.

Su padre golpea la mesa con la palma de la mano y se pone de pie. Comienza a caminar por la cocina fulminando a Raleigh con la mirada.

—¿Pero no usan contraseñas?

—A veces consigo sortearlas —responde Raleigh con voz temblorosa.

—¿Y qué hiciste cuando estabas «echando un vistazo» en los ordenadores personales de la gente?

—Pues... —Y entonces todo sale a borbotones. Siente que la boca se le tuerce mientras trata de contener el llanto—. Lo único que hice fue escribir correos electrónicos en broma desde..., desde la cuenta de otra persona.

Acto seguido, cosa rara en él, se echa a llorar.

2

Olivia evalúa la situación. Jamás ha visto a Paul ponerse tan furioso. Es comprensible. Raleigh nunca ha hecho nada parecido. Olivia sabe que buena parte de la furia procede del miedo. ¿Están perdiendo el control sobre su hijo de dieciséis años? ¿Por qué lo ha hecho? No le falta de nada. Han criado a Raleigh para que distinga el bien del mal. ¿Qué le pasa?

Lo observa llorar desconsolado en su silla, mientras su padre le clava la mirada en silencio como si estuviera decidiendo qué hacer, cuál ha de ser el castigo apropiado.

¿Cuál es la manera más civilizada y decente de reaccionar?, se pregunta ella. ¿Qué le ayudará a Raleigh a extraer una enseñanza de todo esto? ¿Qué calmará su culpa como madre? Propone con cuidado:

—Creo que Raleigh tiene que disculparse con estas personas.

Paul se vuelve a mirarla furioso.

—¿Cómo? ¿Quieres que se disculpe y ya está?

Por un instante se siente molesta de que Paul descargue su ira en ella, pero lo deja pasar.

—No estoy diciendo que baste con eso. Obviamente, tendrá que afrontar las consecuencias de su conducta. Consecuencias muy serias. Como mínimo, no podrá salir de casa mientras no nos fiemos de él. Y tendremos que quitarle el teléfono por un tiempo. Y restringir el uso de internet solo a los deberes.

Raleigh la mira alarmado, como si se tratara de un castigo excesivo. En realidad no lo entiende, piensa su madre. No se da cuenta de lo aberrantes que han sido sus actos. A Olivia se le encoge el corazón. ¿Cómo se supone que se les puede enseñar algo a los chicos hoy en día, con los malos ejemplos que ven a su alrededor, en las noticias, a todas horas, en gente con autoridad? Ya nadie parece comportarse bien o respetar los límites. Ella se crio de acuerdo con esos valores. Le enseñaron a pedir perdón y a arreglar las cosas.

—No puede disculparse —dice Paul con firmeza.

—¿Por qué no? —pregunta ella.

—Entró por la fuerza en casa ajena. Revisó sus ordenadores. Infringió la ley. Si se disculpa, se expone a que presenten cargos en su contra. ¿Es eso lo que quieres?

A Olivia se le paraliza el corazón.

—No lo sé —responde, molesta—. A lo mejor es lo que merece.

Pero en realidad es un farol. Le aterra la idea de que su hijo se enfrente a cargos penales, y claramente a su marido también. De pronto comprende que harán cualquier cosa para protegerlo.

—Creo que convendría consultar con un abogado —dice Paul—. Por si acaso.

A la mañana siguiente, domingo, Raleigh duerme profundamente cuando su madre entra en su habitación y le sacude el hombro.

—Te levantas ya mismo —dice.

Y él lo hace. Se porta como un ángel. Quiere recuperar el teléfono y el acceso a internet. Y le horroriza ir a ver a un abogado, aunque su padre lo obligará a hacerlo. Anoche, sentados a la mesa durante la cena, su padre aventuró que, a largo plazo, quizá lo mejor sería que Raleigh afrontara las acusaciones y asumiera las consecuencias legales. Pero no le exigirá tanto. Al chico le parece que lo decía para asustarlo. Dio resultado. Raleigh está cagado de miedo.

En cuanto se viste y baja, su madre le indica:

—Vamos a subir al coche y me vas a mostrar las dos casas en las que entraste.

Él le devuelve la mirada, con recelo.

—¿Por qué?

—Porque yo lo digo —contesta ella.

—¿Dónde está papá? —pregunta él nervioso.

—Ha ido a jugar al golf.

Suben al coche. Su madre ni siquiera le ha dejado tomar primero el desayuno. Raleigh se sienta en el asiento del pasajero, mientras el estómago le ruge y el corazón le late con fuerza. Tal vez sus padres hablaron del tema cuando fue a acostarse y decidieron que, a fin de cuentas, debía pedir disculpas.

—¿Por dónde? —pregunta ella.

El cerebro se le paraliza. Cae en la cuenta de que está empezando a sudar. Solo le enseñará un par de las casas en las que ha entrado para quitársela de encima. Y en ningún caso le dirá la verdad sobre la casa en la que se coló la última noche.

Está tenso cuando su madre sale marcha atrás por el camino de entrada y coge la calle Sparrow. Los árboles presentan fuertes colores dorados, naranjas y rojos, y todo se parece a cuando era pequeño y sus padres hacían una pila enorme de hojas con un rastrillo para que él saltase encima. En la esquina, indica a su madre que tome a la izquierda, luego de nuevo a la izquierda en la calle Finch, la larga calle residencial que corre en paralelo a la de su casa.

Su madre conduce lentamente por Finch hasta que él señala una vivienda. El número 32, una elegante casa de dos plantas gris pálido con contraventanas azules y una puerta roja. Ella aparca junto al bordillo y se queda mirando la casa como si estuviera grabándola en la memoria. Ha salido el sol y dentro del coche hace calor. El corazón de Raleigh late acelerado y el sudor brota en su frente y entre sus omóplatos. Se le ha pasado el hambre por completo; ahora solo siente náuseas.

—¿Estás seguro de que fue esta? —pregunta su madre.

Raleigh asiente con la cabeza y aparta la vista. Ella se queda mirando la casa. Por un momento, Raleigh cree espantado que su madre se va a bajar del coche, pero el momento pasa. Solo se queda sentada en su sitio. Empieza a sentir que pueden llamar la atención. ¿Qué ocurriría si saliera gente de la casa? ¿A eso espera su madre?

—¿Cuándo entraste en esta? —le pregunta ella.

—No lo sé. Hace un tiempo —murmura.

Ella aparta la vista y estudia la casa un poco más.

—¿A qué hemos venido, mamá? —pregunta finalmente Raleigh.

Ella no contesta. Pone de nuevo el coche en marcha, y él siente que el cuerpo se le afloja del alivio.

—¿Dónde está la otra? —pregunta su madre.

Raleigh le indica que vuelva a girar a la izquierda al final de la calle, y de nuevo a la izquierda, hasta que vuelven a la suya propia.

Su madre le lanza una mirada.

—¿En serio? ¿Entraste en la casa de los vecinos? No hacía falta coger el coche, ¿no?

Él no le responde. En silencio, le señala el número 79, una casa blanca de dos plantas con una ventana salediza al frente, contraventanas negras y un garaje doble.

Una vez más, su madre aparca y observa la casa con inquietud.

—¿Estás seguro de que la otra noche entraste en esta, Raleigh?

Él la mira furtivamente, sin entender a qué se refiere. ¿Qué tiene de especial esa casa?

Como si le leyera el pensamiento, ella le dice:

—Su mujer lo abandonó hace poco.

«Yo no tengo la culpa», piensa Raleigh, irritado, deseando haberle mostrado otra casa.

Su madre enciende el motor y arranca.

—¿Seguro que no te llevaste nada, Raleigh? ¿Que fue solo una broma? —le pregunta, volviéndose a mirarlo—. Dime la verdad.

Raleigh ve lo preocupada que está y le sabe fatal hacerla sentir así.

—Te lo juro, mamá. No me llevé nada.

Al menos, eso es cierto. Se siente muy mal por darles semejante disgusto a sus padres, en especial a su madre.

Ayer les prometió que nunca se repetiría, y hablaba en serio.

Olivia recorre el corto trayecto hasta su casa en silencio, dándole vueltas a sus pensamientos. Las casas de este barrio familiar se construyeron hace decenios. Están muy apartadas unas de otras y retiradas de la calzada, así que las farolas apenas las iluminan por la noche; sería fácil meterse en ellas sin ser visto. Nunca se había fijado en eso. Tal vez deban comprar un sistema de seguridad. Reconoce la ironía; piensa en comprar un sistema de seguridad porque su propio hijo ha estado metiéndose en las casas de los vecinos.

Mañana es lunes. Paul llamará a un bufete de abogados que conoce y pedirá una cita para consultar a un profesional. Olivia pasó buena parte de la tarde de ayer registrando la habitación de Raleigh mientras él la miraba abatido. No encontró nada que no debiera estar allí. Por la noche Paul y ella volvieron a hablar del tema en la cama. Después, Olivia apenas pudo dormir.

Ser madre es muy estresante, piensa, mirando de reojo a su voluble hijo, que está repantingado en el asiento de al lado. Tratas de hacerlo lo mejor posible, pero, en realidad, ¿cómo puedes controlarlos cuando dejan de ser pequeños? No tienes idea de lo que les pasa por la cabeza, o en qué andan. ¿Qué habría ocurrido si nunca hubiera visto los mensajes? ¿Cuánto tiempo hubiera seguido Raleigh con eso? ¿Hasta que un buen día lo detuvieran y la policía apareciera en la puerta de casa? Estaba entrando por la fuerza en viviendas, fisgoneando en la vida de otra gente, y ni se habían enterado. Si alguien hubiera acusado a su hijo de algo así, ella nunca lo habría creído. Esto es lo poco que sabe de su hijo ahora mismo. Pero ha visto los mensajes con sus propios ojos. Él lo ha admitido. Se pregunta con inquietud si le esconderá otros secretos. Aparca el coche en el camino de entrada y dice:

—Raleigh, ¿quieres contarme alguna otra cosa?

Él se vuelve a mirarla sorprendido.

—¿Cómo?

—Lo que has oído. ¿Me ocultas algo más? —Se lo queda mirando, vacila y añade—: No tengo por qué decírselo a tu padre.

Es obvio que él se sorprende al oír esto último, pero niega con la cabeza. Olivia no sabe si ha hecho bien en hablarle de ese modo. Se supone que ella y Paul forman un frente común. Prosigue con tono inexpresivo, haciendo un gran esfuerzo:

—Dime la verdad: ¿estás consumiendo drogas?

Él llega incluso a sonreír.

—No, mamá, no estoy consumiendo drogas. Es solo esto, te lo juro. Y no volveré a hacerlo. Quédate tranquila.

Pero ella no puede quedarse tranquila. Porque es su madre, y le preocupa que meterse en las casas de los demás —no por codicia, no para robar, sino para «echar un vistazo»— indique que tiene algún problema. Normal no es, ¿no? Y le preocupan los correos electrónicos que envió desde las cuentas ajenas. Raleigh se ha negado a contarle qué decían. Olivia no ha insistido porque no está segura de querer saberlo. ¿En qué líos anda? ¿Tendría que consultar con alguien? Conoce a chicos que ven a un terapeuta por todo tipo de cosas: ansiedad, depresión. En su infancia, ningún niño lo hacía. Pero era otra época.

Después de entrar, Olivia se retira al estudio de la primera planta y cierra la puerta. Sabe que Paul no volverá de jugar al golf durante unas horas. Se sienta ante el ordenador y redacta una carta. Una carta pidiendo disculpas, que no firmará. No le resulta fácil hacerlo. Cuando queda satisfecha, imprime dos copias y las mete en dos sobres blancos, los cierra y luego baja las escaleras y los coloca en el fondo de su bolso. Tendrá que esperar a que caiga la noche para entregarlos. Saldrá a comprar algo a última hora en la tienda de la esquina. Luego se meterá a hurtadillas entre las casas y entregará las cartas. No les dirá a Paul y Raleigh lo que va a hacer; ya sabe que no lo verían con buenos ojos. Pero la idea la hace sentirse mejor.

Después de pensarlo un momento, vuelve ante el ordenador y borra el documento.

3

Es lunes 16 de octubre, a primera hora de la mañana; el cielo se ha ido aclarando paulatinamente. Hace fresco. El inspector Webb está de pie sin moverse, observando la bruma que se levanta del lago; en la mano tiene un vaso de cartón cuyo café se ha enfriado hace rato. Al fondo, la superficie del lago está totalmente quieta. Oye un pájaro a lo lejos. Le recuerda sus acampadas de niño. La escena sería apacible si no fuese por el equipo de buzos y los distintos vehículos, aparatos y efectivos apostados en las inmediaciones.

El área de los alrededores de Aylesford es una zona preciosa para ir de vacaciones. Ya ha estado antes aquí con su esposa. Pero este es su primer deber de una mañana de lunes, y no ha venido a pasarlo bien.

—¿Todavía no te has acabado el café? —pregunta la inspectora Moen, mirándolo de reojo.

Es su compañera; una cabeza más baja y diez años más joven, de veintitantos frente a sus treinta y tantos, y más lista que el hambre. Le gusta trabajar con ella. Moen tiene el pelo castaño claro y unos ojos azules que todo lo ven. Webb la mira, menea la cabeza y echa el líquido frío en el suelo.

Un jubilado de la zona llamado Bryan Roth estaba en el lago al amanecer, pescando róbalos. Debajo del bote, no muy lejos de la orilla, le pareció ver algo similar a un vehículo. Alertó a la policía. El Equipo Regional de Búsqueda Submarina de la Oficina del Sheriff del Condado acudió a la escena. No tardaron en comprobar que había un coche en el fondo del lago; ahora tienen que descubrir qué más puede haber bajo el agua.

Los buzos acaban de sumergirse para echar un vistazo. Webb se queda contemplando el agua, con Moen a su lado, a la espera de que emerjan. Quiere saber si hay un cadáver atrapado dentro. O, peor aún, más de uno. Con toda probabilidad, lo habrá. Entretanto, analiza el escenario. Tienen detrás un camino de muy escasa circulación. ¿Tal vez un lugar de suicidas? El automóvil no está muy lejos de la orilla, pero en ese punto concreto el lecho enseguida cae a pique. Hay una franja de playa y luego el borde del agua. Webb se vuelve y mira una vez más el camino que tiene detrás. Está en curva: si alguien hubiera estado conduciendo muy deprisa, o borracho o drogado, el coche podría haber seguido de largo y caído por la ligera cuesta hasta el agua. No hay quitamiedos que lo impida.

Se pregunta cuánto tiempo lleva hundido el coche. Es un paraje recóndito. Un coche que se sumergiese allí podría pasar inadvertido durante mucho tiempo.

Dirige su atención entonces al anciano que está de pie al borde del camino. El hombre lo saluda con la mano, nervioso.

Webb y Moen se acercan a él.

—¿Fue usted el que lo descubrió? —pregunta Webb.

El hombre asiente.

—Sí. Me llamo Bryan Roth.

—Soy el inspector Webb, y ella es la inspectora Moen de la policía de Aylesford —dice, enseñándole la placa—. ¿Viene mucho a pescar en esta zona? —pregunta Webb.

El hombre niega con la cabeza.

—Pues la verdad es que no suelo andar por aquí. Nunca había pescado en esta parte. Solo estaba flotando a la deriva —señala el lago con el dedo— con el sedal en el agua, y sentí un tirón. Me asomé a mirar y empecé a recoger, y entonces vi el coche.

—Hizo bien en avisarnos —dice Moen.

El hombre asiente, con una risa nerviosa.

—La verdad es que aluciné. Nadie se espera ver un coche bajo el agua. —El hombre los mira intranquilo—. ¿Creen que puede haber alguien dentro?

—Es lo que queremos averiguar —contesta Webb.

El inspector aparta la vista y vuelve a mirar hacia el agua. En ese momento un buzo rompe la superficie y se vuelve hacia la costa. Menea la cabeza con firmeza, en señal de negación.

—Ahí tiene la respuesta —señala Webb.

Pero no es la respuesta que él esperaba. Si no hay un cadáver en el coche, ¿cómo se ha hundido? ¿Quién lo conducía? Tal vez alguien lo empujó.

A su lado, Moen parece igualmente sorprendida.

Puede no haber nadie dentro por muchas razones. Tal vez el conductor logró salir y no informó a la policía porque había estado bebiendo. Tal vez el automóvil fuese robado. Lo sacarían del lago, comprobarían la matrícula y tirarían de ese hilo.

Moen se queda a su lado, considerando las posibilidades del mismo modo que él.

—Gracias por su ayuda —dice Webb a Roth, y echa a andar abruptamente hacia el lago, seguido a un paso de distancia por Moen. El hombre se queda atrás, sin saber qué hacer.

Cuando el buzo se acerca a la orilla, los agentes de marina están esperando; son los encargados de sacar el automóvil del agua. Lo han hecho cientos de veces. El segundo buzo sigue sumergido, preparando lo necesario para levantar el vehículo.

El buzo se quita la máscara.

—Es un sedán de cuatro puertas. Todas las ventanillas están bajadas. —Hace una pausa y añade—: Puede que lo hundieran a propósito.

Webb se muerde el labio inferior.

—¿Alguna idea de cuánto tiempo lleva en el agua?

—Yo diría que un par de semanas, día arriba, día abajo.

—Vale. Gracias. Saquémoslo —dice Webb.

Se retiran nuevamente y los expertos continúan con su labor. Webb y Moen los observan en silencio.

Al rato se oye un fuerte susurro de agua y el automóvil rompe la superficie. Cuando por fin queda a la vista, permanece suspendido unos cuantos centímetros por encima del lago. El agua sale a chorros por las ventanillas y las rendijas de las puertas. Por un momento cuelga de los cables, resucitado.

El vehículo se balancea lentamente mientras lo llevan hasta la orilla. Al ser depositado en el suelo, rebota y acaba por asentarse sin dejar de echar líquido. Webb se acerca cuidando de no mojarse los zapatos. Es un Toyota Camry bastante nuevo y, como ha dicho el buzo, tiene las cuatro ventanillas bajadas. Webb mira el habitáculo y nota que debajo del asiento delantero asoma un bolso de mujer. En el suelo del asiento trasero hay una maleta pequeña. El coche huele a agua estancada y podredumbre. Webb saca la cabeza y se dirige a la parte trasera del vehículo. Matrícula de Nueva York. Se vuelve a Moen.

—Avisa —dice.

La agente hace un breve gesto de asentimiento y transmite el número de matrícula mientras los dos rodean el vehículo. Después de darle toda una vuelta, se detienen nuevamente junto al maletero. Es el momento de abrirlo. Webb tiene un mal presentimiento. Se vuelve a mirar al hombre que descubrió el coche debajo del agua. El pescador no se acerca. Muestra tanta aprensión como la que siente Webb, aunque el inspector sabe que no debe mostrarla.

—Abrámoslo —ordena.

Un miembro del equipo se acerca con una palanca. Es obvio que lo ha hecho antes: el maletero se abre sin más. Todos miran dentro.

Hay una mujer. Está tumbada de espaldas con las piernas plegadas de lado, completamente vestida, con vaqueros y jersey. Es blanca, probablemente bordeando la treintena, largo pelo castaño. Webb nota que lleva una alianza y un anillo de compromiso con diamantes. Se da cuenta de que la han golpeado salvajemente. Tiene la piel pálida y cerosa, y el ojo que le queda está bien abierto. Le mira como pidiendo ayuda. Webb se da cuenta de que era hermosa.

—Dios mío —dice entre dientes.

4

El lunes por la mañana, Carmine Torres se levanta temprano. Cuando baja pensando en su primera taza de café, el sol empieza a colarse por las ventanas del salón y bañar la entrada. A mitad de la escalera ve algo. Un sobre blanco yace solitario en el suelo de madera maciza oscura, a pocos centímetros de la puerta. Qué extraño. No estaba allí anoche, cuando subió a acostarse. Debe de ser correo comercial, piensa, a pesar del cartel que ha colgado fuera con las palabras «No se admite correo comercial». Pero no suelen entregar publicidad de noche.

Se acerca y recoge el sobre. No lleva nada escrito. Piensa en echarlo al cubo de reciclaje sin abrirlo, pero le entra curiosidad y lo rasga mientras se dirige a la cocina

En cuanto sus ojos se posan en la carta de dentro, se detiene y se queda totalmente inmóvil. Lee:

Me resulta muy difícil escribir esta carta. Espero que no nos odie. No hay una manera fácil de decirlo, así que lo expondré sin rodeos.

Hace poco mi hijo entró en su casa cuando usted estaba fuera. La suya no fue la única vivienda en la que lo hizo. No es mucho consuelo, lo sé. Él jura que no robó nada. He registrado su habitación a fondo y estoy bastante segura de que dice la verdad. Afirma que solo echó un vistazo. Tuvo mucho cuidado y no rompió ni dañó nada. Probablemente usted no se ha dado cuenta de que estuvo allí. Pero me siento en la obligación de contarle que accedió a su ordenador —se le da muy bien la informática— y mandó unos correos en broma desde una cuenta ajena. No ha querido decirme qué escribió exactamente —creo que le da mucha vergüenza—, pero sin duda usted debe saberlo. No quisiera que eso le causara algún problema.

Me avergüenza la conducta de mi hijo. Lamento que no pueda disculparse en persona. No puedo decirle mi nombre, ni el suyo, porque a su padre le preocupa que al hacerlo nuestro hijo se exponga a una acusación penal. Pero, se lo ruego, créame que todos lo sentimos mucho y que estamos muy avergonzados. Los adolescentes pueden ser difíciles.

Por favor, acepte esta disculpa y la promesa de que nunca volverá a ocurrir. Mi hijo pagará las consecuencias en casa.

Solo quería contarle lo que ha pasado y decirle que lo sentimos muchísimo.

Carmine levanta la vista de la página, escandalizada. ¿Alguien ha entrado en su casa? Menuda bienvenida al barrio. Solo lleva un par de meses viviendo en esta casa; aún se está habituando al vecindario, intentando hacer amigos.

No le gusta nada esa carta. La pone nerviosa. Es horrible pensar que alguien se metió a curiosear en su casa, revisó sus cosas y accedió a su ordenador sin que ella siquiera se enterase. Va a echar un vistazo para cerciorarse de que no falta nada: no le basta con la palabra de esa mujer. Y más vale que revise su ordenador por si hay algunos correos en la bandeja de enviados que no haya escrito ella misma. Cuanto más lo piensa, más le afecta. Se siente invadida.

Carmine entra en la cocina y se pone a preparar café. Por muy disgustada que esté, no puede evitar sentir pena por la mujer que escribió la carta. Qué mal trago para ella, piensa. Lo cierto es que le encantaría saber quién es.

Robert Pierce se detiene al pie de las escaleras de su casa y mira el sobre blanco que está en el suelo del vestíbulo junto a la puerta. Alguien debió de echarlo por la ranura para el correo anoche, cuando él estaba acostado.

Avanza lentamente, sin hacer ruido con los pies descalzos en el suelo de madera maciza. Se agacha a recoger el sobre y le da la vuelta. No lleva nada escrito.

Lo abre y saca la única hoja de papel, para luego leer la carta con incredulidad. No está firmada. Al llegar al final, levanta la vista, sin ver nada. Alguien se ha metido en su casa.

Se sienta despacio en el último escalón, relee la carta. Un adolescente, haciendo el tonto. Es increíble.

Se queda sentado un buen rato, pensando que puede que tenga un problema.

La mañana del lunes Raleigh va al instituto, aliviado de salir de casa.

También está totalmente desconectado: no ha accedido a internet en todo el fin de semana. Se siente casi ciego sin su móvil. No tiene forma de comunicarse con nadie, hacer planes, saber qué ocurre. Anda como un murciélago sin radar. O sonar. O lo que sea. Tiene la esperanza de cruzarse con Mark en el vestíbulo o en la cafetería, porque hoy no les toca ninguna clase en común.

Y entonces encuentra a Mark esperándolo junto a su taquilla. Por supuesto, Mark se ha olido algo.

—¿Te quitaron el teléfono tus padres? —pregunta, mientras Raleigh abre la taquilla.

—Sí.

El enfado por la estupidez de su amigo ha remitido al recordar que sin duda él también le ha enviado mensajes igual de estúpidos. Además, ahora mismo necesita un amigo.

—¿Por qué? ¿Qué has hecho?

Raleigh se inclina hacia él.

—Mi madre vio los mensajes que me mandaste. Se han enterado.

Mark parece asustado.

—¡Mierda! Lo siento.

Raleigh lamenta haberle contado a Mark, en un rapto de fanfarronería, lo que estaba haciendo. Fue por presumir. Pero ojalá no hubiera abierto la boca.

Raleigh mira por encima del hombro para cerciorarse de que nadie los oye. Baja la voz:

—Ahora vamos a ir a ver a un abogado para decidir qué hacer. ¡Mis padres están pensando en entregarme!

—¡No me lo creo! ¿Cómo van a hacer eso? Son tus padres.

—Ya, bueno, están muy cabreados.

Raleigh se quita la mochila.

—¿Nos vemos a la salida? —pregunta Mark, a todas luces preocupado.

—Vale. Quedamos aquí después de las clases. —Coge sus libros—. Es un puto coñazo no tener teléfono.

Olivia tiene que trabajar, pero no logra concentrarse. Trabaja desde casa como correctora de libros de texto. Tiene suficientes encargos como para mantenerse bastante ocupada, pero no en exceso, así que puede dedicarse a la casa y a su familia. Es un arreglo satisfactorio, aunque no especialmente gratificante. A veces fantasea con emprender un negocio completamente distinto. Podría ser agente inmobiliario, o trabajar en una tienda de flores y plantas. No sabe bien qué, pero la sola idea de cambiar la atrae.

Ha estado demasiado distraída para trabajar, a la espera de que Paul la llamase para decirle cuándo verían al abogado. Y tras enterarse de que lo harán hoy mismo no puede pensar en otra cosa. Vacila, pero luego levanta el teléfono y llama a Glenda Newell.

Glenda lo coge al segundo tono. También ella trabaja desde casa unas pocas horas por semana, confeccionando cestas de regalos costosos para una empresa de la zona. Si Olivia la llama, suele estar disponible para tomar un café.

—¿Te apetecer quedar en The Bean? —pregunta Olivia. Oye la tensión en su propia voz, aunque procura aligerar el tono—. Me vendría bien charlar con alguien.

—Sí, me encantaría —dice Glenda—. ¿Ocurre algo?

Olivia no ha decidido cuánto contarle a Glenda.

—Pues sí. ¿En quince minutos?

—Perfecto.

Cuando llega Olivia, Glenda ya está sentada. The Bean es un local agradable, una cafetería de toda la vida con mesas y sillas desparejadas y paredes cubiertas de artesanías originales y baratas. Al no ser una cadena, es muy popular entre los habitantes de la zona, muchos de los cuales al parecer trabajan desde casa. Glenda ha elegido una mesa del fondo, donde pueden hablar en privado. Olivia pide un americano descafeinado en la barra y va a sentarse con su amiga.

—¿Qué pasa? —pregunta Glenda—. Pareces cansada.

—Llevo un par de noches durmiendo mal —admite Olivia, mirándola. Sin duda, necesita confiarse a alguien.

Ella y Glenda son íntimas desde hace dieciséis años; se conocieron en un grupo de madres cuando Raleigh y el hijo de Glenda, Adam, eran bebés. Sus maridos también han hecho buenas migas. Los cuatro se ven con frecuencia; de hecho, eran Glenda y su esposo Keith los que habían ido a cenar con ella y Paul el viernes por la noche cuando Raleigh estaba fuera metiéndose en líos.

A Glenda puede contárselo. Glenda entenderá. Hoy en día las madres pueden ponerse muy competitivas, pero ella y Glenda nunca han sido así. Siempre se han hablado con franqueza y se han apoyado mutuamente en relación con los niños. Olivia sabe que Adam ha tenido problemas. En dos ocasiones, con solo dieciséis años, volvió a casa tan borracho que se pasó la noche abrazado al inodoro o tirado en el suelo del baño. Glenda tuvo que quedarse despierta vigilándolo para asegurarse de que no se ahogaba en su propio vómito. Ser madre es difícil; Olivia no sabe qué haría si no contara con el apoyo de Glenda. Y sabe que Glenda también le está agradecida.

—No te lo vas a creer —dice Olivia, inclinándose hacia delante y bajando la voz.

—¿El qué? —pregunta Glenda.

Olivia echa una mirada alrededor para asegurarse de que nadie la oye y dice en voz aún más baja:

—Raleigh se ha estado metiendo en casas ajenas.

La cara de sorpresa de Glenda lo dice todo. De pronto, a Olivia se le llenan los ojos de lágrimas y siente miedo de sufrir un ataque de llanto en plena cafetería. Glenda se inclina y la reconforta poniéndole una mano en el hombro, mientras Olivia busca una servilleta de papel y se la lleva a los ojos.

La camarera escoge ese momento para llevarle el café a Olivia, lo deja en la mesa y se retira rápidamente, haciendo como que no se da cuenta de que está llorando.

—Ay, Olivia —dice Glenda, y su expresión cambia de la sorpresa a la compasión—. ¿Qué ha pasado? ¿Lo ha detenido la policía?

Olivia niega con la cabeza y trata de recuperar la compostura.

—Fue el viernes por la noche, cuando cenasteis en casa.

Había pensado en pedirle a Raleigh que se quedara a cenar, pero él ya tenía planes para ir al cine con un amigo. O eso dijo. Habría podido insistirle para que se quedara en casa. Antes, él y Adam eran amigos, pero se distanciaron la primavera pasada, cuando Adam empezó a beber. Una parte de Olivia no quería que Raleigh frecuentase a Adam. Le daba miedo que el hijo de su amiga fuese una mala influencia; no quería que Raleigh empezase a beber. Desde luego, no podía decírselo a Glenda. Así que le había dicho que Raleigh ya tenía planes y a Glenda no le había importado. Adam se buscó otra cosa que hacer. Y después resultó que su hijo también se había buscado otra cosa que hacer. Olivia le cuenta a Glenda la vergonzosa historia de cabo a rabo. Excepto la parte de las cartas; eso se lo guarda.

—No entiendo por qué Raleigh hace algo así —dice Glenda sinceramente desconcertada—. Siempre ha sido muy bueno.

—Yo tampoco —admite Olivia—. Es que es muy...

Pero no puede continuar. No quiere ponerlo en palabras, dotar de realidad sus preocupaciones.

—¿Es muy qué?

—Raro. ¿Por qué le interesará fisgonear en las casas de la gente? ¡No es normal! ¿No será uno de esos... *voyeurs*? ¿Te parece que necesitaría pedir asesoramiento?

Glenda se echa hacia atrás en el asiento y se muerde el labio.

—No saques conclusiones apresuradas. Es un adolescente. Son estúpidos. No piensan. Hacen lo primero que se les cruza por la cabeza en cualquier momento. Los chavales hacen estas cosas todo el tiempo.

—¿En serio? —dice Olivia, angustiada—. Pero ¿no suelen robar algo? Él no se llevó nada.

—¿Estás segura? A lo mejor solo se llevó una botella de alcohol, o bebió un poco de alcohol de una botella y luego la rellenó con agua. Hacen esas cosas. Créeme, hablo por experiencia.

La expresión se le ensombrece.

—Puede ser —murmura Olivia, pensándoselo. Tal vez la cosa no pasó a mayores. No le olió el aliento a Raleigh cuando estaba dormido. No descubrió ningún problema hasta el día siguiente. Tal vez deba vigilar el armario de las bebidas en casa—. En todo caso —continúa—, esta tarde tenemos cita con un abogado. Veremos qué dice. Más que nada lo hacemos para asustarlo.

Glenda asiente.

—No es mala idea.

Dan sorbitos a sus cafés. Luego Glenda cambia de tema.

—¿Vas a ir al club de lectura esta noche? —pregunta.

—Sí, necesito distraerme —contesta Olivia, con aire abatido—. Oye, no se lo cuentes a nadie, ¿vale? Queda estrictamente entre tú y yo.

—Claro —dice Glenda—. Y, la verdad, es fabuloso que lo hayas pillado enseguida. Hay que arrancar la cosa de raíz ya mismo. Haz que el abogado le meta un miedo de muerte. Con tal de que nunca vuelva a hacerlo, no ha pasado nada. No se ha producido ningún daño.

Glenda Newell vuelve de The Bean a casa pensando en lo que acaba de contarle Olivia. La pobre: ¡Raleigh metiéndose en casas! Aun así, le agrada enterarse de que otras familias también tienen problemas. La hace sentirse un pelín mejor sobre su propia situación.

Está enferma de preocupación por Adam: por su impulsividad, por su incapacidad para controlar su conducta. De noche, Glenda apenas duerme de tanto pensar en su hijo. Y le angustia que sea genéticamente propenso a las adicciones. Se ha volcado en la bebida con un entusiasmo pasmoso. ¿Qué vendrá después? Le aterra pensar en todas las drogas que existen. Solo Dios sabe qué le depararán los próximos años; ya bastante espantoso ha sido el último. A veces Glenda se cree incapaz de sobrevivir al porvenir.

Últimamente Keith parece ir por la vida con orejeras. Bien no quiere afrontar las cosas, bien realmente no ve ningún problema en beber como un cosaco a los dieciséis años. Pero Keith nunca se hace mala sangre. Es tan guapo, tiene una confianza en sí mismo tan franca y un encanto tan fácil, que siempre cree que las cosas saldrán bien. Le dice a Glenda que se inquieta demasiado. Tal vez tenga razón. Pero ella es una madre. Lo suyo es preocuparse.

5

Cuando está a punto de marcharse al trabajo, Robert Pierce abre la puerta y se encuentra con un hombre alto y moreno de poco menos de cuarenta años y una mujer más baja, con el pelo de un castaño desvaído, unos diez años menor. Los dos van bien vestidos. Lo primero que piensa es que están captando clientes para algo.

Entonces el hombre le enseña la placa y dice:

—Buenos días, ¿Robert Pierce?

—Sí.

—Soy el inspector Webb y ella es la inspectora Moen, de la policía de Aylesford. Venimos a hablar de su esposa.

Nunca ha visto a estos dos. ¿A qué vienen ahora? De pronto el corazón le palpita en los oídos.

—¿La han encontrado? —pregunta. Pronuncia las palabras como si se las estuviera tragando.

—¿Nos permite pasar, señor Pierce?

Robert asiente y retrocede un paso, abre la puerta de par en par y la cierra con firmeza detrás de ellos. Los conduce al salón.

—Tal vez deberíamos sentarnos —sugiere el inspector Webb, cuando Robert se queda de pie en mitad del salón, mirándolos.

De repente, Robert tiene necesidad de sentarse. Se deja caer en un sillón; siente que la cabeza se le vacía de sangre. Clava la mirada en los inspectores, un poco mareado. Ha llegado el momento. Los inspectores toman asiento en el sofá, con la espalda recta, recortados contra la ventana salediza.

—Esta mañana encontramos el coche de su esposa.

—Su coche —logra decir Robert—. ¿Dónde?

—Estaba en un lago, cerca de Canning.

—¿Cómo que en un lago? ¿Tuvo un accidente?

Los mira alternativamente, con la boca seca.

—Estaba hundido cerca de la orilla, a unos cinco metros de profundidad. Dentro estaban su bolso y una maleta pequeña. —Añade en voz baja—: Se encontró un cuerpo en el maletero.

Robert se desploma hacia atrás en el sillón, como si lo hubieran dejado sin aire de un golpe. Siente que los dos inspectores lo miran atentamente. Les devuelve la mirada, con miedo de preguntar nada.

—¿Es ella?

—Creemos que sí.

Robert se siente palidecer. Está sin habla. El inspector Webb se inclina hacia delante y Robert nota por primera vez sus ojos: penetrantes, inteligentes.

—Sé que es muy difícil. Pero necesitamos que nos acompañe para identificar el cuerpo.

Robert asiente. Se levanta, coge una chaqueta, sale con ellos a la calle y sube al asiento trasero del automóvil.

La Oficina del Médico Forense del Condado es un edificio de ladrillos nuevo y bajo. Cuando Robert baja del coche, supone que lo llevarán a una morgue. Imagina una sala larga, fría y esterilizada, con baldosas lustrosas y blancas y mucho acero inoxidable, luz intensa y olor a muerte. La cabeza empieza a darle vueltas; se sabe observado. Pero no lo conducen a una morgue, sino a una sala de espera amplia y moderna, con un panel de cristal. Se ubica delante de este y se prepara para mirar mientras retiran la sábana que recubre la cara de un cadáver tendido en una camilla de acero.

—¿Es su esposa? —pregunta Webb.

Robert se obliga a mirar.

—Sí —responde, y cierra los ojos.

—Lo siento mucho —dice el inspector—. Será mejor que volvamos a su casa.

Suben de nuevo al coche en silencio. Robert se queda mirando por la ventanilla, pero no ve las calles que pasan; solo ve la cara de su mujer, golpeada, hinchada y manchada de verde. Sabe lo que ocurrirá a continuación. Van a interrogarlo.

Llegan a su casa. Los dos inspectores bajan del coche y lo acompañan hasta la puerta.

—Lo siento, sé que es un momento difícil, pero nos gustaría entrar y hacerle algunas preguntas más, si le parece bien —comenta el inspector Webb.

Robert asiente y los hace pasar. Vuelven al salón en el que se encontraban hace poco y se sientan en los mismos sillones de antes. Robert traga saliva y dice:

—No sé nada más que cuando desapareció hace dos semanas. Entonces le conté a la policía todo lo que pude. ¿Qué han estado haciendo en este tiempo? —Las palabras le salen con más hostilidad de la debida. El inspector Webb le devuelve la mirada sin parpadear—. Ni siquiera la han buscado —prosigue, con resentimiento en la voz—. Lo cierto es que me ha dado esa impresión.

—El caso se ha convertido en una investigación por homicidio —dice el inspector, mirando de reojo a su compañera—. Obviamente habrá una autopsia y estudiaremos todo con mucho cuidado. —Al cabo de una pausa añade—: Necesitamos volver a empezar.

Robert hace un cansado gesto de asentimiento.

—De acuerdo.

—¿Cuánto tiempo estuvieron casados usted y su esposa, señor Pierce?

—Cumplimos dos años en junio pasado.

Robert observa que la inspectora, Moen, toma notas.

—¿Algo andaba mal en el matrimonio?

—No. Nada fuera de lo común.

—¿Alguna vez le fue infiel su esposa?

—No.

—¿Alguna vez usted le fue infiel a ella?

—No.

—¿Alguna discusión, algún tipo de... violencia o maltrato?

Robert se siente irritado.

—Claro que no.

—¿Tenía enemigos su mujer?

—No, en absoluto.

—¿Notó usted algún cambio en ella los días o incluso las semanas anteriores a su desaparición? ¿Le pareció inquieta de alguna manera? ¿Le dijo si le preocupaba algo?

Robert niega con la cabeza.

—No, no me percaté de nada. Todo marchaba bien.

—¿Algún problema financiero?

Vuelve a negar con la cabeza.

—En absoluto. Estábamos planeando un viaje a Europa. A mí me iba bien en el trabajo. Ella tenía contratos temporales y le gustaba, disfrutaba de la libertad. No le atraía la idea de atarse a un mismo empleo cincuenta y dos semanas al año.

—Cuéntenos sobre el fin de semana —le indica el inspector.

—Planeó un viaje con una amiga suya, Caroline Lu. Iban a ir a Nueva York. —Hace una pausa—. Eso es lo que me dijo, al menos.

—¿Lo hacía a menudo, lo de irse de viaje el fin de semana?

—A veces. Le gustaba hacer pequeñas excursiones para ir de compras.

—¿Cómo organizaba los viajes?

Robert levanta la cabeza.

—Lo hacía por su cuenta. Reservaba los billetes por internet, en su portátil, y lo cargaba a su tarjeta de crédito.

—¿Usted no sospechó nada cuando se fue?

—No, en absoluto. Conocía a Caroline. Me caía bien. Ya habían hecho planes así antes. —Añade—: A mí no me gusta ir de compras.

—Cuéntenos sobre la mañana del viernes —dice Webb—. El 29 de septiembre.

—Preparó una maleta pequeña la noche anterior. Recuerdo que tarareaba cuando iba por la habitación metiendo sus cosas. Yo estaba tumbado en la cama, observándola. Parecía... contenta. —Robert mira con seriedad a los dos inspectores—. Esa noche hicimos el amor; todo estaba bien —les asegura.

Pero no era así, piensa para sí, en absoluto.

—A la mañana siguiente —prosigue Robert—, cuando se fue a trabajar, le di un beso de despedida y le dije que se divirtiera. Iba a marcharse directamente desde el trabajo, dejar el coche en la estación y tomar un tren a Nueva York. Era el último día de su contrato.

—¿Dónde trabajaba? —pregunta el inspector.

—Ya se lo he dicho a la policía —se queja Robert—. En una empresa contable. La información debe de figurar en el expediente. —Siente un destello de irritación.

—¿Volvió a hablar con ella ese día?

—No. Quise hacerlo, pero estuve muy liado en el trabajo. Cuando llegué a casa, la llamé al móvil, pero no lo cogió. En su momento no le di importancia. Pero tampoco lo cogió en todo el fin de semana: siempre saltaba el buzón de voz. No éramos una pareja muy dependiente, de las que se llaman sin parar. Pensé que estaría ocupada, pasándolo bien. No le di mucha importancia.

—¿Cuándo se dio cuenta de que algo iba mal? —pregunta Webb.

—El domingo por la noche empecé a preocuparme; no volvió según lo previsto. Le había dejado varios mensajes en el móvil, pero no me devolvió la llamada. Tampoco recordaba en qué hotel se hospedaba. Entonces llamé a casa de Caroline. Pensé que su marido sabría algo, si se habían retrasado. Pero cogió el teléfono Caroline. —Hace una pausa—. Y me dijo que no había quedado con Amanda ese fin de semana; de hecho, llevaba un tiempo sin hablar con ella. —Robert se pasa una mano por la cara—. Fui a la comisaría el lunes por la mañana e informé de la desaparición.

—¿Usted a qué se dedica? —pregunta la inspectora Moen. Robert se asombra un poco, pero le dirige su atención.

—Soy abogado —responde, y añade—: Debería..., debería llamar al despacho.

La inspectora pasa por alto el comentario.

—¿Puede confirmar dónde estuvo el fin de semana desde el viernes 29 de septiembre hasta el lunes? —pregunta.

—¿Cómo?

—¿Puede confirmar...?

—Sí, claro —dice—. Estuve en el trabajo todo el viernes y salí a eso de las cinco. Vine derecho a casa. Ya se lo dije a la policía, cuando informé de su desaparición. Me quedé en casa la noche del viernes. El sábado estuve también aquí, poniéndome al día con el trabajo; el domingo fui a jugar al golf con unos amigos. —Al cabo de un momento añade—: Todo esto debe de figurar en el expediente.

—¿Tenía familia su mujer, además de usted? —pregunta la inspectora Moen.

—No. Era hija única, y sus padres murieron. —Hace una pausa—. ¿Me permiten una pregunta?

—Claro —contesta el inspector Webb.

—¿Tienen alguna idea de qué es lo que pudo ocurrir? ¿Quién puede ser el culpable?

—Todavía no —dice el inspector—. Pero no pararemos hasta descubrirlo. ¿Quiere contarnos algo más?

—Ahora mismo no se me ocurre nada —responde Robert, con una cuidada falta de expresión.

—Muy bien —dice Webb. Luego añade, como si acabara de ocurrírsele—: Nos gustaría que viniera un equipo a registrar su casa, si le parece bien.

—¿No hacen caso de mi inquietud durante dos semanas y ahora quieren registrar mi casa? —contesta Robert, con tono alterado—. No, consiga una orden del juez.

—Vale. Lo haremos —dice Webb. Robert se pone de pie y los inspectores se levantan y salen.

Tras verlos alejarse en el coche, Robert cierra con llave la puerta de entrada y sube a su despacho. Se sienta en la silla del escritorio y abre el cajón inferior. Dentro hay una pila de sobres de papel manila. Sabe que debajo está el teléfono de prepago de su esposa, que la policía desconoce por completo. Se queda sentado un momento mirando los sobres, con miedo. Piensa en la carta que ha recibido esta mañana, oculta en un cajón de la cocina. Alguien ha entrado en su casa. Un adolescente, ha estado allí y ha curioseado en su escritorio. Y debe de haber visto el teléfono, porque un día, cuando Robert abrió el cajón, el móvil estaba justo encima de los sobres. Cuando se dio cuenta la sorpresa le hizo saltar en su silla. Estaba seguro de haber guardado el teléfono debajo de los sobres. Pero ahora sabe la razón. El chico debió de verlo y moverlo. Y ahora la policía va a registrar su casa. Tiene que deshacerse del aparato.

Dispone de un pequeño margen de tiempo antes de que vuelvan con una orden del juez. Pero ¿cuánto? Mete la mano debajo de los sobres en busca del teléfono, con un miedo repentino de no encontrarlo. Pero siente la superficie lisa en la mano y lo saca. Se queda mirando ese móvil que tanto dolor le ha causado.

Cierra el cajón y se lo mete en el bolsillo. Mira por la ventana; no hay nadie en la calle. Cuando se conozca la noticia de que han hallado el cadáver de su mujer, los periodistas se apostarán en la puerta de la casa; ya nunca será capaz de escabullirse. Tiene que actuar con rapidez. Se cambia y se pone unos vaqueros y una camiseta, corre abajo, coge la chaqueta y las llaves junto a la puerta y, justo antes de abrirla, se para en seco. ¿Y si alguien lo ve? ¿Y si más tarde los inspectores descubren que salió a toda prisa de casa en cuanto se fueron?

Se queda inmóvil un minuto, pensando. Registrarán la casa. No puede ocultar el teléfono dentro. ¿Qué opciones tiene? Va hasta la cocina y mira el jardín trasero por la ventana. Es un jardín muy aislado. Tal vez pueda enterrar el teléfono en el arriate de las flores. Sin duda no cavarán en el jardín. Ya tienen el cuerpo.

Ve las herramientas de jardinería de Amanda en el patio, se pone los guantes de jardín y coge un desplantador. Luego va hasta el arriate de las flores que está en el fondo. Echa un vistazo a su alrededor: la única casa desde la que se ve su jardín es la de Becky, y ella no está junto a la ventana ni en la puerta trasera. Robert se agacha y cava rápidamente un hoyo pequeño y estrecho, de unos veinticinco centímetros de profundidad, debajo de un arbusto. Limpia el teléfono con su camiseta, por si acaso, pensando que si llegan a encontrarlo podrá aducir que debió de ponerlo allí Amanda: ella se ocupaba de la jardinería. Luego mete el teléfono en el fondo del hoyo y vuelve a taparlo. Cuando acaba ni siquiera se nota que se ha removido la tierra. Coloca las herramientas en su sitio y regresa dentro.

Problema resuelto.

6

Raleigh está repantingado en clase de lengua. El profesor sigue con su monserga, pero él solo puede centrarse en sus problemas.

Todo empezó de manera inocente la primavera pasada, en algún momento de mayo. Se había olvidado la mochila en casa de su amigo Zack después del instituto. Tenía deberes para el día siguiente. Raleigh le envió un mensaje a Zack diciendo que la necesitaba. Zack le respondió que todos habían salido y no volverían hasta tarde. Frustrado, Raleigh fue en bicicleta hasta la casa de Zack. Ni siquiera estaba seguro de por qué lo hacía. Sabía que no había nadie dentro. No tenía llave. Al llegar, Raleigh se dirigió a la parte trasera de la casa y miró por la ventana del sótano. Su mochila estaba tirada en el suelo al lado del sofá, donde la había dejado, mientras él y Zack se concentraban en los videojuegos. Por hacer algo, probó a abrir la ventana. Para su sorpresa, se abrió con facilidad. Estudió la abertura. Él era alto y flaco —sabía que podía pasar sin problemas— y la puta mochila estaba ahí mismo. Raleigh echó un vistazo a su alrededor para cerciorarse de que nadie lo veía, pero, la verdad, tampoco se preocupó mucho; si lo descubrían, podría explicarlo. Luego se deslizó por la ventana.

Fue entonces cuando las cosas tomaron un cariz extraño. Porque no se limitó a coger la mochila, echarla fuera y salir trepando a continuación. Sabía que eso era lo que debía hacer. Y ahora desearía haberlo hecho. Sin embargo, se quedó en el sótano escuchando el silencio. La casa parecía otra sin nadie dentro, como llena de posibilidades. Un pequeño escalofrío de excitación le recorrió la columna vertebral. En ese momento la casa vacía era suya, y supo que no iba a darse la vuelta y salir por la ventana.

Subió derecho a la primera planta para ver si había un despacho, el sitio donde más posibilidades tenía de encontrar un ordenador. Pasó por delante de la habitación de Zack y echó un vistazo. Vio el reciente examen de química de Zack encima de su escritorio, y la calificación era un diez por ciento más baja de lo que su amigo había afirmado. Raleigh se preguntó qué otras mentiras le habría contado. Luego entró en el despacho y empezó a buscar la manera de acceder al ordenador del padre de Zack. No lo consiguió, pero el reto le dio un extraño placer.

Cuando Zack le preguntó por la mochila al día siguiente, Raleigh le confesó tímidamente que se había colado por la ventana para recuperarla; esperaba que no le molestara. Obviamente, Zack no le dio ninguna importancia.

La vez siguiente, a las pocas semanas, Raleigh se puso más nervioso. Apenas se creía que estaba a punto de hacerlo de nuevo. Se quedó parado a oscuras en el jardín trasero de otro de sus compañeros, Ben. Sabía que la familia se había ido de fin de semana. No había ningún sistema de seguridad a la vista.

En un costado de la casa encontró sin cerrar una de las ventanas del sótano. Seguía siendo uno de esos vecindarios en los que mucha gente no siempre le echaba el cerrojo a todo, estuviera o no en casa. Raleigh entró con facilidad. Una vez dentro, a oscuras, su corazón empezó a calmarse. No podía encender las luces así como así. Puede que hubieran avisado a los vecinos de que salían de viaje. Pero, por fortuna, era una noche de luna brillante, y una vez que sus ojos se ajustaron pudo moverse de un lado a otro sin dificultad. Se cuidó de no pasar por delante de las ventanas, y luego subió a las habitaciones. Encontró un ordenador portátil en el dormitorio principal. Esa vez estaba preparado. Utilizó su USB de arranque y accedió al ordenador sin grandes contratiempos, miró la información y luego se marchó de la casa, saliendo del mismo modo en que había entrado.

Si no le hubiera entusiasmado tanto el hackeo del ordenador, no habría seguido con aquello. Pero después de esa casa hubo otras. Fue adquiriendo cada vez más pericia a la hora de acceder a los ordenadores ajenos. Examinaba la información personal, pero nunca se llevaba ni cambiaba nada. Nunca hacía daño. Nunca dejaba señales de su presencia.

Fue un error contarle a Mark lo que hacía. Ojalá Mark no hubiera mandado aquel estúpido mensaje...

Raleigh se sobresalta al oír su nombre por la megafonía del instituto. Todos los ojos se vuelven a mirarlo, para luego apartarse. Raleigh recoge sus libros y se dirige sin prisa hacia la puerta. Sin embargo, está sumamente intimidado. Siente que se sonroja un poco.

Baja las tres plantas por la escalera en dirección a la oficina de administración, con la piel cubierta de sudor. Nunca lo llaman a la oficina. Le da miedo que esto tenga que ver con los allanamientos. ¿Habrá venido la policía? ¿Había cámaras en algún sitio y se le pasaron? Tal vez alguien lo vio salir de una de las casas y lo reconoció. Resiste el impulso de coger sus cosas de la taquilla y escapar de todo, irse a casa y esconderse en su habitación.

Cuando llega a la oficina, ve a su madre esperándolo y se llena de alivio. No hay policías a la vista.

—Tenemos una cita —dice ella—. Recoge tus cosas. Te espero a la salida en el coche.

Su ansiedad se dispara nuevamente.

Mientras van al centro hacia el bufete de abogados, en el coche se hace un silencio penoso. Su padre trabaja en el distrito comercial y se reunirá con ellos allí. Raleigh se preocupa todo el camino por lo que dirá el abogado.

El bufete es intimidante. Raleigh nunca ha entrado en uno. Está en la planta más alta de un edificio de oficinas, todo puertas de cristal y muebles elegantes. Con solo echar una mirada sabe que este asuntillo va a costarles a sus padres una pasta.

Su padre está en la recepción y apenas se digna mirarlo. Raleigh se sienta a esperar con él y su madre, mortifi-
cado. Es obvio que los dos se avergüenzan de estar allí,
mientras hacen como que leen ejemplares de *The New
Yorker*. Raleigh ni siquiera coge una revista; solo se mira
los pies, echando de menos su teléfono.

No tardan en llevarlos por un pasillo silencioso y alfombrado hasta un despacho amplio, con una vista impre-
sionante del río. El abogado que está detrás del escritorio
se levanta y les estrecha la mano a los tres. Raleigh es consciente de que tiene las manos húmedas de los nervios; las
del abogado están frescas. A Raleigh le disgusta de inmediato Emilio Gallo, un hombre corpulento que lo mira fijo,
como si lo estudiara.

—Bueno. Cuéntame de qué va todo esto, Raleigh
—dice Gallo.

Raleigh mira de reojo a su madre, sin atreverse con su
padre. Creía que ellos llevarían la conversación y él se li-
mitaría a poner cara de arrepentido y seguir las indicacio-
nes que le dieran. Pero su madre se niega a devolverle la
mirada. Así que cuenta al abogado la misma historia que a
sus padres, aterrado de que adivine la parte oculta. No
quiere que Gallo sepa en cuántas casas ha entrado ni la
envergadura de sus conocimientos informáticos, sus capa-
cidades. Lo único que realmente hizo fue acceder a los
ordenadores, echar un vistazo y marcharse. Es la verdad.
Habría podido hacer mucho más.

—Entiendo —dice el abogado cuando acaba. Se alisa
la corbata con los dedos—. Así que no te han pillado.

—No —confirma Raleigh.

—Lo que me cuentas es allanamiento de morada e invasión de propiedad privada —explica el abogado—. Y lo de los ordenadores es incluso peor. En el estado de Nueva York, los delitos de esta clase se toman muy en serio. ¿Estás al corriente de la sección 156 del Código Penal de Nueva York?

Aterrado, Raleigh niega con la cabeza.

—Lo suponía. Deja que te explique. —Gallo se echa hacia adelante y le clava los ojos a Raleigh—. En virtud de la sección 156, el «uso no autorizado de un ordenador» constituye un delito. Eso ocurre cuando accedes a la información de un ordenador o lo utilizas sin el consentimiento de su legítimo propietario. Es un delito menor de clase A. La gente recibe multas y hasta breves condenas de prisión por ello. A partir de ahí, la cosa empeora. ¿Estás completamente seguro de que no copiaste o te llevaste los datos de nadie, o que no cambiaste nada en los sistemas? Porque eso se llama manipulación, y por algo así te podrían caer hasta quince años de cárcel.

Raleigh traga saliva.

—No, solo miré. Nada más.

—Y enviaste correos. Eso es usurpación de identidad.

—¿Usurpación de identidad? —interviene bruscamente su padre.

—Escribió correos desde la cuenta de otra persona —le recuerda el abogado—, haciéndose pasar por ella.

—Pero sin duda un correo en broma no constituye una usurpación de identidad —dice su padre, sobrecogido.

—Bueno, más vale no correr riesgos, ¿no? A la gente no le gusta que invadan su privacidad. —El abogado fija sus ojos penetrantes en Raleigh, que se sienta cada vez más encogido en su silla—. Y siempre existe la posibilidad de un juicio civil. Estamos en Estados Unidos, la gente es muy dada a los pleitos. Y eso puede tener un coste muy alto.

Hay una pausa larga y horrorizada. Está claro que sus padres no habían pensado en esto. Raleigh desde luego no lo había hecho.

Al final, su madre dice:

—Pensé que debía disculparse con esta gente, quizá reparar los daños, pero mi marido se opuso.

—No, su marido tiene razón —contesta Gallo, con cara de asombro—. De ningún modo debe disculparse. Eso sería equivalente a confesar el delito, o varios.

—¿Y qué pasaría si enviara una carta de disculpas de manera anónima? —replica entonces su madre.

—¿Por qué demonios iba a hacer algo así? —interviene su padre.

Meneando la cabeza, el abogado responde:

—Lo siento, es un gesto muy bonito, y yo solo soy un cínico abogado penal, pero eso sería una auténtica estupidez. Lo mejor es que los afectados no sepan que estuvo en su casa en absoluto.

Raleigh nota que su madre se sonroja por la reprimenda.

—Háblame más sobre el otro chico, ese tal Mark —dice Gallo—. ¿Quién es?

—Un amigo del instituto.

—¿Cuánto le has contado?

—Solo que me metí en un par de casas. Y que miré en los ordenadores.

—¿Hay probabilidades de que se chive?

—Ni hablar —contesta Raleigh con firmeza.

—¿Cómo puedes estar tan seguro? —pregunta el abogado.

De repente Raleigh no lo está. Pero dice:

—Lo sé y punto.

—¿Has dicho en alguna red social algo que deba preocuparnos?

Raleigh se pone colorado y niega con la cabeza.

—No soy tan idiota.

El abogado se echa atrás en su silla y lo observa como si no estuviera de acuerdo. Luego mira de reojo a sus padres.

—Mi consejo es que aguanten sin hacer nada. Si nadie ha comparecido y la policía no ha llamado a su puerta, pueden considerarse afortunados. Pero he de decirte, jovencito —y en este punto se inclina hacia delante y clava en Raleigh sus ojos penetrantes y taimados—, que la suerte siempre se acaba. Así que te recomiendo muy en serio que abandones la delincuencia ya mismo, porque, si te pescan, vas derechito al correccional de menores.

Raleigh traga saliva nervioso, y así quedan las cosas cuando se levantan para marcharse.

De camino a casa, Olivia guarda silencio. Tiene las ideas revueltas. Está furiosa con Raleigh y furiosa con la situación. Se arrepiente de haber mandado las dos cartas anónimas. No se las mencionará a nadie, pero teme que de algún modo se vuelvan en su contra. Oye la voz del abogado en su cabeza: «Sería una auténtica estupidez».

¿Por qué no dejó las cosas como estaban? Ese es el resultado de querer vivir de una manera ética, intentar comportarse como es debido en un mundo demente y cínico al que le importa una mierda que se haga el bien. ¿Qué hay de malo en pedir disculpas? Al contrario, todo parece consistir en no dejarse atrapar, en salirse cada cual con la suya. El abogado no le ha caído muy bien, pero le ha dado la impresión de conocer su oficio: en comparación, ella es una ingenua.

No puede evitar pensar en las lecciones que su hijo extraerá de todo esto. Puede que le aterre pensar en la cárcel; y eso es bueno, ella lo acepta. Sin embargo, probablemente no está tan asustado como ella. Y Olivia quisiera que él entendiera por qué lo que ha hecho está mal, en lugar de solo tener miedo de las posibles consecuencias. ¿Cómo, piensa indignada, se supone que se le debe enseñar a un chico a distinguir el bien del mal cuando hay tantas personas en posiciones de autoridad que se comportan tan mal todos los días? ¿Qué demonios le pasa a Estados Unidos últimamente?

Carmine ha cenado en soledad una pechuga de pollo con ensalada, ante la mesa de la cocina, con la televisión resueltamente apagada. Respeta sus propias normas. Está acostumbrada a prepararse la cena sola, aun cuando algunos días no sabe por qué se toma la molestia. Tiene libros de cocina que celebran los placeres de cocinar para una sola persona, pero hacerlo no le parece muy placentero. Le encantaba cocinar para su marido y sus hijos. Pero su marido murió y todos sus hijos han seguido adelante con sus ajetreadas vidas.

Se ha impuesto otra rutina: dar un paseo por el barrio cuando cae la noche. Las rutinas dotan de estructura a sus días vacíos. La caminata nocturna sirve como ejercicio y para satisfacer su curiosidad natural acerca de sus vecinos. Toma por la calle Finch, luego dobla en Sparrow y al final vuelve a su propia calle. Es una manzana larga y un paseo bonito. Seguirá dándolo mientras el tiempo se lo permita, contemplando las casas bien cuidadas, mirando de reojo dentro de las ventanas iluminadas con una luz cálida. Esta noche, mientras anda por el barrio piensa en los allanamientos y en la carta. Hasta ahora solo ha hablado al respecto con su vecina de al lado, Zoe Petillo. De momento, Zoe es la única con la que ha hecho buenas migas. Carmine no ha decidido si dejará pasar la cuestión o tratará de averiguar quién se metió en su casa. Por un lado, siente una compasión natural por la madre que escribió la carta. Pero también está ligeramente indignada, y quiere hacer algo al respecto.

Cuando vuelve a doblar por su calle se acerca a una casa que está toda iluminada. Más allá del jardín delantero, alcanza a ver por el ventanal un salón donde un pequeño grupo de mujeres celebra un encuentro. Charlan y ríen animadamente, con copas de vino en la mano. En ese momento Carmine nota que se acerca otra aprisa por la acera. Recorre el camino de entrada con un libro en la mano y toca el timbre. Por un momento, cuando la puerta se abre para recibir a la recién llegada, Carmine oye el sonido amortiguado de las voces, pero luego el rumor se corta abruptamente.

Es un club de lectura, comprende con un súbito anhelo, deteniéndose un instante. Y el anhelo se mezcla con una pizca de resentimiento. La gente de la zona no ha sido muy acogedora.

7

Olivia, que tiene prisa por llegar al club de lectura, por poco se olvida el libro, pero lo coge de camino a la puerta. Suele esperar con ganas los encuentros, pero teme que hoy está demasiado alterada por Raleigh como para disfrutar de lo que sea. Después de la visita al abogado, la cena ha sido tensa.

Camina hasta la casa de Suzanne Halpern situada en la calle Finch. El club de lectura empezó a reunirse hace unos años, organizado por unas cuantas vecinas que se conocen del colegio, el gimnasio y otras actividades del barrio. Hay muchas participantes habituales. Todas se turnan para hacer de anfitrionas.

A Suzanne le encanta ese papel: es un poco jactanciosa. Siempre cuida hasta el último detalle, prepara tentempiés elaborados y los marida ostentosamente con los vinos ideales. Cuando es su turno, Olivia suele recurrir a un buen tinto con cuerpo y a un blanco corriente que combina con todo, y coger unas cuantas cosas en el supermercado. No le gusta mucho ser anfitriona. Para ella, lo bueno del club de lectura es salir.

Glenda ya está presente cuando llega Olivia. Las mujeres, que han dejado los libros en sus sillas, hablan entre ellas de pie en el salón, con copas de vino y platitos de comida en la mano. El libro de esta noche es la nueva novela de Tana French. Por supuesto, nunca empiezan por el libro. Primero está el charloteo, que por lo general versa sobre los niños —todas tienen hijos—, y están en plena conversación cuando el teléfono de Jeannette emite una señal. Olivia ve que a Jeannette se le hiela la expresión después de echarle un vistazo al móvil. Al mismo tiempo, oye otros dos o tres teléfonos más y se pregunta qué ocurre.

—Dios mío —exclama Jeannette.

—¿Qué pasa? —pregunta Olivia.

—¿Os acordáis de que hace un par de semanas desapareció Amanda Pierce? —dice Jeannette.

Como para no recordarlo, piensa Olivia. Amanda Pierce dejó a su marido abruptamente, sin decírselo. Olivia solo la conocía de vista. De hecho, se había cruzado con ella solo una vez, en una fiesta del barrio celebrada en el parquecito de Sparrow y Finch hace cosa de un año, en septiembre, poco después de que los Pierce se mudaran a la zona. Amanda Pierce era una belleza, y todos los maridos se quedaron mirándola, casi babeando y tropezando unos con otros para llevarle cosas —kétchup para el perrito caliente, una servilleta, un trago—, mientras las esposas intentaban no mostrarse cabreadas. Parecía una modelo, o una actriz: así de perfecta era. Sexi. Segura de sí misma. Siempre lucía ropa cara y gafas de moda. El marido —Olivia no recuerda cómo se llama— también era exageradamente guapo. Tenía la misma pinta de estrella de cine, pero parecía más reservado. Un observador. Vivían en la calle de Olivia, un poco más abajo. Rondaban los treinta años, varios menos que Olivia y sus amigas, y la pareja no tenía hijos, así que no había muchos motivos para cruzársela.

—En realidad no desapareció —señala Suzanne—. Abandonó a su marido.

—Hay nuevas noticias —replica Jeannette—. Encontraron su coche en un lago cerca de Canning. Con su cadáver en el maletero.

Se hace un silencio total en medio del asombro.

—Es increíble —dice Becky, levantando la vista del teléfono, con la cara súbitamente pálida.

Olivia recuerda con una punzada que Raleigh estuvo en casa de los Pierce.

—Pobre Robert —susurra Becky. Becky Harris vive al lado de los Pierce—. Informó de su desaparición. Me lo dijo él mismo.

Becky es buena amiga de Olivia, y se lo contó todo. De pronto Olivia imagina a Becky, que sigue siendo bastante atractiva, si bien no tanto como ella cree, conversando con el apuesto marido abandonado por encima de la cerca trasera.

—Eso mismo me contaron —comenta Glenda, sobrecogida—. Pero, si mal no recuerdo, al parecer la policía no se lo tomó en serio porque ella le había mentido: le dijo que se iba a pasar el fin de semana fuera con una amiga. Supusieron que lo había dejado, que no era una desaparición en toda regla.

—Pues ahora es obvio que es un asesinato —dice Jeannette.

—¿Qué más pone? —pregunta Olivia.

—Nada más. No dan detalles.

—¿Creéis que fue el marido? —pregunta Suzanne al cabo de un momento, mirándolas a todas—. ¿Que pudo matarla?

—No me extrañaría —contesta Jeannette en voz baja.

Becky se vuelve a replicarle.

—¡Y tú qué sabes!

El exabrupto de Becky da lugar a un breve silencio de tensión. Luego Suzanne dice, con un punto de pasmo en la voz:

—Es demasiado espeluznante.

—El marido podría ser inocente —sugiere Zoe.

—Pero ¿no suele ser siempre el marido? —apunta Suzanne.

—Si él la hubiese matado —dice Becky—, ¿por qué iba a pedirle a la policía que la buscase?

Obviamente, Becky no quiere creer que el hombre apuesto y solitario de al lado pueda ser un asesino.

—Bueno —contesta Olivia—, tendría que informar de su desaparición, ¿no? No podría desentenderse. Tendría que hacerse pasar por un marido afligido, por más que la hubiera matado.

—Madre mía, ¡sois unas morbosas! —exclama Glenda.

—Pero pensadlo —dice Olivia, reflexivamente—. Sería el crimen perfecto. La mata, informa de su desaparición y le cuenta a la policía que ella le dijo que iba a pasar el fin de semana fuera con una amiga cuando no lo hizo. Después, al no aparecer, la policía piensa que ella simplemente lo ha abandonado y deja de buscarla. Visto desde esa óptica, es un golpe maestro. —Cuando todas se la quedan mirando, añade—: Sobre todo si nunca hubiesen encontrado el coche en el lago. Se hubiera salido con la suya hasta la muerte.

—No sé si me gusta tu manera de pensar —comenta Suzanne.

Becky mira molesta a Olivia y dice:

—Para que quede claro, no creo que haya sido el marido.

Suzanne se pone de pie y vuelve a llenar las copas de vino. Se estremece de forma visible.

—Dios mío, ¿os acordáis de lo guapa que era? ¿Os acordáis cuando estuvo en la fiesta el año pasado? Fue la primera vez que cualquiera de nosotras la vio realmente. Tenía a todos los hombres comiendo de su mano.

—Recuerdo —dice Becky— que estaba demasiado ocupada dándose aires para ayudar a recoger.

—A lo mejor tenía un acosador o algo parecido —sugiere Glenda—. Una mujer así...

—Era muy insinuante. No sé cómo su marido lo soportaba —señala Zoe. También había estado en la fiesta, recuerda Olivia, mirando a todas las presentes. Todas estuvieron allí.

—Tal vez ese fue el problema. Tal vez estaba celoso y la mató —dice Jeannette.

Todas se miran unas a otras, incómodas.

Abruptamente, Zoe cambia de tema.

—¿Habéis oído lo de los allanamientos y las cartas anónimas?

Olivia siente que se le encoge el estómago y evita mirar a Glenda. «Mierda». La verdad es que nunca debería haber escrito esas cartas. Coge su copa de vino de la mesa de centro.

—¿Qué allanamientos? ¿Qué cartas anónimas? —pregunta Suzanne.

—Me lo contó Carmine Torres —responde Zoe—, mi nueva vecina de al lado. Me dijo que esta mañana recibió una carta anónima en la que una mujer le decía que su hijo se había metido en su casa y que lo sentía. —Tras una pausa añade—: La deslizaron por la ranura para el correo por la noche.

—¿En serio? —dice Jeannette—. Yo no he oído nada.

Zoe asiente y continúa:

—Carmine llamó a mi puerta para preguntarme si también había recibido una carta, pero no.

—¿Se habían llevado algo? —pregunta Suzanne.

—Por lo visto, no. Ella dice que registró hasta el último rincón y al parecer no le falta nada.

Olivia se atreve a mirar brevemente a Glenda y entre las dos brilla un destello de entendimiento. Tendrá que hablar con ella al marcharse. No le había contado lo de las cartas.

—¿Dónde más entraron? —pregunta Suzanne—. Yo no he oído nada.

—No lo sé —dice Zoe—. En la carta pone que hubo otras casas. Carmine me la enseñó; incluso la leí.

Con una leve sensación de náuseas, Olivia deja la copa de vino sobre la mesa. No esperaba que ocurriese algo así. Solo quería disculparse. ¡No que los demás leyeran la carta! ¡No que alguien intentara averiguar quién la había escrito! De ninguna manera que se pusieran a cotillear sobre ella. Debió dejar las cosas como estaban. ¿Cómo pudo ser tan idiota? El abogado tenía razón: lo único que había logrado era remover el avispero.

—¡Tendríais que haber visto la carta! —exclama Zoe—. ¡La pobre que la escribió! Por lo visto el chico accedió a los ordenadores de la gente y, esta sí que es buena, incluso mandó correos en broma desde cuentas ajenas.

—¡No! —dice Suzanne, horrorizada.

—¿Y qué decían los correos? —pregunta Jeannette, consternada y divertida a partes iguales.

—No lo sé —contesta Zoe—. Según Carmine, en su ordenador no encontró ninguno. Debió de ser en la casa de otro.

Glenda dice con voz seria:

—A mí me suena a una típica idiotez de adolescentes. Y la madre ha hecho lo más decente, que es disculparse. Es una de esas cosas que podrían pasarle a cualquier madre. Ya sabéis cómo son a esa edad.

Olivia nota que hay quienes asienten con la cabeza en señal de remordimiento y compasión. En ese momento se siente muy agradecida hacia Glenda, pero evita demostrarlo.

—Supongo que debería tener más cuidado y asegurarme de cerrar bien las puertas y las ventanas. No siempre las reviso por la noche —comenta Suzanne.

—Da miedo pensar en que pueden meterse en tu casa y acceder a tus ordenadores cuando estás fuera —dice Jeannette en voz baja—. Y que... si esta mujer, Carmine, no hubiera recibido la carta, ni siquiera se habría enterado.

Todas guardan un momento de silencio como si considerasen las implicaciones de lo anterior.

—Tal vez entraron en casa de alguna de nosotras —murmura Zoe.

—Pero habríamos recibido una carta —replica Suzanne.

—No necesariamente —dice Zoe—. Puede que el chico solo admitiera haber entrado en algunas casas, sin confesarle a su madre la magnitud de lo que había hecho. Eso es lo que cree Carmine. El chaval pudo meterse en un montón de casas, y nadie tendría manera de saberlo. Tal vez deberíamos preocuparnos todas.

Olivia mira el corro de mujeres: parecen genuinamente alarmadas de que hayan entrado en sus casas sin su conocimiento. ¿Pudo mentirle Raleigh sobre la frecuencia de sus acciones? Siente el estómago revuelto y quiere irse a casa.

—Creo que deberíamos hablar del libro —dice por fin Suzanne.

8

Olivia sale por la puerta detrás de Glenda. Hace frío, y es un alivio que esté oscuro y las demás mujeres se vayan sin demorarse. Glenda la espera al final del camino de entrada y se ponen a charlar en voz baja, arrebujadas en sus chaquetas.

Olivia aguarda a que las demás se alejen y murmura acongojada:

—Gracias por no decir nada.

—¿Cómo iba a decir algo? —responde Glenda—. Puedes confiarme un secreto —añade, y luego resopla—. Dicho sea de paso, menudos aires se ha dado Zoe. Claro, ella tiene dos niñas. No tiene la menor idea de cómo son los varones. —Luego pregunta—: ¿Cómo fue el encuentro con el abogado?

Avanzan por la acera hacia la casa de Glenda. Olivia le cuenta acerca de la visita al abogado. Luego añade con ansiedad:

—No debería haber escrito esas cartas.

—No me lo habías contado.

—Lo sé. —Mira de reojo a Glenda—. Tampoco se lo he contado a Paul ni a Raleigh. Prométeme que no dirás nada. Si Paul se entera, se pondrá furioso. Nunca debería haberlas entregado. Ahora todo el mundo intentará descubrir quién las escribió.

—¿Cuántas fueron?

—Solo dos. Raleigh dice que solo entró en dos casas. Lo obligué a que me enseñara dónde.

—¿Cuál es la otra?

Olivia vacila.

—La de los Pierce.

—¿En serio?

Olivia asiente con la cabeza. «¿Y si Robert Pierce es un asesino?».

—¿Y tú le crees? —pregunta Glenda al cabo de un momento.

—Al principio lo hice. Pero, para serte sincera, ya no estoy tan segura. A lo mejor Zoe tiene razón y Raleigh no me lo ha contado todo. Nunca le hubiera creído capaz de hacer algo así. —Por un momento guardan silencio, mientras recorren la acera oscura, y Olivia imagina a Suzanne, Becky, Jeannette y Zoe encendiendo sus ordenadores sin más tardar y revisando los mensajes enviados en busca de correos que no hayan escrito. Al rato Glenda pregunta:

—¿Crees que Robert Pierce mató a su mujer?

Olivia le lanza una mirada incómoda.

—No lo sé —contesta—. ¿Y tú?

—Tampoco lo sé.

—Yo ni siquiera la conocía —dice Olivia—, pero era vecina..., era una de nosotras. El golpe se siente muy cerca.

Carmine Torres ha decidido ir de puerta en puerta por su calle, para decir a sus vecinos que han entrado en su casa y enseñarles la carta. Por la mañana, ha cruzado dos palabras con Zoe, quien le ha contado que ninguna de las integrantes de su club de lectura había oído nada al respecto. Luego, como es natural, han comentado la noticia: una mujer de este barrio supuestamente tranquilo —de apenas una calle más allá— ha sido hallada brutalmente asesinada.

Carmine también tiene previsto recorrer la calle Sparrow, donde vivía la muerta, y ver lo que puede averiguar sobre su aparición en el maletero. A Carmine le encanta cotillear.

Antes de salir, deambula por la casa intranquila, tocando cosas, estudiándolas, enderezando cuadros. Revisa el botiquín. ¿Han movido algo? No puede saberlo con seguridad. Está algo asustada, sola en su casa, nunca le había ocurrido. Odia ser viuda; se siente sola. Y odia la idea de que alguien —por más que sea solo un adolescente— registrara sus cosas. Que leyera lo escrito en su ordenador. No es que contenga nada indebido. Pero ¿qué clase de chaval haría algo así? Debe de tener algún problema.

El martes por la mañana, Raleigh se descubre evitando a Mark en el instituto. No quiere hablarle del encuentro con el abogado. Ha decidido que se acabó: no volverá a meterse en ninguna casa. Jamás.

Webb y Moen han regresado a la oficina del forense para recoger los resultados de la autopsia de Amanda Pierce. La amplia sala está recién pintada y entra muchísima luz natural por las grandes ventanas que se abren a lo largo de la mitad superior de las paredes de la estancia. Aun así, el olor es terrible. Webb chupa una de las pastillas de menta que ha traído Moen. Sus zapatos rechinan al pisar las baldosas impolutas. Debajo de las ventanas hay una larga encimera con varios fregaderos e instrumentos esterilizados dispuestos en orden. Sobre la encimera cuelgan diferentes balanzas: se parecen a las del supermercado en las que puedes pesar las setas, piensa Webb.

John Lafferty, un experimentado patólogo forense, dice:

—La causa de la muerte es un fuerte traumatismo craneal. La golpearon repetidamente en la cabeza con un objeto contundente, casi seguro un martillo, por lo que se ve.

Webb se centra en el cuerpo tendido en la mesa de acero. Han quitado la sábana. Es una visión espantosa. El cadáver descompuesto está hinchado y la piel presenta un horrendo tinte verdoso. Tiene mucha peor pinta que el día anterior.

—Lamento el olor, pero los cadáveres tienden a deteriorarse rápidamente en cuanto los sacan del agua —explica Lafferty.

Impertérrito, Webb se acerca a estudiar el cuerpo. Se ha realizado la autopsia, han examinado y pesado los órganos, y han vuelto a cerrar el torso. La cabeza es un amasijo carnoso. Le han reventado un ojo a golpes.

—En estas circunstancias resulta casi imposible estimar el momento de la muerte —dice el patólogo—. Es muy difícil hacerse una idea de acuerdo con las alteraciones *post mortem* más de setenta y dos horas después de la muerte, y el hecho de que haya estado en el agua... Lo lamento.

Webb asiente con la cabeza.

—Entiendo.

—No hay rastros de agresión sexual ni lesiones de ningún tipo —prosigue el patólogo—. No cabe duda de que estaba muerta cuando la sumergieron. No hay heridas defensivas, nada bajo las uñas. Ni señas evidentes de resistencia, aunque parece que la golpearon de frente. Puede que conociera al asesino. Lo más probable es que el primer golpe la sorprendiera y la atontara. La golpearon varias veces, con mucha fuerza. Los primeros dos o tres golpes sin duda la mataron. Los golpes repetidos indican que se ensañaron con ella.

—Así que era algo personal.

—Eso parece. —Al cabo de una pausa añade—: Era una mujer sana; no hay rastros de fracturas antiguas que apunten a un maltrato doméstico continuo.

—Vale —dice Webb—. ¿Algo más?

—Estaba embarazada. De unas diez semanas. Eso es todo.

—Gracias. —Webb y Moen se dirigen a la puerta—. Sabemos que estaba viva el viernes 29 de septiembre, cuando fue al trabajo —comenta Webb—. Tienen que haberla matado en algún momento del fin de semana. Probablemente ya estaba muerta el lunes, cuando su marido informó de su desaparición.

Caminan hasta el coche, los dos llenándose los pulmones de aire fresco.

—No todos los hombres se alegran de saber que van a ser padres —observa Moen.

—Matarla sería un poco drástico, ¿no? —replica Webb.

Moen se encoge de hombros.

—Solo tenemos la palabra de Robert Pierce en cuanto a que ella le había anunciado un viaje con Caroline —señala—. Nadie lo ha confirmado; ella no le mencionó a ninguno de sus compañeros de trabajo que se marcharía el fin de semana.

Webb hace un gesto afirmativo y dice:

—Tal vez no tenía previsto ir a ninguna parte. Tal vez se lo inventó él después de matarla. No hemos encontrado ninguna reserva de hotel a nombre de ella.

—El marido podría haberla matado y luego haber preparado la maleta, hundido el coche y haber esperado que nunca la encontrasen. Como para que pareciera que ella había planeado dejarle.

—Tenemos que hablar con Caroline Lu —concluye Webb.

La semana de Olivia está resultando poco productiva. Culpa a Raleigh —y las espantosas noticias sobre Amanda Pierce— de su incapacidad para concentrarse. Es martes por la tarde y en toda la jornada aún no ha logrado hacer nada. Aparta la vista del documento abierto en su pantalla, se levanta y baja a servirse otra taza de café. La casa está tranquila; Paul se encuentra trabajando y Raleigh está en el instituto. Pero ella no puede dejar de pensar en cuestiones ajenas a su encargo editorial del momento. Está preocupada por Raleigh.

¿Y si no le ha contado todo? A Olivia no le ha gustado nada el modo en que su hijo desvió la mirada cuando se lo preguntó. Parecía sincero cuando le dijo que no consumía drogas, pero aun así ella siente que le oculta algo.

Y aunque no logra explicarse por qué, Olivia siente que Paul también le oculta algo. Desde hace dos o tres semanas parece tener la cabeza ocupada con algo que no comparte con ella. Cuando ella le preguntó al respecto, se la quitó de encima con un comentario acerca de que estaba muy liado en el trabajo. Desde luego, a él también lo ha afectado lo de Raleigh.

Inquieta, coge el periódico local, el *Aylesford Record*, y se sienta a leerlo en el sillón, delante de las puertas correderas de cristal que dan al jardín trasero. Ya lo ha mirado, y ha seguido la noticia en internet. Pero deja el café en la mesita auxiliar y vuelve a abrir el periódico. En la página tres, hay una fotografía y un titular. Hallada muerta la mujer desaparecida. La fotografía muestra a Amanda Pierce, sonriente y guapa, sin asomo de la tragedia que le ocurrirá. Está tan hermosa como en la fiesta del barrio, cuando todos comían de su mano.

Olivia estudia la fotografía de cerca, recordando lo que se dijo en el club de lectura la velada anterior. Relee el artículo. Aporta pocos datos. Ayer por la mañana sacaron su cuerpo y su automóvil de un lago. Solo pone que el cuerpo se encontró en el maletero. Olivia se pregunta cómo habrá muerto. El resto de la información es escasa. Los policías no sueltan prenda, amparándose en la excusa de que «la investigación está en curso».

Deja el periódico, decide salir de paseo y se ata los cordones. Tal vez caminar le sirva para despejar la mente y así consiga retomar el trabajo.

Es horrible, piensa Olivia al salir. Han asesinado a una mujer que vivía en su calle. No puede dejar de pensar en ello.

9

Robert Pierce ojea la calle desde detrás de las contraventanas del dormitorio principal. Fuera hay un grupo de gente que vigila su casa sin cesar, y algunos acaban de levantar la vista al notar el movimiento en la ventana. Imagina lo que estarán diciendo sobre él.

Se aparta de la ventana y observa al equipo del forense continuar con su meticulosa búsqueda en la habitación. Observa y piensa. No tienen nada en su contra. Lo único que había era el móvil sin registrar y de prepago de Amanda, y ahora se encuentra a buen recaudo enterrado en el jardín.

Piensa en el teléfono. Se había convertido en un problema entre él y Amanda. Aun cuando no hablaban de ello. Era lo malo de la pareja: buena parte del matrimonio ocurría bajo la superficie. No hablaban de las cosas. No discutían. En lugar de eso, se andaban con jueguecitos.

Robert estaba convencido de que ella tenía un teléfono de prepago. Sabía que lo llevaba encima —casi seguro en su bolso— y lo escondía en alguna parte cuando estaba en casa. Porque le había revisado los bolsos, y el coche, y nunca lo había encontrado. Y entonces, no hace mucho, una noche la sorprendió con la cena lista cuando ella llegó a casa. Una comida simple: filete con ensalada y vino tinto. Y una pastillita en su copa para dejarla fuera de combate.

Mientras ella yacía despatarrada en la cama de matrimonio, inconsciente, él revisó metódicamente toda la casa, más o menos como ahora el equipo policial. Y descubrió el escondite secreto. La caja de tampones en el fondo del armario del baño. El baño era el único rincón de la casa donde ella siempre podía estar sola con seguridad. No muy creativo por su parte, la verdad. Si buscan en la caja de tampones ahora, desde luego, no encontrarán más que tampones.

¿Cuánto debe preocuparse, realmente?

Cuando Amanda despertó al día siguiente con una migraña tremenda, él la reprendió por beber en exceso. Señaló la botella vacía en la encimera de la cocina —había echado la mitad del vino en el fregadero— y ella asintió y sonrió insegura. Más tarde, cuando estaba vestida para ir al trabajo, parecía nerviosa, indispuesta. Se acercó a Robert con una expresión indescifrable. Él se preguntó si iba a pedirle explicaciones. Se preguntó si tendría agallas para hacerlo. Se la quedó mirando con expresión anodina.

—¿Estás bien, cariño? Pareces preocupada.

Nunca la había tratado con violencia, pero ella lo miró como un suave ratoncito marrón miraría a una serpiente.

Se observaron fijamente. Él le había quitado su teléfono secreto de su escondite secreto. Él lo sabía y ella lo sabía. ¿Diría algo? Robert creía que no se iba a atrever. Esperó.

Al final ella dijo:

—No, estoy bien.

Y se dio la vuelta.

La siguió vigilando para ver si intentaba buscar discretamente el teléfono perdido antes de irse a trabajar, pero no lo hizo. Robert lo había puesto en su cajón inferior, debajo de unos sobres. Era más fácil encontrarlo allí que donde lo había puesto ella. Pero sabía que Amanda no se atrevería a revisar el cajón. No mientras él estuviera en casa. Así que se quedó en casa hasta que ella se marchó al trabajo.

Ese fue el día que desapareció.

El inspector Webb es muy consciente de que Robert Pierce merodea por la casa durante el registro. ¿Mató a su esposa? ¿Metió su cadáver en el maletero y hundió su coche en el lago? No se le da muy bien el papel de marido afligido. Parece nervioso.

Si la mató en la casa, encontrarán algo. Saben que la mataron a golpes con un martillo o algo similar. Debió de haber mucha sangre. Por más que una superficie parezca totalmente limpia, si hay rastros de sangre, los descubrirán. Pero Webb no cree que la matara allí mismo. Es demasiado listo para hacer algo así.

El equipo avanza lentamente por la casa. Rastrean huellas dactilares en todas partes, revisan dentro de los cajones y bajo los muebles en busca de cualquier cosa que pueda arrojar luz sobre la muerte de Amanda Pierce.

Se llevan su ordenador portátil. Encontraron su teléfono en el bolso; las dos semanas bajo el agua lo han dejado inutilizable, pero examinarán el historial de llamadas. Webb se pregunta qué podía estar ocultando Amanda Pierce, si es que ocultaba algo. Le dijo a su marido que se iba de viaje con una amiga. Solo tienen la palabra de él. Pero, si él dice la verdad, entonces Amanda le mintió sobre Caroline Lu. En ese caso, ¿con quién pensaba encontrarse? ¿Había descubierto la verdad su marido? ¿La mató en un ataque de celos? O tal vez la mató por otro motivo. Tal vez la sometía a maltrato psicológico. ¿Intentaba ella escapar del matrimonio y él la descubrió?

La entrevista con Caroline Lu no aportó nada útil. Las dos eran amigas desde la universidad, pero se veían cada vez menos en los últimos meses; Caroline no sabía si Amanda tenía un amante, y no estaba al corriente de posibles conflictos matrimoniales. Se había quedado de piedra cuando Robert la llamó para contarle que Amanda le había dicho que iban a pasar ese fin de semana juntas.

Ahora, en el dormitorio principal, Robert observa todo en silencio y con frialdad. Un técnico se acerca a Webb y le dice en voz baja:

—Cuatro juegos de huellas distintos en la casa. Abajo en el salón y en la cocina. Aquí, en el despacho, sobre todo en el escritorio y en los cajones del escritorio, y en la llave de luz del dormitorio, así como en el cabecero; también en el baño adjunto.

Interesante, piensa Webb, y mira de reojo a Moen, que levanta una ceja mirándolo. Se vuelve a Robert y dice:

—¿Ha tenido visitas últimamente?

Él niega con la cabeza.

—¿Y su esposa?

—No que yo sepa.

—¿Una asistenta?

Robert niega con la cabeza.

—No.

—¿Se le ocurre por qué puede haber cuatro juegos distintos de huellas en su casa en lugar de solo las suyas y las de su esposa?

—No.

Uno de los dos tenía un amante, piensa Webb, o quizá los dos. A lo mejor Amanda recibía a su amante en casa cuando el marido estaba fuera. Era un riesgo. Tal vez murió por eso. Preguntarán de puerta en puerta por el barrio. Comprobarán si algún vecino vio que alguien entrara o saliera de la casa alguna vez.

El registro no arroja nada más. Tal vez no fue un acto espontáneo, piensa Webb; tal vez el asesino pudo planear hasta el último detalle, desde la mentira sobre el viaje de fin de semana. Webb mira de arriba abajo a Robert, que sigue de pie en un rincón, observándolo todo. Hay que presionarlo. Webb sabe que, cuando asesinan a una mujer, el culpable suele ser el marido. Pero no es de los que sacan conclusiones precipitadas. Rara vez las cosas son tan simples.

Mientras camina rápidamente por la calle, Olivia ve algo delante de la casa de los Pierce. Hay una muchedumbre allí apostada, estudiando la casa blanca con la ventana salediza y las contraventanas negras.

La construcción no tiene nada de particular, al igual que tantas otras de la calle. Pero hoy se ve alterada la calma habitual. Hay coches patrulla y una furgoneta blanca de la policía aparcados enfrente. Un periodista está entrevistando a un vecino en la acera. Olivia no quiere ser de esas personas macabras que se regodean ante el dolor de los demás, pero no puede negar que siente curiosidad. Desde donde se encuentra, no ve nada de lo que ocurre dentro, salvo las siluetas que pasan de vez en cuando delante de una de las ventanas.

Olivia sigue su camino a toda prisa. Piensa en la gente que está en la calle, cotilleando, especulando. Sabe qué dicen. Dicen que seguramente la mató él.

Olivia piensa en Robert Pierce, que en ese momento está dentro de su casa con la policía, mientras la gente observa afuera. Ha perdido el derecho a la privacidad porque su esposa ha sido asesinada, y puede que no tuviera nada que ver en ello.

De forma egoista, Olivia se descubre deseando que el renovado interés en Amanda Pierce haga que la gente se olvide de los allanamientos y las cartas anónimas.

10

Becky Harris mira por la ventana de la habitación de su hija, que está en uno de los lados de la casa, oculta por una cortina. Desde allí alcanza a ver la calle y la casa de los Pierce. Distingue a Olivia, que ha salido a dar un paseo y pasa delante de la multitud apostada en la calle. Becky se muerde nerviosamente el pellejo que rodea sus uñas, un viejo hábito que había dejado hace años, pero ha retomado hace poco. Se centra en la residencia de los Pierce.

Se pregunta qué habrán encontrado, si es que han encontrado algo.

De la casa salen dos personas. Un hombre y una mujer, los dos con trajes oscuros. Recuerda haberlos visto ayer, cuando llevaron a Robert a casa. Inspectores, supone. Tienen que serlo. Se detienen un momento frente a la casa conversando entre ellos. Becky ve que la mirada del hombre se pasea calle arriba y abajo. Su compañera asiente con la cabeza, y avanzan por el camino de entrada.

Es obvio que van a hacer preguntas a los vecinos.

Jeannette observa a los inspectores desde detrás de su ventana. Sabe que pronto llamarán a su puerta. Trata de ignorar la ansiedad que siente. No quiere hablar con la policía.

Cuando por fin oye el timbre, se sobresalta un poco, aun cuando lo ha estado esperando. Va hasta la puerta de entrada. Los dos inspectores se recortan en el umbral; detrás de ellos, justo enfrente, se ve perfectamente la casa de los Pierce. Los ojos de Jeannette se apartan nerviosamente de los inspectores.

El hombre le enseña la placa.

—Soy el inspector Webb, y ella es la inspectora Moen. Estamos investigando el homicidio de Amanda Pierce, de la casa de enfrente. Quisiéramos hacerle unas preguntas.

—Vale —dice, un poco nerviosa.

—¿Cuál es su nombre?

—Jeannette Bauroth.

—¿Conoce bien a Robert y Amanda Pierce? —pregunta Webb.

Jeannette niega con la cabeza.

—En realidad, no. Solo los conozco de vista —dice—. Se mudaron hace poco más de un año. Hacían su vida, en general.

—¿Alguna vez los vio discutir, u oyó alguna pelea? —Jeannette vuelve a indicar que no—. ¿Le vio moratones a Amanda Pierce, quizá un ojo morado?

—No, nada por el estilo —contesta Jeannette.

—¿Por casualidad vio a Robert Pierce entrar y salir el fin de semana del 29 de septiembre, cuando desapareció su mujer?

No recuerda haber visto a Robert en absoluto ese fin de semana.

—No.

—¿Alguna vez vio que entrara o saliera alguien más de su casa? —pregunta Moen.

Tiene que contestar, aun cuando no quiera. Se muerde el labio nerviosa y dice:

—No quiero causar problemas.

—No está usted causando problemas, señora Bauroth —la tranquiliza el inspector Webb, en un tono de voz calmado pero firme—. Está colaborando con una investigación policial; si sabe algo, tiene que comunicárnoslo.

Jeannette suspira y dice:

—Sí, vi a alguien. La vecina de al lado, Becky Harris. La vi salir en mitad de la noche por la puerta principal. Me había levantado a beber un vaso de leche, a veces me cuesta dormir, y me dio por mirar por la ventana. Y la vi.

—¿Cuándo fue eso? —pregunta Webb.

No quiere responder, pero realmente no le queda alternativa.

—Fue el sábado de madrugada, el fin de semana que desapareció Amanda.

Los inspectores se miran el uno al otro.

—¿Está completamente segura de la fecha? —pregunta Webb.

—Sí —responde ella, abatida—. Segurísima. Porque el martes siguiente ya circulaba el rumor de que Amanda no había vuelto a casa y él había informado de su desaparición. —Tras una pausa, añade—: El marido de Becky viaja mucho por trabajo. Creo que ese fin de semana estaba fuera. Los chicos están en la universidad.

—Gracias —dice Webb—. Ha sido usted de gran ayuda.

Ella le devuelve la mirada, con el corazón encogido.

—No quería decir nada, pero son la policía. No le dirán quién se lo contó, ¿verdad? Somos vecinas.

El inspector se despide con un inclinación de cabeza y se da la vuelta para marcharse, sin responder a la pregunta.

Jeannette se retira al interior de su casa, cerrando la puerta con una mueca de descontento. No le había contado a nadie lo que vio. Si Becky quiere engañar a su marido, es asunto suyo. Pero con la policía es otro cantar. Hay que decir la verdad.

Recuerda a Amanda en la fiesta del barrio, sus grandes ojos, su piel perfecta, el modo en que se echaba el pelo hacia atrás cuando reía, hipnotizando a los hombres. También recuerda a Robert, igual de guapo, pero observando a su mujer en silencio. Podría tener a cualquier mujer que quisiera, si así lo desea.

¿Qué le ve entonces a Becky Harris?

Raleigh abre su taquilla de un tirón después de su última clase. Solo quiere coger sus cosas e irse a casa. Ha tenido un día de perros. La cagó en un examen de matemáticas. Le sonrió a una chica guapa y ella lo miró como si no existiera. Todo forma parte de su vida de perros.

—Hola —dice Mark, que aparece de pronto por detrás.

—Hola —contesta Raleigh, sin entusiasmo.

Mark se le acerca y pregunta:

—¿Dónde fuiste ayer al salir de clase?

Raleigh mira por encima del hombro para asegurarse de que nadie los oye.

—Me recogió mi madre; tuve que ir a ver a un abogado.

—¡Qué pronto! —exclama Mark, sorprendido—. ¿Y? ¿Qué te dijo?

Raleigh contesta en voz baja.

—Dijo que si me llegan a pillar iré a un correccional.

—¿Nada más?

—Más o menos.

Mark suelta un soplido de burla.

—¿Y cuánto pagaron tus padres por eso?

—No lo sé, y no tiene gracia, Mark. —Lo mira a los ojos y dice—: Se acabó. No volveré a hacerlo. Por un tiempo fue divertido, pero no tengo intención de ir a la cárcel.

—Claro, lo pillo —responde Mark.

—¿Qué quieres decir con eso?

—Nada.

—Tengo que irme —zanja Raleigh.

Cuando llaman a su puerta, Becky pega un salto. Está de pie en la cocina, con los hombros tensos, esperándolos.

Abre la puerta y ve a los dos inspectores. Desde la ventana parecían comunes y corrientes, pero de cerca son mucho más intimidantes. Cuando se presentan, traga saliva nerviosa.

—¿Su nombre? —pregunta el inspector Webb.

—Becky Harris.

El inspector parece despierto, indagador, y esa actitud la pone aún más nerviosa.

—¿Conocía usted a Amanda Pierce? —pregunta Webb.

Ella niega con la cabeza, frunciendo el ceño.

—No mucho. En fin, mi marido y yo tomamos un par de copas con ella y su marido una o dos veces, de manera informal. Una vez los invitamos a casa, cuando acababan de mudarse. Y a las pocas semanas ellos nos invitaron a nosotros. Pero no volvimos a hacerlo. No teníamos mucho en común, aparte de ser vecinos. —El inspector aguarda, como en espera de algo más—. Y creo que Amanda tuvo algún contrato eventual en la oficina de mi esposo. Pero en realidad los conocemos poco. Lo que le ocurrió a Amanda es horrible.

—¿Y usted nunca pasó tiempo con Robert Pierce salvo en esas dos ocasiones? —pregunta el inspector, mirándola fijamente.

Becky vacila.

—A veces veía a Robert por encima de la cerca, en verano, cuando estaba sentado en el jardín, leyendo o bebiendo una cerveza. A veces charlábamos un poco. Parece un buen hombre. —Devuelve la mirada a los dos inspectores y añade—: Cuando desapareció su mujer, estaba hecho polvo.

—¿Así que usted habló con él después de que desapareciera su esposa? —pregunta el inspector Webb.

Becky se inquieta.

—Bueno, no mucho. Solo... por encima de la cerca. Cuando Amanda no volvió, me contó que había informado de su desaparición; pero no tenía ganas de hablar. Estaba muy decaído.

El inspector la mira con la cabeza inclinada, como si evaluara algo. Luego dice:

—¿O sea que no estuvo en casa del señor Pierce hasta tarde por la noche el sábado del fin de semana que desapareció su mujer?

Becky siente que se pone roja como un tomate; los inspectores saben que está mintiendo. Pero tiene que negarlo.

—No..., no sé de qué me habla. ¿De dónde ha sacado esa idea?

«¿Se lo habrá dicho Robert?».

—¿Está segura?

—Claro que estoy segura —contesta bruscamente.

—Vale —dice el inspector, obviamente sin creerla. Acto seguido le entrega su tarjeta—. Pero si quiere revisar su versión, puede contactarnos. Gracias por su tiempo.

Robert Pierce observa desde la ventana mientras los inspectores llaman una por una a la puerta de sus vecinos y los entrevistan allí mismo. Los mira conversar con Becky. Ella niega con la cabeza y lanza una mirada hacia la casa de Robert. ¿Acaso lo ve, observándola desde la ventana? Robert echa la cabeza atrás, alejándose de la luz.

Para la cena, Olivia ha preparado *penne* con pesto y pollo. Paul come en silencio, con la cabeza claramente en otra parte. Hablaron un poco y con asombro sobre Amanda Pierce la noche anterior, cuando ella regresó del club de lectura. Y hoy, cuando volvió del trabajo, él le contó que la noticia circulaba por toda la oficina. Olivia se pregunta si Raleigh ha oído hablar del tema, o si simplemente está en sus cosas. Raleigh devora la comida sin decir palabra. Ha estado hosco y callado desde que volvió del instituto, claramente de mal humor. Olivia de repente se siente molesta. ¿Por qué se lo ponen tan difícil? ¿Por qué tiene que ser ella la encargada de preguntar cómo anda todo el mundo, sacar temas de conversación en la cena? Ojalá Paul hiciera un esfuerzo. Antes no era tan... distante. Y los problemas de Raleigh se ciernen sobre ellos como una nube negra.

—¿Qué tal te ha ido en el instituto, Raleigh? —pregunta Olivia.

—Normal —murmura él con la boca llena, sin explayarse.

—¿Cómo te ha ido en la prueba de mates?

—No lo sé. Bien, supongo.

—Hoy la policía registró la casa de los Pierce —dice Olivia. Paul la mira frunciendo el ceño. Raleigh levanta la vista. Olivia sabe que los adolescentes viven en una burbuja: Amanda no está en su radar, aun cuando se metió en su casa. Se vuelve hacia él y explica—: La mujer que vivía calle abajo, Amanda Pierce; desapareció hace un par de semanas. Todo el mundo creía que había dejado a su marido.

—Ah, sí —dice Raleigh.

—Resulta que la asesinaron. Ayer encontraron su cadáver.

Paul deja los cubiertos y se queda muy quieto.

—¿Tenemos que hablar de eso en la mesa? —pregunta.

—Bueno, salió en todas las noticias —contesta ella—. Ahora dicen que la mataron a golpes.

—¿Dónde la encontraron? —quiere saber Raleigh.

—No han dado detalles. En realidad, no han dicho gran cosa. Apareció en alguna parte cerca de Canning, en las montañas de Catskill —dice Olivia.

—¿Tú la conocías? —le pregunta su hijo.

—No —dice Olivia, mirando de reojo a su marido.

—No, no la conocíamos —repite Paul.

Olivia observa a su marido y nota que algo pasa fugazmente por su cara, aunque desaparece tan pronto que no está segura de haberlo visto en absoluto. Desvía la mirada.

—Nos toca muy de cerca —dice Olivia— esto de que asesinen a un vecino de nuestra propia calle.

—¿Se sabe quién la mató? —pregunta Raleigh con inquietud.

Olivia dice:

—Creo que sospechan que su marido tuvo algo que ver —responde Olivia—. En todo caso, hoy registraron su casa.

Olivia remueve la pasta por el plato y mira a su hijo. Parece angustiado. De repente, cae en la cuenta de lo que debe de preocuparle. «¿Y si encuentran las huellas de Raleigh en la casa?».

11

El miércoles, al entrar en la comisaría, Becky siente que le tiemblan las rodillas. Recibió la llamada esa mañana, apenas pasadas las nueve. Aun antes de coger el teléfono, sabía quién era. Se quedó mirándolo sonar, pero al final levantó el auricular.

Era el inspector Webb. Becky reconoció su voz antes de que se identificase; lo esperaba. Webb había aparecido en sus sueños de esa noche y no en el buen sentido. Por teléfono le pidió que fuese a la comisaría tan pronto como pudiera. Es decir, lo antes posible.

—¿Por qué? ¿Para qué? —preguntó ella con cautela.

—Queremos hacerle algunas preguntas más —dijo el inspector.

Saben que aquella noche estuvo en casa de Robert. Él debió de decírselo. Saben que ella les ha mentido. Los latidos del corazón le resuenan en los oídos. Si sale a la luz, ese asunto acabará con su matrimonio, con su familia.

¡Qué suerte de mierda! ¿Cómo podía saber, cuando se acostó con su apuesto vecino de al lado —solo dos veces, a fin de cuentas—, que todo el mundo iba a enterarse porque su esposa sería asesinada y él se vería inmerso en una investigación policial? Por supuesto que lo habían interrogado, habían mirado todo con lupa; Robert estaba obligado a contárselo.

En más de veinte años de matrimonio, Becky nunca antes había sido infiel.

Y ahora aquí está, subiendo las escaleras de la comisaría, con la esperanza de que nadie la vea. Y luego piensa: ¿qué más da, si de todos modos la cosa acabará en los periódicos? Se muere de vergüenza; tiene hijos, mellizos de diecinueve años. ¿Qué van a pensar de ella? No habrá manera de explicárselo.

El agente de la recepción le pide que aguarde y levanta el teléfono. Becky se sienta en una silla de plástico y procura respirar con normalidad. Tal vez pueda convencerlos de que no divulguen su nombre. Se pregunta si tiene algún derecho. No sabe si la van a acusar de algún delito. Entonces se le acerca el inspector Webb. De inmediato, Becky se pone de pie.

—Gracias por venir —le dice él cortésmente.

Ella no atina a responder; tiene la lengua pegada contra el paladar. Webb la lleva a una sala de interrogatorios, donde los espera la inspectora Moen. Becky da gracias de que haya otra mujer presente. No quiere quedarse sola con Webb. Le tiene miedo.

—Tome asiento, por favor —dice Moen, ofreciéndole una silla.

Becky se sienta y los inspectores toman asiento frente a ella al otro lado de la mesa.

—No se ponga nerviosa —dice el inspector Webb—. Contestar a nuestras preguntas es un acto puramente voluntario, y puede darlo por terminado cuando lo desee —añade.

Pero ella tiene motivos de sobra para estar nerviosa, y él lo sabe.

—¿Le apetece un vaso de agua? ¿Un café? —sugiere Moen.

—No, gracias, no hace falta —responde Becky, para luego carraspear. Se queda sentada con las manos en el regazo, debajo de la mesa, donde nadie la ve arrancarse los pellejos de las cutículas, esperando a que su vida se derrumbe.

—¿Tenía usted una relación sexual con Robert Pierce? —pregunta Webb sin rodeos.

Becky no puede evitarlo; se echa a llorar. Solloza con tal fuerza que no consigue responder a la pregunta. Moen le acerca una caja con pañuelos de papel. Le dejan que se desahogue. Al final Becky se suena la nariz, se seca los ojos y los mira a ambos.

Webb repite la pregunta.

—Sí.

—No lo mencionó ayer cuando hablamos con usted —dice Webb—. Negó haber estado en su casa la noche del 30 de septiembre.

Becky mira de reojo a Moen, que la observa con algo parecido a la compasión.

—No quería que se supiera —contesta acongojada—. Estoy casada, tengo hijos. Esto acabará con mi familia.

Moen se inclina hacia ella y dice:

—No queremos acabar con su familia, Becky. Solo necesitamos averiguar la verdad.

Becky mira a los dos inspectores con los ojos hinchados.

—No dije nada porque sé que Robert no le hizo daño a su mujer. Nunca lo habría hecho y de ninguna manera la habría matado. Robert no mataría ni a una mosca. —Aprieta el pañuelo que tiene en la mano—. Así que no creí que necesitaran saberlo. No pensé que fuese relevante que nos hubiésemos acostado. Solo ocurrió dos veces. Entiendo que él tuviera que contárselo. Pero ojalá no lo hubiera hecho.

—No fue Robert quien nos lo contó —replica el inspector Webb.

Becky levanta la cabeza de golpe.

—¿Qué ha dicho?

—Él niega que haya tenido relaciones sexuales con nadie salvo con su esposa durante su matrimonio.

Becky se siente al borde del desmayo. ¿Quién más lo sabe? Y luego se da cuenta de que, por su culpa, han pillado a Robert mintiendo.

—Alguien la vio saliendo de casa de los Pierce en mitad de la noche, y hemos deducido el resto.

—¿Quién? —pregunta ella.

—De momento, no creo que importe quién —contesta Moen.

Becky se agarra la cabeza con las manos y susurra:

—Dios mío.

—Por desgracia —señala el inspector Webb—, estamos investigando un homicidio, y usted es una víctima colateral. Lo mejor que puede hacer es colaborar con nosotros plenamente.

Becky asiente con aire cansado. No le queda alternativa. Pero siente que está traicionando a Robert, mientras que él sin duda intentaba protegerla. Eso le inspira cariño, lo que hace que le resulte más doloroso lo que va a venir ahora.

—Háblenos sobre su relación con Robert Pierce —la anima Moen.

—En realidad no hay mucho que contar —empieza a decir Becky, acongojada, mirando el pañuelo despedazado que tiene en el regazo—. Mi marido viaja mucho por negocios. Mis hijos empezaron la universidad fuera de la ciudad el año pasado y no están mucho en casa. Me sentía sola, un poco perdida. Veía a Robert en el jardín. Su mujer también viajaba. Charlamos un par de veces, como les he dicho. Y después la cosa pasó a mayores. Fue una tontería, lo sé. Es mucho más joven que yo. —Becky se sonroja—. Me di cuenta de que le gustaba, nunca lo ocultó, y no pude resistirme. Pensé..., pensé que no hacía daño a nadie. Pensé que nadie lo sabría.

Webb la escucha sin inmutarse, pero Moen asiente de manera compasiva. Becky continúa:

—Un fin de semana de agosto me dijo que su esposa se había ido de viaje con una amiga. Me invitó a su casa. En la mía no había nadie; Larry estaba de viaje, y mis hijos estaban en casa de unos amigos. Esa fue la primera vez. —Vacila; no quiere contarles la siguiente parte—. La segunda vez fue a fines de septiembre, el mismo fin de semana que desapareció Amanda.

—Sí —dice Webb, animándola a continuar.

Becky prosigue con tristeza:

—No imaginan lo difícil que ha sido todo. Y yo no podía contárselo a nadie. —Mira a los dos inspectores—. Sé que no pudo haberlo hecho. Me contó que Amanda estaría fuera el fin de semana con su amiga Caroline y que no volvería hasta el domingo por la noche. Me quedé en su casa hasta entrada la noche del sábado, y regresé a la mía sobre las dos de la madrugada.

—¿Cómo sabe que no pudo hacerlo? —pregunta Webb.

—Créame, es imposible que matara a su esposa. —Becky se mueve inquieta en su asiento—. Teníamos una rutina tácita; solo hablábamos por encima de la cerca trasera, donde nadie nos veía. No volví a verlo hasta el martes siguiente. Entonces me contó que Amanda no había vuelto. Y que había informado de su desaparición a la policía. —Alza la vista, angustiada—. Empezó a darme miedo que se supiera que habíamos estado juntos ese fin de semana.

—¿Y ha vuelto a hablar con él desde entonces? —pregunta Webb.

Ella niega con la cabeza.

—No. Me ha evitado. Ya nunca sale al jardín. Y supongo que yo también quería evitarlo, después de lo ocurrido. Para pasar página. —Tras una pausa añade—: Estoy segura de que le preocupa quedar mal por haberse acostado conmigo, justo en el momento en que asesinaban a su esposa. Pero les aseguro que es un buen hombre. No lastimaría a una mujer. No es ese tipo de persona.

—Tal vez con usted era diferente que con su mujer —sugiere Webb.

—No lo creo —niega ella tercamente.

—Nos gustaría tomarle las huellas dactilares, si no le importa —dice la inspectora Moen.

—¿Por qué? —pregunta Becky, sobresaltada. Vuelve a dudar de si la acusarán de algo.

—Hemos hallado huellas desconocidas en el dormitorio de los Pierce y en el baño adjunto. Pensamos que podrían ser de usted. Si no, necesitamos saber quién más estuvo en ese dormitorio.

Becky siente que empieza a temblar. Nunca antes le han tomado las huellas dactilares.

—¿Me van a acusar de algo? —consigue decir.

—No —responde el inspector Webb—. De momento no.

Al salir de la comisaría, Becky vuelve derecha a casa. Aparca en el camino de entrada y accede por la puerta principal. Luego corre escaleras arriba y se echa en su cama.

Los chicos vendrán a casa para la cena de Acción de Gracias. ¿Qué les dirá? Por lo pronto, ¿qué le dirá a su marido cuando llegue del trabajo? ¿Debería contárselo todo, o callar con la esperanza de que, de alguna manera, nada salga a la luz?

Se recuesta de lado y piensa con ansiedad en Robert. ¿Cómo se les ocurre que pudo matar a su esposa? Es imposible. Becky recuerda las manos de Robert recorriéndole el cuerpo. Realmente parecía disfrutar de ello y de su compañía. Piensa en su pecho delgado y tonificado, su flequillo sobre los ojos, su sonrisa de medio lado.

¿Cómo puede convencer a la policía de que deberían buscar en otra parte? Las protestas que expresó hace un rato parecieron caer en saco roto. Pero Robert no mató a su esposa. Si la policía lo comprendiera como ella, no lo examinarían tanto ni la investigarían a ella. Becky desea protegerse, proteger su secreto. Y quisiera protegerlo a él.

No quiere admitirlo, pero está medio enamorada de Robert Pierce.

Está casi segura de que las huellas dactilares encontradas en la habitación son suyas. Cuando entras de lleno en una fantasía y rompes tus votos matrimoniales y te acuestas con otro, nunca, pero nunca, piensas que tus huellas acabarán implicadas en una investigación por homicidio.

Quiere proteger a Robert. Así que no les ha contado todo lo que sabe a los inspectores.

No les ha dicho que, aquella noche, Robert le confesó que se olía que Amanda se veía con alguien. A Becky le da miedo que, si la policía lo averigua, sospechen que él tenía un motivo.

Y no le dijo a Robert, cuando estuvo en la cama con él, que sabía con quién podía estar teniendo una aventura Amanda.

No contará a los inspectores lo que vio salvo que sea absolutamente necesario. Porque sabe quién era el amante de Amanda. Y también es imposible que él la haya matado.

12

Esa tarde, cuando mira a Robert Pierce, el inspector Webb ve a un hombre con toda la pinta de poder matar a su esposa. Pierce es apuesto, listo, un poco egoísta, algo susceptible. Debió de mostrarle una faceta muy distinta a su vecina Becky Harris, piensa Webb. Todos usamos máscaras. Todos escondemos algo en algún momento. Webb quisiera saber qué oculta Robert Pierce.

Pierce está al otro lado de la mesa de interrogatorios, con pleno control de sí mismo. Se sienta cómodamente, echado hacia atrás en su silla. Pero su mirada es atenta y no se pierde nada.

—Bueno, soy el sospechoso evidente, ¿no? —dice Pierce.

—De momento, usted no es sospechoso —contesta Webb—. Y no está detenido; es libre de marcharse cuando quiera. —Pierce no se mueve. Webb lo estudia con cuidado y arranca—: Usted ha dicho que el viernes 29 llegó a casa del trabajo después de las cinco. ¿Lo vio alguien?

—No lo sé. Eso deberían averiguarlo ustedes, ¿no? ¿No es lo que han estado preguntando a los vecinos?

Por desgracia para los inspectores, las preguntas puerta a puerta han resultado poco esclarecedoras. Con la excepción de Becky Harris, nadie vio a los Pierce. Hacían su vida. Nadie recordaba haber visto a Robert Pierce entrar o salir ese fin de semana. Tenía la costumbre de dejar el coche en el garaje, con la puerta cerrada, así que era difícil saber si se encontraba en casa. Salvo Jeannette Bauroth, ningún vecino notó que nadie más entrara o saliera. Aunque no había testigos que dieran fe de ello, Robert bien pudo pasar el viernes y el sábado en su hogar. O bien no. Los registros telefónicos muestran que su móvil estaba en casa; pero eso no quiere decir que él también lo esuviera.

—¿Qué hizo a continuación? —pregunta Webb.

—Como ya les he dicho, miré un poco de televisión y me fui a la cama temprano. En general me quedo frito al final de la semana.

—¿Se acostó solo?

—Sí, solo.

—¿Y el sábado?

—Me levanté tarde. Estuve en casa. Me puse al día con cosas de trabajo. Limpié un poco.

—¿Hay alguien que pueda demostrarlo?

—No, supongo que no.

—¿Y por la noche?

Pierce se mueve en su silla, se cruza de brazos y mira a Webb directamente a los ojos.

—Mire, no he sido del todo sincero con usted. Por la noche me visitó una amiga. Pasó buena parte de la noche en casa.

Webb hace una larga pausa antes de preguntar:

—¿Y quién era su amiga?

—Mi vecina de al lado, Becky Harris. Creo que ustedes hablaron con ella ayer. Los vi en su puerta.

—Sí, lo hemos hecho.

—No sé qué les habrá contado. Yo no les dije nada para protegerla. Es obvio que ella no quiere que se sepa. Está casada. Fue una aventura inofensiva. No me enorgullezco. No debería haber engañado a mi esposa. Pero me sentía solo, y Becky estaba disponible, así que... —Se encoge de hombros—. No volvió a ocurrir.

—Pero había ocurrido antes, ¿no?

Pierce lo mira con sorpresa.

—Conque ella se lo contó. Ya lo sabían todo —dice, y añade—: Sí, nos acostamos en otra ocasión, en agosto. Nada importante. Una forma de desahogarnos, para los dos.

—Pero ¿por qué nos mintió, Robert? —pregunta Moen—. Nos dijo que nunca engañaba a su esposa.

—¿Usted qué cree? Me hace parecer un mal marido, y eso es lo que ustedes quieren, ¿no? Y tal vez lo era. Pero eso no significa que asesinara a mi mujer. —Se inclina hacia delante y dice—: Quiero que dejen de perder el tiempo conmigo y encuentren a la persona que mató a Amanda. Quiero que encuentren al cabrón que lo hizo.

—Y lo haremos —contesta Webb.

Moen prosigue:

—¿Y el domingo?

Pierce vuelve a echarse atrás en su silla.

—El domingo lo pasé jugando al golf con unos amigos. No tenía idea de que Amanda no iba a volver por la noche. Los nombres y números de teléfono de mis amigos deben de estar en el expediente. Ellos se lo confirmarán. Cenamos en el club, y a continuación volví a casa para esperar a Amanda.

—¿Se le ocurre de quién pueden ser las huellas dactilares que encontramos en su casa?

—Supongo que algunas serán de Becky.

—¿Y qué me dice de las otras?

Pierce se encoge de hombros.

—Ni idea.

—¿Nos ha ocultado alguna otra cosa, señor Pierce?

Le devuelve la mirada a Webb con insolencia.

—¿Como qué?

—Sobre su esposa. ¿Tenía una aventura?

Pierce se muerde el labio.

—No lo sé.

—¿En serio? —contesta Webb, en tono distendido—. Tal vez tenía una aventura y usted se enteró. Tal vez usted sabía que no se iba de viaje con su amiga Caroline. Tal vez usted estaba al tanto y la mató. —Robert no se inmuta—. O tal vez usted solo se inventó eso de que ella le dijo que se iba con Caroline. Tal vez usted quedó con su mujer en algún sitio, y ella no tenía idea de lo que planeaba hacerle.

—No —dice Robert, negando con la cabeza—. Está totalmente equivocado. Por entonces no pensaba que Amanda tuviera una aventura. La idea ni siquiera se me cruzó por la cabeza hasta que hablé con Caroline el domingo y comprendí que Amanda me había mentido.

Webb no le cree.

—¿Sabe que su esposa estaba embarazada?

—Sí. Tenía pensado abortar. No queríamos tener hijos. —Pierce se los queda mirando como si esperase que se lo reprocharan—. ¿Algo más? —dice.

Pierce está perdiendo la calma, pero se le da muy bien disimular, piensa Webb.

—No, no queremos entretenerlo —responde, y observa a Pierce echar ruidosamente la silla hacia atrás y marcharse.

—No tiene una buena coartada —comenta Moen, una vez que Robert Pierce se ha ido—. El viernes y el sábado pudo estar en cualquier parte. Dejó el móvil en casa para que no lo delatara.

—Cuanto más lo veo, menos me gusta —contesta Webb—. Si será engreído el cabrón.

—No parece muy triste por su esposa —observa Moen.

—No —conviene Webb—. Si Amanda tenía una aventura, ¿quién era su amante?

—Si lo supiéramos, tendríamos una pista —murmura Moen.

13

El miércoles, Olivia busca en las noticias del periódico y en internet cualquier información sobre el asesinato de Amanda Pierce. Es extraño lo rápido que se ha obsesionado con el caso. Pero no hay ninguna novedad, y muy pocos datos fehacientes. Todo es un refrito de lo que ya se ha dicho. La investigación sigue adelante.

Anoche en la cama trató de hablar del tema con Paul.

—¿Qué crees que le ocurrió? —le preguntó.

—No lo sé —murmuró Paul, intentando leer su libro.

—Debía de tener una aventura —dijo Olivia—. Si no, ¿por qué iba a mentirle a su marido sobre con quien estaba?

—No es asunto nuestro, Olivia —replicó Paul.

—Lo sé —contestó ella, un poco sorprendida por el tono de su marido—. Pero ¿no sientes curiosidad?

—Pues no —dijo él.

Olivia no le creyó. Y luego sacó el tema de llevar a Raleigh a ver a un especialista. Suponía que a Paul no le iba a gustar la idea, pero tampoco se esperaba su reacción.

—Paul —dijo—, estoy preocupada por Raleigh.

—Lo sé.

—La verdad, creo que deberíamos llevarlo a ver a un terapeuta.

Paul dejó el libro y se la quedó mirando furioso.

—Un terapeuta.

—Sí.

—¿Y por qué demonios deberíamos hacer algo así?

—Porque tal vez..., tal vez le vendría bien hablar con alguien.

—Olivia, no necesita ver a un terapeuta. Necesita que le den una buena patada en el culo.

Entonces ella se lo quedó mirando, crispada.

Luego Paul añadió:

—¿No te parece que estás exagerando?

—Pues no. Es serio, Paul.

—Sí, es serio. Pero no tiene una enfermedad mental, Olivia.

—No hace falta tener una enfermedad mental para ver a un terapeuta —dijo ella, exasperada. ¿Por qué era Paul tan retrógrado con algunas cosas?

—Es solo una fase. Lo superaremos. No necesita un terapeuta.

—¿Y tú cómo lo sabes? ¿Desde cuándo eres un experto?

—No pienso discutir, Olivia —dijo él abruptamente, apagó la luz de su mesilla y se dio la vuelta hacia su lado para dormir.

Ella siguió despierta, furiosa, hasta mucho después de que él empezase a roncar.

Ahora, mientras bebe su taza de café matutino, recuerda que anoche lo vio leer el artículo sobre Amanda Pierce en el periódico. Sí que siente curiosidad. Por supuesto. Pero no quiere admitirlo. Paul puede ser un poco hipócrita.

De manera frustrante, el primer análisis forense del coche y las pertenencias de Amanda revela muy poco.

—Siento desilusionaros —dice Sandra Fisher, patóloga forense de la oficina del experto médico—, pero no hemos sacado mucho.

Webb asiente con la cabeza; no preveía gran cosa, con el coche bajo el agua, pero siempre hay esperanza.

—No encontramos nada de sangre, piel ni pelo excepto los de la víctima —continúa Fisher—. Nada de donde sacar un perfil de ADN. Y no hemos podido descubrir nada más: ni huellas dactilares ni fibras.

—¿Algo en el bolso o en la maleta? —pregunta Webb. Ya han revisado los registros de llamadas del móvil de Amanda, pero no han arrojado nada; ni rastros de un amante, por cierto.

La patóloga niega con la cabeza.

—Lo lamento —dice.

Webb asiente y mira de reojo a Moen. Quienquiera que haya matado a Amanda y echado el coche al lago no ha dejado huellas.

—Como sabéis —añade Fisher—, nada en donde se encontró el coche indica que la mataran allí. En tal caso, habría quedado mucha sangre. Con toda seguridad la mataron en otra parte y el asesino condujo hasta ese sitio para hundir el vehículo.

—Es probable que conociera la zona y supiera que era un buen lugar para deshacerse del coche —señala Webb—. Desierto, sin quitamiedos, con una buena cuesta, y el agua que se hace profunda enseguida.

Moen está de acuerdo.

—Pero se arriesgó a que alguien lo viera, por desierto que estuviese el camino —dice.

—¿Se encontró algo más en el coche? ¿En la guantera?

—El manual del propietario y los papeles del servicio mecánico. Un maletín de primeros auxilios. Un paquete de pañuelos de papel. Era una mujer muy ordenada. —Fisher resopla de incredulidad—. Deberías ver la de cosas que llevo yo en el coche.

Webb se traga la desilusión. Esperaba algo más.

—Las huellas en la habitación de Pierce concuerdan con las de Becky Harris —dice Fisher—. Pero no sabemos de quién son las otras. No aparecen en ninguna base de datos. Quienquiera que fuese, registró el despacho y también el escritorio.

Robert Pierce se ha tomado una semana de permiso en el trabajo. Es solo miércoles. Le han dicho que falte todo el tiempo que necesite. No tiene ningún interés en regresar a la oficina. Se pregunta si los demás abogados del pequeño bufete de cinco asociados lo consideran un asesino. Es probable que sí. Deambula por la casa, piensa en su entrevista con los inspectores de esa tarde y vuelve a repasarla una y otra vez en su cabeza.

Se pregunta qué estará haciendo Becky. Sabe que está en casa. Su coche no se ha movido de la entrada. La ha estado evitando. La utilizó de un modo bastante descarado, pero eso no supone un gran peso para su conciencia. Fue muy fácil seducirla. Aun así, le preocupa lo que ella pueda contar a los inspectores, ahora que se ha destapado la olla. Les dijo que se acostaron. ¿Les habrá dicho también que él pensaba que Amanda tenía una aventura? ¿Lo hará? Le gustaría saberlo.

Robert se descubre de pie en la cocina, mirando el patio por las puertas correderas de cristal. Es una tarde agradable, con un fuerte olor a otoño en el aire. Decide coger una cerveza y salir un rato. Tal vez Becky también salga, tal vez no.

Se dirige a paso lento hasta el fondo del jardín. Si ella mira desde dentro de la casa, se dará cuenta de que está allí; no puede verlo en el patio a menos que salga a su propio jardín.

A sus espaldas, Robert oye el ruido inconfundible de la puerta que se abre al lado, y se detiene. Sabe que nadie puede verlos desde la calle; tienen toda la privacidad que necesitan. Se da la vuelta y levanta la vista por encima de la cerca hacia la casa de Becky. La ve de pie en la puerta, mirándolo. Robert avanza junto a la valla en dirección a ella.

Tiene un aspecto espantoso. Su cabello rubio, por lo general sedoso, cuelga lacio y graso, y no lleva maquillaje. Robert se pregunta cómo pudo acostarse con ella. Parece como si hubiera envejecido en las últimas dos semanas.

Becky se queda en la puerta, observándolo, con una postura rígida. Robert no logra leer nada en su expresión. Tal vez la ha malinterpretado todo este tiempo. Por un momento, siente una punzada de crispación ante ella. Sonríe. Y entonces ella le devuelve una sonrisa vacilante, con hoyuelos en la cara, y él recuerda por qué durante un breve tiempo le pareció atractiva.

—Becky —dice, del modo en que sabe que a ella le gusta. Masculino pero suave, seductor.

Ella sale lentamente de la puerta y se le acerca como si la atrajera con un hilo invisible. Es ridículamente fácil. Siempre lo ha sido.

Robert esboza una sonrisa de medio lado e inclina la cabeza, mirándola.

—Ven aquí —dice, y ella lo hace. Se acerca hasta la valla, como antes—. Becky —dice él, cuando está a un paso. No hay más de treinta centímetros entre sus caras—. Te he echado de menos.

Ella cierra los ojos, como si no quisiera mirarlo. ¿Por qué? ¿Lo cree un asesino? En uno de los ojos de Becky asoma una lágrima.

—¿Estás bien? —le pregunta en voz baja.

Becky pestañea y niega con la cabeza.

—No —dice, como si se le atragantara la voz.

Robert espera.

—Creen que mataste a Amanda —susurra ella.

Robert lo sabe; quiere averiguar qué piensa ella.

—Lo sé. Pero yo no la maté, Becky. Tú lo sabes, ¿verdad?

—¡Claro! ¡Sé que no la mataste! —Ahora está más animada, casi enfadada, en nombre de Robert—. No serías capaz. Se lo dije. —Becky frunce el ceño—. Pero me pareció que no me creían.

—Bueno, son policías —contesta él—. Siempre piensan que el asesino es el marido.

—Saben lo nuestro —dice ella.

A Robert le da grima el modo en que ella dice «lo nuestro», pero se cuida de no demostrarlo.

—Lo sé.

—Lo siento. Tuve que decírselo.

—No pasa nada. Yo también lo dije. No pasa nada, Becky.

—Yo me habría callado, pero ya lo sabían.

—¿Cómo?

—Alguien me vio salir de tu casa de madrugada, el fin de semana que desapareció Amanda.

—¿Quién?

Su atención se clava en ella. ¿Quién observaba su casa en mitad de la noche? Pensaba que Becky había dejado escapar delante de la policía el hecho de que se habían acostado.

—No lo sé, los inspectores no quisieron decírmelo. —Becky lo mira, con la cara hinchada por las lágrimas de hace un momento y arrugada por la ansiedad—. Me temo que se sabrá —dice, con la voz temblorosa—. Mis huellas dactilares están en tu dormitorio. Me las tomaron en la comisaría. No sé qué decirle a mi marido.

Lo mira de modo suplicante, como si él pudiera resolverle ese problema. Pero Robert no puede ayudarla. Apenas le presta atención; se pregunta quién la vio salir de su casa a esas horas.

—¿Qué pasará si la policía habla con él? —dice Becky, mirándolo con sus grandes ojos húmedos.

«Es tu problema», piensa él.

—Becky, ¿qué les dijiste exactamente a los inspectores?

—Solo que a veces tomamos una copa, que charlábamos por encima de la cerca, que nos acostamos una vez en agosto cuando Amanda estaba de viaje y otra vez la noche del sábado del fin de semana que desapareció. Y que era imposible que le hicieras daño.

Robert asiente con la cabeza para tranquilizarla.

—¿Les dijiste que yo sospechaba que Amanda estaba teniendo una aventura?

—Claro que no. No soy tan tonta.

—Bien. No se lo digas. Porque no es cierto. No sé por qué lo comenté.

Ella parece sorprendida.

—Ah...

Robert quiere asegurarse de que entiende.

—Nunca pensé que Amanda estuviese viéndose con alguien. No hasta la noche en que hablé con Caroline. Lo entiendes, ¿verdad? ¿Lo recordarás?

Puede que ahora Becky le tenga un poco de miedo. Bien.

—Claro —dice ella.

Robert asiente, sin dirigirle su sonrisa de medio lado.

—Cuídate mucho, Becky.

14

Esa tarde, Olivia trabaja en su despacho de la primera planta cuando suena el timbre. ¿Serán los inspectores, buscando avanzar en sus pesquisas? Corre escaleras abajo para abrir la puerta de entrada. Pero del otro lado no la esperan Webb y Moen, sino una desconocida. Es una mujer mayor, de unos sesenta años, con una figura regordeta. Tiene la cara ancha con arrugas, el pelo rubio arreglado, y lleva pintalabios claro. Olivia está a punto de decir: «No, gracias», molesta por la intrusión, pero la mujer se adelanta.

—No vengo a venderle nada —dice, y sonríe cordialmente.

Olivia vacila.

—Me llamo Carmine —añade la mujer en un tono amable.

A Olivia le suena el nombre, pero no sabe de qué.

—Usted dirá.

—Lamento molestarla, pero acabo de mudarme y hace poco hubo una intrusión en mi casa. Estoy yendo de puerta en puerta por el barrio para decirles a los vecinos que estén alerta.

El corazón de Olivia se acelera al instante.

—Qué horror —exclama, tratando de poner la expresión apropiada de compasión—. ¿Se llevaron muchas cosas?

—No, no se llevaron nada.

—Bueno, mejor así —dice Olivia—. No ha habido daños.

Quisiera cerrarle la puerta a la mujer en las narices, pero no se atreve a ser descortés.

—Yo no diría que no ha habido daños —contesta la mujer—. El chico me revisó toda la casa. Y no solo la mía: parece que se metió en otras y husmeó en los ordenadores de la gente.

—Madre mía —dice Olivia, sorprendida por la brusquedad de la mujer—. ¿Y lo han atrapado?

Espera que su cara y su voz transmitan lo que la mujer esperaría en las presentes circunstancias. Está tan angustiada que no se siente segura.

—No, pero he recibido una carta anónima al respecto. Por lo visto fue un adolescente, y su madre escribió una carta de disculpas. Pero no sé quién es.

Levanta la carta. La misma carta que Olivia escribió, imprimió y metió por la ranura para el correo de la puerta de la mujer. ¿Lo ha descubierto todo? ¿Sabe que fue Raleigh? ¿Ha venido realmente por eso? ¿Para echárselo en cara? Olivia no sabe cómo reaccionar ni qué decir. La agraviada no se encontraría allí si ella no hubiera escrito la carta. Para colmo se queda mirando a Olivia, estudiándola con cuidado.

—¿Está usted bien? —pregunta.

—Sí, estoy bien —responde Olivia, sofocada—. Disculpe, he estado unos días enferma —miente— y no me he recuperado del todo.

—En ese caso, lamento molestarla con este asunto —dice la mujer, mirándola muy atentamente.

—Estaba descansando cuando sonó el timbre.

—Lo siento —se disculpa la mujer, con tono comprensivo. Pero no se marcha. Por el contrario, añade—: Veo que tiene una canasta de baloncesto en el camino de entrada.

Olivia está crispada y solo quiere que esta entrometida se vaya de una vez. Realmente se siente mal y sofocada, como si fuese a desmayarse. Pero no quiere dar la impresión de que la charla la está afectando. Confundida, no entiende a qué viene la mención de la canasta de baloncesto. Y entonces lo pilla.

—Sí.

Es lo único que se le ocurre decir.

—¿Adolescentes? —pregunta la mujer.

Olivia le devuelve la mirada, y sus ojos se fijan en los de la mujer. Es como si hubiese una comunicación tácita entre ellas: esa mujer le está preguntando si su hijo se metió en su casa y si ella escribió la carta. ¡Si será descarada, en la misma puerta de su casa!

—Sí. Hay muchos adolescentes en el barrio.

—Los adolescentes pueden ser muy difíciles —dice.

—¿Tiene usted hijos? —pregunta Olivia.

La mujer asiente con la cabeza.

—Tres. Todos adultos y haciendo su vida. Uno de ellos era un dolor de cabeza.

Olivia vacila, y por un momento está a punto de invitar a la mujer a pasar, pero luego se acuerda de Paul, del abogado y sobre todo de Raleigh. No puede admitir nada. Tiene que mantenerse firme.

—Yo tengo un hijo —dice Olivia, recomponiéndose—. Por suerte, nunca me ha dado problemas —miente—, al menos por ahora. Estoy muy orgullosa de él.

—Es usted muy afortunada —contesta la mujer fríamente.

La mujer debe de saber —o de momento sospechar— que es su hijo quien entró en las casas y que ella es la madre mortificada que escribió la carta. Olivia siente que se le revuelve el estómago y quiere acabar la conversación con urgencia.

—Sí, lo sé —dice Olivia—. Tengo que irme. Adiós.

Cierra la puerta y sube a toda prisa a la primera planta, donde pone a llenar la bañera y vomita el almuerzo en el retrete. Se le llenan los ojos de lágrimas, como siempre que devuelve. Pero, mientras sigue con la cabeza sobre la taza, le brotan lágrimas de verdad. Realmente la ha liado. Siente miedo y cólera a partes iguales. La han descubierto.

No hay duda. ¿Qué ocurrirá ahora con Raleigh? Esa mujer no puede probar nada, ¿no? Pero Olivia no quiere que Paul ni Raleigh —sobre todo Paul— sepan que ha enviado las cartas. Así que, obviamente, tampoco puede contarles nada acerca de la visita.

Se pone de pie lentamente y se enjuaga la boca en el lavabo. Se mira en el espejo: está fatal. Incapaz de lidiar con su propio hijo, llama a Glenda y le pide que vaya a verla. Glenda llega unos quince minutos después, con el pelo corto castaño revuelto por el viento y la cara arrugada de preocupación.

—¿Qué pasa? —pregunta en cuanto entra.

Olivia sabe la mala cara que tiene. Se nota que acaba de vomitar. Parece alterada. Pero, si hay alguien a quien puede contarle lo ocurrido, esa persona es Glenda. A Glenda puede contárselo, aunque no a su propio marido. ¿Qué dice eso acerca de su matrimonio?, se pregunta Olivia fugazmente. Pero nada anda mal en su matrimonio, se contesta; es solo una circunstancia especial. Normalmente no le oculta nada a Paul, ni él le oculta cosas a ella; la cuestión es que ahora hay algo que ella desearía no haber hecho nunca. Pero además no quiere que Paul la descubra. Realmente no sabe si contárselo o no. Para eso está Glenda: para brindarle apoyo emocional y aconsejarle sobre lo que tiene que hacer a continuación.

—Glenda —empieza a decir—, ha ocurrido algo terrible.

A Glenda se le descompone la cara, como si creyese que ha muerto alguien.

—¿Qué pasa?

Olivia la lleva hasta la cocina y se vuelve a hablarle.

—Cometí una idiotez al enviar esas cartas —dice.

—Oh —exclama Glenda, visiblemente aliviada—. Pensé que había habido un accidente o algo así.

—No —responde Olivia.

—No te preocupes por las cartas —la tranquiliza Glenda—. Ya se olvidarán. Nadie va a descubrir que fue Raleigh.

—Creo que alguien ya lo ha hecho.

Se sientan y Olivia le cuenta su conversación con Carmine.

—Debe de ser la vecina de al lado de Zoe —dice Olivia—. ¿Te acuerdas de cuando Zoe lo mencionó en el club de lectura?

Glenda se muerde el labio y se queda pensando.

—No te acusó de escribir la carta, ¿verdad? —pregunta.

—No directamente —admite Olivia—. Pero por cómo me miró estoy segura de que lo pensaba. —Olivia mira a Glenda con cara acongojada—. Ojalá pudiera ocultar mejor mis sentimientos, pero ya sabes cómo soy. Se dio cuenta de que estaba alterada, ¿y por qué iba a estarlo, si no fuese porque mi hijo entró en su casa? —Clava los codos en la mesa de la cocina y se agarra la cabeza con las manos. Piensa en cómo comenzó todo, hace tan solo unos días, cuando ella y Paul interrogaban a Raleigh en esa misma cocina—. Si no hubiese escrito esas malditas cartas, ni siquiera se habría enterado de que habían estado en su casa. Paul se va a poner furioso.

—En realidad no es tu culpa —dice Glenda, intentando calmarla—. Tú no hiciste nada malo. Fue Raleigh el que se metió en su casa. Tú actuaste por decencia. Tratabas de hacer el bien.

—Y me salió el tiro por la culata —contesta Olivia con amargura.

—Paul lo entenderá.

—No, no lo hará. Y Raleigh tampoco.

—Pero entregaste esas cartas el domingo por la noche. No visteis al abogado hasta el lunes. No es como si hubieses enviado las cartas después de que el abogado lo desaconsejase.

—No, pero sabía que a Paul no le gustaba la idea. Y sin duda tendría que haberlo confesado entonces, en la oficina del abogado, pero no lo hice. Por lo menos todo se sabría, y yo podría volver al bufete del abogado para preguntarle qué hacer.

—Y todavía estás a tiempo. Pero primero tendrás que hablarlo con Paul. Tienes que decírselo.

—Lo sé —contesta Olivia, compungida—. Menudo lío. Y estoy muy preocupada por Raleigh. ¿Por qué lo hizo? ¿Por qué le da por husmear en las casas de los demás?

Glenda mueve la cabeza sin saber qué decir.

—No lo sé.

—Anoche le sugerí a Paul mandar a Raleigh a ver a un terapeuta. Me dijo que estaba exagerando, que solo está atravesando una fase rara. No está a favor de la idea; de hecho, se negó de plano.

Fue la primera discusión real que han tenido en años. La segunda será esta noche, cuando le cuente lo de las cartas.

—Es lo peor de ser madre —dice Glenda—, no saber si estás actuando bien, si deberías meterte o apartarte. Nuestros padres se desentendían de nosotros. Tal vez era lo mejor.

—Lo sé —responde Olivia suspirando.

Glenda le lanza una mirada preocupada y luego aparta la vista.

—Yo estoy siempre angustiada por Adam desde que empezó a beber. Y no será precisamente porque Keith y yo bebamos más de la cuenta.

—Serán los chicos con los que se junta —aventura Olivia.

—Antes no se juntaba con ellos. Le gustaban los deportes y le iba bien en los estudios. Ahora sus notas van de mal en peor y falta a los entrenamientos. Y se ha vuelto muy malhumorado e insolente. La verdad, pasar tiempo con él es un calvario.

Olivia nota tensión en la voz de Glenda. Últimamente todas parecen tensas cuando hablan de sus hijos. Antes no era así. Se sentaban cerca de la piscina para niños, charlaban y reían, con la serenidad de quien supone que sus hijos van a ser inteligentes y hermosos y sensatos. Los padres siempre parecen hacerse una idea demasiado optimista del talento y el futuro de sus hijos cuando son pequeños, piensa Olivia; tal vez así es como logran seguir adelante.

Al cabo de un rato, Glenda se levanta para irse.

—Nos lo imaginábamos distinto, ¿no?

Glenda vuelve andando a casa pensativa. Todo el mundo te advierte de que la adolescencia será un periodo difícil, pero ella no se esperaba nada como lo que afronta ahora. Piensa en sus problemas. Su hijo... ¿Cómo acabará? Se descubre limpiándose unas lágrimas repentinas. ¿Cómo acabarán todos?

Piensa en la noche anterior. Hace un año, Adam habría estado en un entrenamiento o encuentro deportivo. Ella y Keith quizá se habrían quedado de sobremesa, charlando con una copa de vino. Ya no lo hacen. Glenda ya casi nunca compra vino, porque no quiere que Adam los vea beber. ¿Por eso dejó de comprarlo, o porque temía que Adam lo bebiera a escondidas? Probablemente las dos cosas.

Ella y Keith ya no hablan mucho. En casa, el ambiente está cargado. Por extraño que parezca, ella y Keith solo son ellos mismos cuando están fuera, con otra gente. Piensa en el viernes anterior cuando cenaron en casa de los Sharpe. Tal vez esa noche los dos bebieron un poco de más, dejándose llevar porque Adam no podía verlos y solo debían caminar una calle de vuelta a casa.

Olivia y Paul estaban de excelente humor. Aún no sabían que su hijo había estado metiéndose en casas. Olivia preparó una carne asada estupenda, y Glenda bebió vino y, en un momento, se quedó mirando a su marido

—que seguía siendo guapo— reírse con Paul, mientras los dos recordaban las cosas divertidas que habían ocurrido a lo largo de los años. Lo pasaron en grande, como en los viejos tiempos. Si solo pudiera invertir la marcha del reloj.

15

Olivia espera hasta que acabe la cena y Raleigh suba a su habitación, donde se centra en su portátil con los cascos puestos, aparentemente haciendo los deberes. Paul está en el salón, ojeando el periódico.

Se queda un momento mirándolo. Tiene que decírselo.

Se sienta junto a él en el sofá. Paul levanta la vista.

—Tenemos que hablar —dice Olivia en voz baja.

De inmediato Paul pone cara de preocupación. Olivia no suele empezar las conversaciones de esa manera. Suena inquietante. Es inquietante.

—¿Qué pasa? —pregunta él, también en un susurro.

—Tengo que decirte algo que no va a gustarte.

Ahora Paul parece alarmado. Espera sus palabras, con los ojos clavados en ella, alerta. Olivia continúa:

—No quiero que Raleigh se entere hasta que decidamos qué vamos a decirle.

—Por el amor de Dios, Olivia. ¿Qué pasa? Me estás asustando.

Olivia inspira hondo y dice:

—El fin de semana pasado, antes de que viéramos al abogado, escribí unas cartas de disculpa para la gente que vive en las casas en las que se metió Raleigh.

Paul la mira, incrédulo.

—Pero no las enviaste —dice, con firmeza.

Olivia se muerde el interior de las mejillas.

—Lo hice. Eché dos cartas idénticas en sus casas.

Paul se la queda mirando con la boca abierta, obviamente sin poder creérselo. Luego le espeta:

—Pero ¿qué dices?

—El domingo pasado, cuando estabas jugando al golf, salí con Raleigh en el coche y lo obligué a que me mostrara las dos casas en las que se había metido.

—¿Y no me lo contaste? —contesta Paul, claramente furioso.

—No.

—¿Por qué?

—Porque sabía que no te iba a gustar.

—Pues claro que no me gusta! —Paul está levantando la voz—. Ya te había dicho que disculparse me parecía una mala idea. Y el abogado me dio la razón.

—Lo sé. Y lo siento. Lo hice antes de que fuésemos a verlo. —Olivia empieza a llorar—. Creí que no le hacía daño a nadie, y pensé que de algún modo tenía que pedir perdón. No había nada en la carta que señalara a Raleigh.

Paul la mira con una furia helada.

—Me molesta que lo hicieras a escondidas.

—Lo sé —responde ella, casi con la misma frialdad—. Y lo siento, pero ¿por qué tienes que tomar tú todas las decisiones? No me gusta que me digas lo que puedo y no puedo hacer. —De pronto está enfadada con su marido. ¿Por qué habría de decidir él? Incluso cuando, como en este caso, tenga toda la razón. Todavía le duele que, la noche anterior, Paul desechara la propuesta de llevar a Raleigh a ver a un terapeuta. Olivia inspira hondo y exhala—. Cometí un error. Tenías razón. No debí hacerlo. Me siento fatal por habértelo ocultado. Y me sentí horrible al no decírtelo. Nunca hemos tenido secretos. Siempre hemos sido sinceros el uno con el otro.

Paul aparta la mirada.

—Esperemos que esto no se vuelva en nuestra contra —dice—. ¿Cómo pudiste hacerlo sin contármelo? Tú no eres así.

«No me dejaste alternativa», quiere contestarle Olivia, pero decide guardar silencio. Espera un momento, sin que la tensión del ambiente parezca disiparse.

—¿Y por qué me lo cuentas ahora? —pregunta Paul, irritado, volviendo a mirarla.

—Porque... puede que haya un problema.

—¿Qué problema? —La voz de Paul está tensa.

Olivia se prepara antes de continuar.

—Hoy vino a casa una mujer. Se llama Carmine algo. Vive al lado de Zoe, del club de lectura. —Hace una pausa, pero enseguida se fuerza a continuar—. Raleigh entró en su casa. Y esta mujer ha estado yendo de puerta en puerta por todo el barrio, contándole a la gente sobre la intrusión y enseñando la carta.

—¡No le habrás dicho la verdad! —exclama Paul, mirándola con el ceño fruncido.

—¡Claro que no!

—Algo es algo —dice Paul resoplando.

—Pero puede que la adivinara.

—¿Cómo?

—¡Ya sabes cómo soy! —exclama Olivia—. ¡No sé disimular! Me puse muy nerviosa. Me preguntó si me encontraba bien. Se dio cuenta de que estaba alterada. Y después empezó a preguntarme si había adolescentes en casa. Me preocupa que pueda deducir el resto.

Se hace un silencio largo y doloroso. Olivia no puede siquiera mirar a su marido, así que clava la vista en el suelo con una expresión desconsolada.

—Dios mío —murmura Paul—. No me lo puedo creer. —Al cabo de un momento, pregunta—: ¿Qué te pareció esa mujer?

—¿A qué te refieres?

—¿Es de las que puede insistir con el asunto y presentar una denuncia? ¿Es posible que quiera ir a por Raleigh?

—Pues... no lo sé. Tal vez. Quiero decir, ¿por qué habría de ir de puerta en puerta por todo el barrio?

Olivia oye un ruido y levanta la vista; Paul también lo hace. Raleigh está en la entrada del salón, con aspecto tenso.

—¿Deducir el qué? —pregunta Raleigh—. ¿Qué pasa?

Observa a sus padres con ansiedad. Olivia le lanza una mirada a Paul. Tienen que decírselo.

—¿Por qué lloras, mamá? ¿Qué ha pasado?

Olivia mira a su marido, evaluando la situación; Paul ya se ha puesto furioso. No tienen alternativa. Se vuelve a Raleigh. Odia la idea de que se entere de lo de las cartas, de la posibilidad de que lo descubran. Le echará la culpa a ella. No asumirá su responsabilidad en el asunto, sino que solo la culpará a ella de las cartas. Olivia hace un esfuerzo por calmarse. «Esto me pasa por meterme», piensa sombríamente.

Raleigh se deja caer en un sillón enfrente del sofá, con cara de preocupación.

—¿Me van a detener?

—No —dice Olivia.

—Esperemos que no —precisa Paul, y Olivia ve el destello fugaz de miedo en los ojos de Raleigh.

—No me llevé nada —replica Raleigh rápidamente—. No volveré a hacerlo nunca. Lo juro.

—Eso suponíamos —dice Paul—. Pero resulta que tu madre, contra mis expresos deseos, dejó cartas de disculpa en las casas donde entraste.

Raleigh se vuelve a mirar a Olivia con incredulidad y una clara expresión de miedo.

—¿Cómo se te ocurre hacer algo así? El abogado dijo que...

—Sé lo que dijo el abogado —lo interrumpe Olivia—. Lo hice antes de que fuésemos a verlo. Pensé que alguien tenía que disculparse con esa gente e informarla de que habían hackeado sus ordenadores. Sigo pensando que hacerlo era lo moralmente correcto. —Ahora habla a la defensiva—. Y las cartas fueron anónimas; no había nada en ellas que te señalara, Raleigh.

—Pero una de las personas en cuyas casas te metiste llamó hoy a nuestra puerta —dice Paul—. Y tu madre se puso nerviosa y tal vez le dio motivos de sospecha.

Raleigh parece a punto de vomitar.

—Así que el asunto puede no haber acabado —concluye Paul.

Olivia se obliga a decir:

—La otra casa en la que entró Raleigh es la de los Pierce.

Paul los mira alternativamente, incrédulo.

—¿Y me lo dices ahora?

—No me pareció importante —responde Olivia para salir del paso.

—¡No te pareció importante! ¡Dios mío! La policía registró esa casa de arriba abajo.

—Lo sé —responde Olivia.

—Supongo que no te pusiste guantes, ¿no, Raleigh? —dice Paul, volviéndose hacia su hijo.

Raleigh niega con la cabeza, atemorizado, y murmura:

—No soy un delincuente.

—Dios mío —exclama Paul.

—La policía no tiene las huellas de Raleigh —señala Olivia, con la voz tensa—. No pueden vincularlo a los allanamientos. —Sin duda no tienen ninguna prueba en su contra, ¿no?.

—¿Y qué pasa si la mujer acude a la comisaría y lo denuncia? —pregunta Paul—. ¿Qué pasa si le toman las huellas? ¡Sabrán que estuvo en esas dos puñeteras casas!

Olivia lanza un mirada desesperada y suplicante a su hijo en busca de perdón, pero Raleigh se levanta y escapa escaleras arriba, antes de romper a llorar una vez más.

Raleigh vuelve a su habitación y cierra de un portazo. Se echa en la cama, se pone los cascos y sube el volumen de la música a tope. Quiere borrar de su mente la escena de abajo, pero no puede. Sigue pensando en el asunto. ¿Cómo pudo ser tan idiota su madre? Tuvo ganas de gritarle, pero no se atrevió. Y su padre..., su padre sigue enfadado con él, lo sabe. Y ahora también está enfadado con su madre.

Raleigh está furioso con todo el mundo, pero en el fondo sabe que él es el principal culpable.

Se queda tumbado en la cama, con el corazón acelerado, preguntándose si van a detenerlo. Tendrá que ir a ver a ese abogado desagradable una vez más. Se siente fatal al pensar en el dinero que todo esto va a costarles a sus padres. Lo compensará. Será un mejor hijo. Hará las tareas de la casa, se empleará a fondo en los estudios.

Raleigh está muerto de miedo. Cada vez que alguien llame a la puerta pensará que es la policía, que han venido a buscarlo.

Becky deambula inquieta por la casa, vacía y demasiado grande para una sola persona. Es miércoles por la noche. Su marido lleva toda la semana de viaje por negocios, en la costa oeste, aunque han hablado por teléfono. Volverá mañana por la noche. Becky está orgullosa de su marido, Larry, y da gracias de que sea un hombre exitoso —ella no necesita trabajar—, pero a veces se siente sola. Entre las largas jornadas y los viajes, Larry se perdió buena parte de la infancia de sus hijos. A Becky no le importaba cuando los mellizos vivían en casa, pero desde que se marcharon a la universidad lo echa de menos. No eligió trabajar desde casa; preferiría hacerlo fuera. Pero quería retomar su carrera de contable, y lo único que encontró fueron encargos sueltos. En los últimos días lo ha liado todo tanto que se pregunta si no sería mejor buscar un empleo a tiempo completo en una empresa. Algo que la obligara a salir de casa. Necesita mantenerse ocupada. Porque ha estado pensando demasiado en Robert Pierce, solo en la casa de al lado, y en cómo había sido estar juntos.

Ahora piensa en él con inquietud. Sí sospechaba que su esposa tenía una aventura. A Becky la inquieta el hecho de que le dijera lo contrario, que le diera instrucciones. Robert miente y quiere que también ella lo haga. Está claro que teme a la policía. Becky puede entenderlo. Robert no quiere que les diga a los inspectores que él sabía que su esposa lo engañaba. Pues bien, no se lo dirá. Por ella no tiene que preocuparse.

Entonces Becky recuerda otra cosa: una noche del verano pasado. Ocurrió antes de que se acostara con Robert por primera vez, pero ya se sentía perdidamente atraída por su vecino, y dedicaba demasiado tiempo a pensar en él.

Becky no tenía intención de espiar a nadie. Pero era una noche de calor, las ventanas de la planta alta estaban abiertas y oyó música en el jardín de los Pierce. Un son de jazz lento, una melodía romántica que flotaba en el aire dulzón de verano. Miró por la ventana, cuidándose de que no la vieran. Robert y Amanda estaban de pie en el césped, entrelazados. Becky sintió una punzada inmediata de celos. ¡Quién pudiera volver a ser joven y enamorada, bailando a la luz de la luna! Becky no alcanzaba a verles las caras, pero al mirarlos un minuto más se dio cuenta de que algo iba mal. Algo en la manera en que se abrazaban. Amanda no parecía entregarse a los brazos de su marido; al bailar parecía moverse tiesa, como si lo hiciera contra su voluntad, casi como si la forzasen.

Al cabo de un momento, Becky vio que los hombros de Amanda temblaban. Estaba llorando con la cara contra el pecho de su marido.

Ahora Becky vuelve a pensar en ello. Es consciente de que ha idealizado a Robert. ¿Qué ocurría esa noche en la oscuridad?

Robert no pudo matar a Amanda, se repite Becky, mirando la negrura. Si alguien con quien se había acostado era un asesino, sin duda lo sabría. Sin duda se daría cuenta, ¿no?

16

El jueves por la mañana Carmine está en la puerta de su casa cuando ve a Zoe salir de la suya y dirigirse al coche.

—¡Hola, Zoe! —la saluda y se acerca al camino de entrada de la vecina de al lado.

—Hola, Carmine —responde Zoe—. ¿Cómo estás?

—Bien. ¿Se ha sabido algo de la mujer que mataron?

Zoe niega con la cabeza.

—Es horrible pensar que han asesinado a alguien que vivía tan cerca —dice con cara de circunstancia. Luego añade—: Estoy segura de que la policía descubrirá al culpable. —Se detiene con la mano en la puerta del coche—. ¿Has averiguado algo sobre quién entró en tu casa?

—Creo que sí —contesta Carmine—. ¿Conoces a los Sharpe? ¿En la calle Sparrow? Tienen un hijo adolescente, ¿no?

—Sí, Raleigh. —Zoe frunce el ceño y entrecierra los ojos, viendo a donde quiere llegar su vecina—. No pensarás que fue él.

—¿Por qué no?

—Bueno, ¿por qué ibas a hacerlo? Es el hijo de Olivia y Paul. Nunca haría algo así. Conozco a Olivia. Está en mi club de lectura.

Carmine guarda silencio, observando a Zoe.

—¿Por qué crees que fue él? —pregunta finalmente Zoe.

—Ayer por la tarde llamé a la puerta de su casa —explica Carmine—. Por cómo reaccionó Olivia, juraría que sabía exactamente de lo que le estaba hablando. Parecía nerviosa, y culpable. Apostaría cien dólares a que ella escribió la carta.

Zoe se pone tensa.

—No lo creo. —Hace una pausa—. Comentamos el tema en el club de lectura, y yo no noté nada.

—¿A lo mejor podrías hablarle? —sugiere Carmine.

—¿Hablarle?

—Averiguar si fue su hijo y si escribió la carta.

—¡Yo no voy a preguntarle algo así!

—Vale —dice Carmine, y empieza a irse.

—¡Espera! ¿Qué piensas hacer?

—Todavía no lo sé —responde Carmine, y vuelve a su casa.

Webb y Moen se paran en el umbral de Becky Harris y tocan el timbre. Los dos presienten que sigue guardándose algo, que sabe más de lo que dice.

El coche de Becky está en la entrada. El cielo está nublado y amenaza con llover. Webb vuelve a tocar el timbre, lanzándole una mirada de impaciencia a Moen.

Por fin la puerta se abre. Becky no parece haber dormido bien. Tiene el pelo recogido en una coleta, como si no se hubiese molestado en arreglárselo. Lleva pantalones de chándal y un jersey suelto.

—¿Qué quieren? —les dice.

—¿Podemos pasar? —pregunta Webb educadamente.

—¿Para?

—Queremos hacerle unas preguntas más.

Becky suspira y les deja entrar a regañadientes.

Webb se asombra de su cambio de humor. Ayer lloraba y temía la posibilidad de que la descubrieran, pero hoy parece resignada. Habrá pasado una noche larga y casi seguro sin dormir pensando en el asunto. Tal vez se ha dado cuenta de que es inevitable que sus indiscreciones salgan a la luz. La siguen hasta el salón. No los invita a sentarse ni les ofrece nada; está claro que no desea tenerlos allí. Webb no la culpa. Se ha acostado con su vecino, que ahora es el principal sospechoso en la investigación de un homicidio.

Los inspectores se sientan en el sofá; enseguida Becky se desploma en el sillón de enfrente.

—Somos conscientes de que esto no es fácil para usted —empieza Webb. Becky lo mira intranquila, le lanza una mirada a Moen en busca de apoyo y vuelve a centrarse en él—. Pero creemos que podría contarnos algunas cosas más.

—Ya se lo he dicho todo —contesta Becky—. No sé nada más sobre el asesinato de Amanda. —Se mueve inquieta en su sillón—. Como les he dicho, no creo que fuese él. Debe de haber sido otra persona.

—Lo cierto es que nos parece que nos está ocultando algo, Becky —dice Webb—. Hay cosas que no nos ha contado.

Becky le devuelve la mirada con una expresión glacial, casi desafiante, pero no deja de mover las manos en su regazo. Webb nota que tiene las cutículas en carne viva.

—Hablé con él ayer por la tarde, por encima de la cerca —dice al final Becky. Webb aguarda pacientemente. Ella se mira el regazo—. Robert estaba fuera en el jardín. Lo vi y abrí la puerta trasera. Me llamó.

Por un momento, parece pensárselo antes de decidir qué va a decir. Webb ya no confía en oír la verdad de boca de Becky, sino solo una versión adaptada.

—Me preguntó si creía que él había matado a Amanda. Le contesté que por supuesto que no. Me dijo que no la había matado, y le respondí que le creía. Le conté que sabía que ustedes estaban al tanto de lo nuestro. Que me preocupaba el asunto de mis huellas en su dormitorio y la posibilidad de que mi marido lo descubriera todo; que eso podía acabar con mi matrimonio, destruir a mi familia.

Sus ojos empiezan a humedecerse. Se lleva la mano a la cara y se cubre la boca. Webb se queda mirando sus cutículas deshechas.

—¿Dijo Pierce algo más? —la anima a seguir, cuando ella se queda un momento sin hablar.

Ella niega con la cabeza.

—No que recuerde. —Resopla y levanta la vista—. Mi marido vuelve esta noche. Todo esto se sabrá, ¿no?

—La verdad suele hacerse oír —responde Webb.

Becky Harris lo mira con amargura.

—Pues, en ese caso, espero que se sepa todo. Espero que descubran al verdadero asesino y dejen a Robert tranquilo. Porque no creo que él lo haya hecho. —Se detiene brevemente como para reunir fuerzas. Algo cambia en su cara, como si tomara una decisión—. Tengo que contarles algo más.

Webb se inclina hacia delante, con los codos en las rodillas, y la mira fijamente.

—Soy todo oídos.

—Sé que Amanda estaba viendo a otra persona.

—¿Y cómo lo sabe? —pregunta Webb, sintiendo un hormigueo de excitación.

—Los vi juntos, por eso lo sé. No quería decírselo porque conozco al hombre, y porque también sé que él no pudo matarla. Sabía que ustedes irían a por él del mismo modo que han ido a por Robert, aunque lo más probable es que la matara algún chiflado de por ahí, no su marido ni el hombre con el que se veía, que puede haber sido infiel, pero no mataría una mosca.

—Becky, ¿con quién se veía Amanda?

Ella suelta un suspiro hondo y apesadumbrado.

—Con Paul Sharpe. Su esposa, Olivia, es amiga mía. Viven calle abajo —dice, afligida—, en el número 18.

—Cuéntenos qué vio, Becky —la anima el inspector Webb.

A Becky se le revuelven las tripas por lo que está a punto de hacer, pero no tiene alternativa. Como ha dicho el inspector, al final la verdad suele hacerse oír. Y ella les contará la verdad, ni más ni menos.

—Vi a Paul y a Amanda juntos una noche, poco tiempo antes de que ella desapareciera. Llovía, y estaban dentro del coche de ella. Serían las nueve, y yo acababa de salir de un cine del centro. Ellos estaban en el aparcamiento. Me pregunté si habrían ido juntos a un bar.

—¿Y...?

Becky hace memoria, procurando recordar cada detalle.

—Estaban en el asiento delantero, ella en el del conductor. En el aparcamiento había una farola, así que los vi bastante bien. Me chocó tanto descubrirlos juntos que me detuve y me los quedé mirando un minuto, pero estaban tan enfrascados el uno con el otro que ni siquiera se percataron de mi presencia.

—¿Está totalmente segura de que eran ellos?

—Segurísima. Sus caras estaban muy cerca una de la otra. Pensé que iban a besarse. Pero después, al cabo de un minuto, me pareció que empezaban a discutir.

—Continúe.

—Él le decía algo, como si estuviese enfadado, y ella se reía en su cara sin hacerle caso, hasta que él le agarró el brazo.

—¿Y cree que se veían? —pregunta Webb.

Becky asiente.

—Daba toda la impresión. Parecían... conocerse íntimamente. Si no, ¿qué iban a hacer los dos solos ahí? —Levanta la vista de su regazo—. Me sentí fatal por Olivia. Somos muy amigas. Amanda siempre me había parecido muy provocativa, pero nunca se me hubiera ocurrido que Paul engañaría a Olivia.

—¿Puede precisar más la fecha?

Becky cierra los ojos un momento, intentando recordar. Al final los abre y dice:

—Fue un miércoles, debe de haber sido el 20 de septiembre.

Ve a Moen apuntarlo.

—¿Los vio juntos alguna otra vez?

Becky niega con la cabeza.

—No.

—¿Por qué no nos lo dijo antes? —pregunta el inspector Webb.

—Lo siento —contesta ella—. Pero no creo que Paul fuese capaz de hacerle daño a nadie. Y Olivia es mi amiga. Odio hacerle esto.

—¿Alguna vez le mencionó esto a Robert Pierce?

—No, de ninguna manera.

—¿Está segura? —insiste Webb.

—Claro.

—¿Por casualidad sabe dónde trabaja Paul Sharpe? —pregunta Moen.

—Sí. En la Farmacéutica Fanshaw, la misma empresa que mi marido. Queda en el centro, en la calle Water.

Becky ve a Moen apuntarlo.

—¿Se está guardando alguna otra cosa? —pregunta Webb; Becky oye el sarcasmo en su voz.

Lo mira directamente a los ojos y responde:

—No, nada más.

—Tenemos que hablar con Paul Sharpe —dice Webb a Moen, por encima del capó del coche. Ella asiente. Él mira su reloj—. Vamos.

No tardan mucho en conducir hasta el centro de Aylesford, apenas unos diez minutos. Es una ciudad pequeña, en cuyo centro los edificios más nuevos se apiñan contra los antiguos. La Farmacéutica Fanshaw se encuentra en una construcción de ladrillos, a poca distancia del puente de Aylesford.

Cuando Webb y Moen entran en el edificio, les indican que la oficina de Paul Sharpe se encuentra en la quinta planta. Allí los atiende una recepcionista que enarca ligeramente sus perfectas cejas cuando le muestran sus placas.

—Quisiéramos hablar con Paul Sharpe —dice Webb.

—Iré a buscarlo —responde ella.

Webb se entretiene mirando sin ver realmente la decoración cara e insulsa y pensando en Amanda Pierce. No los hacen esperar mucho. Un hombre con un traje azul marino entra en la recepción. Es alto, fornido, con el pelo entrecano muy corto, probablemente de casi cincuenta años. Ha cuidado su físico, y viene al encuentro de los inspectores con la confianza de quien está en buena forma. Pasea la mirada sobre los dos. Parece desconfiado, piensa Webb. El inspector le muestra la placa, se presenta, presenta a Moen y dice:

—¿Hay algún sitio donde podamos hablar en privado?

—Claro, vamos a buscar una sala de reuniones.

Paul Sharpe se acerca al amplio mostrador y le habla a la recepcionista.

—Pueden usar la sala tres; está vacía —dice ella con voz discreta.

—Acompáñenme —les indica Sharpe, y los lleva por un pasillo alfombrado hasta una sala de reuniones con paredes de cristal. Entran los tres. Dentro hay una mesa larga y sillas, y los ventanales miran al río y el puente. Hoy la corriente baja oscura y agitada. Ha empezado a llover, y el agua cae con fuerza. Sharpe cierra la puerta y se vuelve a mirarlos—: ¿En qué puedo ayudarlos? —pregunta, invitándolos a tomar asiento con un gesto.

Webb contesta:

—Estamos investigando el homicidio de Amanda Pierce.

Sharpe asiente, cuidando de no mostrar expresión alguna.

—Sí, he oído lo que pasó, claro. Vivía en la misma calle que mi familia y alguna vez trabajó aquí. Es terrible

—dice, y menea la cabeza con el ceño fruncido—. ¿En qué les puedo ayudar?

—¿Conocía usted a Amanda Pierce?

Paul Sharpe vuelve a menear la cabeza, lentamente.

—No. En fin —se corrige enseguida—, estuvo aquí como empleada temporal algunas veces, pero es una empresa grande; nunca trabajó directamente para mí. La conocía de vista, pero no creo haber hablado con ella nunca.

—¿No? —dice Webb, y aguarda. Sharpe se sonroja un poco; parece incómodo—. ¿Seguro que nunca habló con ella?

Sharpe mira la mesa, recompone su expresión como si estuviera concentrándose o intentando recordar algo. Al final responde:

—Ahora que lo dice, creo que me la crucé una vez. Es curioso, lo había olvidado. —Levanta la vista hacia ellos—. Una tarde fui a beber unas copas después del trabajo con unos compañeros y... creo que se sumó al grupo para beber un trago, pero no le dirigí la palabra. No estaba sentada cerca y, en fin, había mucho ruido.

Webb asiente.

—¿Recuerda la fecha?

Sharpe baja la vista y vuelve a poner cara de concentración. Webb desconfía. Pero aguarda para ver con qué le sale Sharpe.

—Fue poco antes de que desapareciera. No me acuerdo exactamente cuándo.

—¿No puede precisarlo un poco más? ¿Ni siquiera teniendo como referencia que ella desapareció al poco tiempo?

Los ojos de Sharpe refulgen, con un destello de crispación.

—No recuerdo la fecha; en su momento fue un día como cualquier otro. Pero tuvo lugar poco antes de que supiera de su desaparición.

—¿Cuál era el bar?

—Rogue's, en la calle Mill. A veces vamos a beber una copa allí al final del día. No muy a menudo.

—¿Quiénes van? —pregunta Webb.

—Bueno, depende. Cambia de una semana para otra. Gente de la oficina, cualquiera a quien le apetezca, en realidad.

—¿Recuerda quién estuvo allí esa noche, cuando ella se sumó al grupo para beber una copa?

Sharpe repite el mismo gesto: baja la vista y frunce el ceño un momento. Es mal actor, y mal mentiroso.

—Lo siento, no estoy muy seguro. Pero diría que yo, Holly Jacobs, Maneet Prashad, Brian Decarry, Larry Harris, Mike Reilly. Son todos los que me vienen en mente.

Moen se ocupa de apuntar los nombres.

—¿Y por qué se les sumó ella? ¿Conocía a alguien?

Sharpe vuelve a negar con la cabeza.

—La verdad, no estoy seguro. Lo más probable es que ese día estuviera trabajando aquí y acompañase a los otros.

Webb asiente. Luego se inclina un poco hacia Paul Sharpe y le clava la mirada.

—¿Sabe una cosa? Me cuesta creerle.

—¿Cómo? —Sharpe parece preocupado—. ¿Por qué?

—¿Por qué? —replica Webb—. Porque tenemos un testigo que nos ha dicho que lo vio hablando en la intimidad con Amanda. Los dos solos, en el asiento delantero de un coche, en el centro, sobre las nueve de la noche. No mucho antes de que desapareciera. El miércoles 20 de septiembre, para ser exactos.

La cara de Sharpe se queda lívida. Su fachada ha empezado a resquebrajarse. Traga saliva.

—No es lo que cree.

—¿Y qué es lo que creo?

—Yo no tenía una relación con Amanda, si es lo que piensa. —Sharpe exhala profundamente y se hunde un poco en su silla—. No quería decir nada. Tal vez debí hacerlo, pero... —Se pasa la mano por la cara, y de repente la simulación desaparece—. Mire, la verdad es que no conocía a Amanda. Solo hablé con ella esa vez, en su coche. Fue para hacerle una advertencia. Ella estaba teniendo una aventura con alguien de aquí, una persona con quien trabajo. Le dije que lo dejara. Me parecía que traería problemas. Yo no quería que la vida de mi compañero se fuese al garete. Tal vez me metí donde no debía. Hubiera sido mejor no decir nada. Tendría que haberme ocupado de mis cosas. —Hace una pausa y añade—: La noche que tomamos unas copas en el bar fue la noche en que hablé con Amanda en su coche. Pero no recuerdo la fecha.

Webb se echa atrás en su silla y estudia al otro hombre.

—¿Así que usted no tenía una aventura con Amanda?

—Por Dios, no.

El teléfono de Sharpe no aparecía en el registro de llamadas de Amanda.

—¿Tiene usted un teléfono de prepago? —pregunta Moen.

—No.

—¿Dónde estuvo aquel fin de semana, desde la tarde del viernes 29 de septiembre hasta el lunes siguiente por la mañana? —pregunta Webb.

Sharpe lo mira atónito.

—No creerá que yo he tenido algo que ver con Amanda Pierce, con lo que le ocurrió —dice, con una mirada de alarma en sus ojos azul-grisáceos.

—Usted fue visto discutiendo con ella poco antes de que desapareciera. Por ahora, estamos descartando posibilidades. Si puede decirnos dónde estuvo ese fin de semana, no pasa nada.

—Vale —contesta Sharpe, asintiendo con la cabeza. Parece hacer memoria—. Lo único notable es que el domingo vinieron a almorzar mis suegros. Se quedaron hasta media tarde. Ayudé a mi mujer a preparar el almuerzo y más tarde a limpiar. Además de eso, creo que fue un fin de semana como cualquier otro. Por lo general, los viernes y sábados los pasamos en casa. Nos quedamos mirando algo en Netflix. Supongo que hicimos eso.

—De acuerdo —dice Webb—. Cuéntenos sobre la aventura de Amanda.

Sharpe suspira y empieza a hablar a regañadientes.

—Amanda siempre daba que hablar. Era muy guapa. Le gustaba provocar. Se decía que engañaba a su marido, que a veces tenía relaciones con sus colegas del trabajo. Por ahí iba el cotilleo, en todo caso: sexo en los ascensores, cosas así. En buena parte serían chorradas, pero se había labrado cierta fama. Pregunte a los demás.

—Lo haremos —le asegura Webb.

—Cuando desapareció, pensé que había dejado a su marido. Por entonces no se le dio mucho seguimiento al caso, aun cuando su marido informó de la desaparición. Yo pensé que con toda seguridad se había ido con otro tipo. —Sharpe vacila y añade—: Como venía diciendo, daba que hablar. Yo no sabía si la cosa era cierta o no, pero entonces lo vi con mis propios ojos.

Hace una pausa.

—¿Y quién era el compañero de trabajo con quien usted creyó que Amanda estaba teniendo una aventura? —pregunta Webb.

Sharpe suelta un hondo suspiro.

—No le hubiera hecho daño, si eso cree.

—¿El nombre?

Sharpe lo dice a regañadientes.

—Larry Harris. Vive al lado de Amanda y Robert Pierce.

Webb mira de reojo a Moen, cuyos ojos se dilatan.

Vaya noticias interesantes, piensa Webb. Nunca deja de maravillarse de lo que desentierran en las investigaciones criminales: los secretos que guarda la gente. O que trata de guardar.

—Más vale que nos cuente qué vio exactamente.

17

Olivia acude a la puerta cuando Paul regresa a casa. Su marido echa las llaves en el cuenco de la mesita del recibidor y se quita el abrigo reluciente de lluvia. A Olivia siempre le afecta el tiempo, y su humor se ajusta a los cambios. Los días de sol está contenta. Los días oscuros y sombríos como el de hoy, siempre se deprime.

Anoche ella y Paul pasaron casi una hora sin hablar tumbados en la cama, hasta que por fin Paul empezó a roncar. Olivia bajó a la planta baja y anduvo de un lado al otro del salón alfombrado durante horas, preocupada por Raleigh y por la posibilidad de que Carmine decidiera presentar cargos en su contra. Le inquietaba la negativa de Paul a mandar a Raleigh a un terapeuta.

Olivia piensa que Paul sigue enfadado con ella. Paul dijo que le perdonaba lo de las cartas y que necesitan pasar página y afrontar las posibles consecuencias, pero a ella no le da esa impresión.

Nota que Paul no le ha hablado al entrar.

—Un día estupendo, ¿eh? —le dice medio en broma, pero él apenas la mira.

—Me voy a cambiar —contesta por fin Paul, con una sonrisa ausente.

Olivia ve que tiene los pantalones empapados.

—¿Quieres algo para entrar en calor?

—Un whisky me vendría bien. Estoy calado.

Le sirve una copa a su marido y le echa un vistazo a la cena. Paul regresa al salón y coge el periódico. Ella le lleva el whisky.

—¿Algo interesante? —pregunta.

—No —dice Paul, sin mirarla—. Nada fuera de lo común. —Ella le pasa el vaso y él le da un sorbo. Al cabo de un momento, se vuelve hacia ella y le pregunta—: ¿Has tenido más noticias de esa mujer?

Se refiere a Carmine, Olivia está segura.

—No —responde, y enseguida añade con inquietud—: Ojalá todo este asunto desapareciera.

Pero no cree que vaya a ocurrir nada de eso. De hecho, cree que Carmine está al acecho, esperándola.

Larry lleva solo una hora en casa. Su maleta sigue al pie de las escaleras. Becky ha preparado su comida favorita, lasaña con pan de ajo. Y tarta. Están terminándose la tarta. Han hablado del asesinato de Amanda por teléfono cuando él estaba de viaje y, en más detalle, durante la cena. Sin duda, Larry está conmocionado. Becky no le ha contado nada de su participación en las pesquisas. Sabe que tendrá que dar explicaciones, y le da pánico. Pero Larry acaba de regresar a casa, y prefiere esperar a que sea el momento adecuado.

Cuando suena el timbre, se levanta de un salto para ir a abrir la puerta. Ve a los inspectores empapados en el umbral, y los mira con expresión incrédula.

—Mi marido acaba de llegar —dice.

—Me temo que lo de ahora no puede esperar —responde Webb—. ¿Podemos entrar?

—Estamos cenando —protesta ella.

—¿Quién es? —pregunta Larry desde la cocina, para aparecer poco después detrás de Becky, limpiándose la boca con una servilleta. Se acerca—. ¿Quiénes son estas personas?

Becky sabe que no hay nada que hacer, así que responde cansinamente:

—Son los inspectores de los que te hablé. Están investigando el asesinato de Amanda.

Su marido dice:

—Pasen.

Webb se cuela entre él y Becky, con Moen a la zaga.

—¿Me permiten sus abrigos? —ofrece Larry.

Becky observa a su marido colgar los abrigos mojados de los inspectores. Su corazón late acelerado y siente la boca seca. Larry nunca se lo perdonará.

Enciende un par de lámparas y todos se sientan en el salón. Fuera la noche es oscura y la lluvia azota la ventana del frente.

—Desconozco cuánto le habrá contado su esposa —empieza el inspector Webb, mirando de reojo a Becky.

«Si será cabrón».

—Pues casi nada —dice Becky—. Como le he dicho, acaba de llegar a casa. —Larry le lanza una mirada nerviosa. De repente, Becky quiere acabar de una vez. No soporta esperar a que el hacha caiga sobre su cuello—. Larry, tengo que decirte algo —empieza. Siente que se queda casi sin aliento—. Te lo habría contado de todas maneras... —Traga saliva—. Te lo juro, lo habría hecho...

—¿Contarme qué? —dice Larry. Parece nervioso.

Becky lo suelta de golpe, mirando al suelo.

—Me acosté con Robert Pierce. Cuando estabas de viaje. Lo descubrieron al investigar el caso de su mujer. —Al final logra levantar los ojos para mirar a su marido. Está sentado sin mover un pelo, y se ha puesto pálido—. Lo siento mucho.

Larry se ha quedado estupefacto. Por supuesto. Nunca habría esperado algo así de ella. Becky cierra los ojos.

—¿Cómo has podido? —dice Larry.

—Lo siento —repite ella, desolada, abriendo los ojos.

Larry mira a los dos inspectores fijamente y dice:

—Tal vez sea mejor que se marchen.

—Me temo que antes tenemos que hacerle algunas preguntas a usted —contesta Webb.

Becky fija sus ojos llenos de amargura y resentimiento en los inspectores y espera. No quiere ayudarlos.

—Hemos hablado con Paul Sharpe —añade Webb.

Becky recuerda lo que les dijo a los inspectores esa misma mañana. Intranquila, piensa en Olivia.

—¿Paul? —exclama Larry, sorprendido.

De repente, a Becky se le ocurre que quizá Larry estaba al tanto de lo de Paul y Amanda. Dice:

—Paul se estaba viendo con Amanda.

—Eso no lo sabemos —replica Webb con calma.

Becky se vuelve hacia él.

—¿Acaso lo ha negado?

—Sí, lo ha hecho.

Becky resopla. Sabe lo que vio.

—Admite haber hablado con ella esa noche —continúa el inspector—. Pero asegura que le estaba haciendo una advertencia. Creía que estaba teniendo una aventura con un colega, y él fue a decirle que lo dejara —explica Webb, mirando entretanto al marido.

—Una historia plausible —murmura Becky con sarcasmo, esperando que su esposo la respalde.

Pero Larry no dice nada de nada.

Webb prosigue:

—De hecho, nos dijo que creía que Amanda tenía una aventura con su marido. ¿No es así, Larry?

Becky mira a su marido, pasmada.

Entonces Larry niega con la cabeza, lentamente, una y otra vez, frunciendo el ceño.

—No, yo no tenía una aventura con ella. No puedo creer que Paul les haya dicho eso.

A Becky le da vueltas la cabeza. Todos miran a Larry.

—No es cierto —protesta Larry—. No me acosté con Amanda.

Mira a los demás de manera desafiante.

—¿Por qué habría de decírnoslo si no es cierto? —pregunta Webb.

Larry los mira nerviosamente.

—Es que Paul creía que yo tenía una aventura con Amanda. Me habló del tema. Yo lo negué, porque era falso. Me asombra que le fuese con el cuento a Amanda.

—¿Y por qué creía que estaba usted liado con Amanda? ¿Incluso después de que usted lo negara? —pregunta Webb—. ¿Alguna idea?

Becky detecta una pizca de sarcasmo en el tono del inspector.

—Tiene usted que entender cómo era Amanda —empieza Larry, como a la defensiva—. Era muy atractiva. A veces trabajaba en nuestra oficina como empleada temporal. En ocasiones podía conducirse de manera... inapropiada. Un día estuvo en mi despacho, comportándose de ese modo indebido, y Paul la vio.

—Tendrá que explicárnoslo con pelos y señales, señor Harris —dice Webb, y clava la vista en Larry hasta que este se remueve incómodo.

Larry confiesa a regañadientes, con la cara roja de vergüenza:

—Estaba practicando sexo oral.

—¿A usted?

—Sí.

Becky, enmudecida, se queda mirando a su marido.

—Paul nos vio —explica Larry—. Y sacó una conclusión obvia, pero totalmente incorrecta. Me expuso los hechos y le dije que no me estaba viendo con ella. No me creyó. No pensé que él fuese a hacerle una advertencia. Vamos a ver, es ridículo. No pasaba nada; ocurrió solo una vez. Así era ella.

Becky se pregunta si su marido está diciendo la verdad. Cae en la cuenta de que no tiene la menor idea. De repente no se siente tan contrita, tan avergonzada. Tal vez su marido también se dio un capricho. Observa a los dos inspectores, tratando de leer sus pensamientos. Imposible saberlo.

—Sí —dice Webb—. Sharpe nos habló de eso. Con detalle.

Becky ve que su marido se sonroja.

—No pasó nada más, lo juro, fue solo un incidente. Yo no estaba viéndome con Amanda. La conocía por sus colaboraciones en la oficina y porque ella y su marido vivían aquí al lado, pero no me relacionaba mucho con ellos. Creo que tomamos una copa todos una o dos veces. —Añade—: No sé qué le pasó a ella.

—¿Dónde estaba usted el fin de semana que desapareció Amanda? —pregunta Webb.

—No hablará en serio —protesta Larry.

Webb se lo queda mirando y aguarda.

Becky estudia alarmada a su marido. Él la mira de reojo.

—Ese fin de semana estuve de viaje y, cuando regresé, me enteré de que ella se había ido y de que su marido había informado de su desaparición, pero todo el mundo creía que ella había hecho la maleta y lo había abandonado. —Enseguida añade—: Estuve en una conferencia desde el viernes hasta el domingo por la tarde. —Luego alza la vista—. Ni siquiera estuve aquí.

—¿Dónde se celebró la conferencia? —pregunta Webb.

—En el complejo Deerfields.

—¿Y dónde queda eso exactamente?

—A unas dos horas de aquí, en las montañas de Catskill.

—¿No me diga? —dice Webb.

18

Olivia sabe que algo inquieta a su marido. Anoche estuvo intranquilo, dando vueltas en la cama sin parar. Cuando le preguntó si había algún problema, él lo negó. Tal vez solo esté preocupado por Raleigh, como ella. A la espera de que aparezca la policía.

Por la mañana, Olivia está arriba en su oficina cuando suena el timbre. Se paraliza. Teme que esa mujer, Carmine, haya regresado. Corre a la ventana de la habitación que da a la calle y mira, pero no alcanza a ver quién está en la puerta. El timbre vuelve a sonar. Espera. El timbre suena una tercera vez. Quienquiera que sea no piensa marcharse.

Finalmente se arma de valor y baja. Está decidida a plantar cara y negar de plano cualquier cosa que le lance Carmine. Está tan enfadada que se cree capaz de hacerlo.

Abre la puerta y se sorprende por completo al encontrar a su amiga Becky en el umbral. Olivia la vio por última vez en el club de lectura, el lunes por la noche. Ahora es viernes por la mañana, y hay algo en la expresión intranquila de su amiga que hace que Olivia se ponga en guardia. Becky va hecha un desastre. Tiene el pelo sucio y no lleva su pintalabios habitual.

—Becky —dice Olivia. Y luego—: ¿Ocurre algo?

Becky asiente y pregunta:

—¿Puedo pasar?

—Por supuesto —contesta Olivia—. Vamos a tomar un café.

Se dirigen automáticamente a la cocina. Olivia sirve dos tazas de café de la máquina eléctrica.

—¿Qué pasa? Es obvio que estás alterada por algo.

Becky se sienta ante la mesa de la cocina.

—Es algo muy incómodo —dice.

Olivia coloca las tazas de café en la mesa y se sienta. Se pregunta si Carmine le habrá estado hablando a Becky. De nuevo se prepara.

—¿Qué ocurre?

—Es sobre la investigación de Amanda.

Olivia se relaja. No es sobre Raleigh, pues. Se siente aliviada, al menos por lo que le toca, pero le preocupa la mujer que está al otro lado de la mesa. ¿A qué ha venido Becky?

—Ayer la policía estuvo de nuevo en casa —dice Becky.

—¿Y? —responde Olivia, bebiendo un sorbo de café.

—Dios mío, no sé cómo contártelo.

—Dímelo sin más, Becky.

Olivia siente que la ansiedad se espesa en el aire.

Becky coge su taza con las dos manos. Al final mira a Olivia a los ojos y le dice:

—Vi a Paul con Amanda antes de que ella desapareciera.

Olivia se queda pasmada. Cualesquiera que fuesen sus expectativas, no se esperaba esto.

—¿Cómo?

—Una noche vi a Paul con Amanda en el coche de ella, poco antes de que ella desapareciera. Parecía como si... estuvieran discutiendo.

—Paul no conocía a Amanda —replica Olivia.

—Lo vi con mis propios ojos —dice Becky con cautela.

—Te habrás equivocado —le responde fríamente Olivia. Paul se lo habría contado, ¿no?

Becky contesta sin expresión en la voz:

—No me he equivocado. Paul mismo lo ha admitido. Delante de los inspectores.

Olivia siente que el estómago le da un vuelco. De repente está mareada. ¿Paul ha hablado con los inspectores?

—¿A qué te refieres? —pregunta—. ¿Cuándo habló con ellos?

Olivia siente que está al borde de un despeñadero, y que a Becky le bastaría con darle un empujoncito.

Becky cambia de posición en su silla, inquieta.

—Ayer. Fueron a su oficina. Hablaron allí con él.

—¿Y tú cómo lo sabes? ¿Por qué querían verlo?

Olivia intenta comprender lo que dice Becky.

—Porque me interrogaron sobre Amanda y yo tuve que decirles que la había visto con Paul hablando en el coche de ella. —Tras una pausa, añade—: Yo no quería decírselo.

—Paul no me contó nada sobre los inspectores —susurra Olivia, conmocionada.

—Lo siento —dice Becky, y guarda silencio en su asiento, como si esperara a que Olivia sumara dos más dos.

—¿Tú crees que Paul pudo estar viéndose con Amanda? —pregunta Olivia incrédula, sin moverse en absoluto—. Es imposible.

Pero entretanto recuerda a Paul dando vueltas en la cama toda la noche de ayer. Por lo visto habló con los inspectores ese mismo día. ¿Qué más le ha ocultado? Olivia siente que empieza a temblar. La vista se le nubla, como si pasara por una zona de sombra, y tiene que agarrarse al borde de la mesa. ¿Paul la ha engañado? Nunca sospechó que le fuese infiel. Jamás. Pero ahora se da cuenta de otra cuestión: si tuvo una aventura con Amanda, Paul será sospechoso de asesinato. Recuerda verlo leer el artículo del periódico, fingir que no le interesaba el caso. Se le hace un nudo en el estómago.

—Admitió que estuvo en el coche con ella, pero negó que tuvieran una aventura —prosigue Becky.

Olivia se queda mirando a Becky. Tiene que averiguar qué demonios está pasando.

—Pero ¿tú cómo lo sabes? ¿Por qué estaba Paul en el coche con Amanda? No entiendo nada.

Becky contesta con cautela:

—Paul les dijo a los inspectores que pensaba que ella tenía una aventura con Larry, y que le estaba advirtiendo de que lo dejara, pero me temo que eso no es verdad.

—¿Larry, tu marido?

Becky asiente con la cabeza.

Olivia no da crédito a lo que oye.

—¿Y cómo estás tan segura de que Larry no tenía una aventura con ella? ¿Quieres decir que Paul sí? —protesta Olivia.

Becky se inclina sobre la mesa hacia ella.

—No sé si Paul tenía una aventura con Amanda, pero los vi juntos, y tuve que decírselo a los inspectores.

—¿Por qué iba a decir Paul algo así sobre Larry si no era verdad?

Becky se echa atrás en su silla y cruza los brazos sobre el pecho.

—Ya sabes cómo era Amanda. ¿La recuerdas en la fiesta? Derrochaba atractivo sexual, disfrutaba de las atenciones de todos los hombres. Por lo visto era aún peor en la oficina. Y una vez Paul la pilló comportándose de manera inapropiada con mi marido. Pero Larry dice que no fue nada.

—De manera inapropiada ¿cómo exactamente?

—No conozco los detalles —responde Becky, apartando la vista.

—Me niego a creer que Paul estuviera viéndose con Amanda —dice Olivia.

—Bueno, yo tampoco creo que Larry lo hiciera. —Becky coge su taza de café—. Tal vez todo sea un malentendido. Tal vez Paul interpretó mal la situación y reaccionó de manera exagerada.

—¿Y entonces? ¿Ahora los inspectores investigan a Paul y a Larry? —pregunta Olivia, incrédula. Becky asiente con inquietud—. ¿Y qué piensan?

—No lo sé. Nunca dicen lo que piensan. Pero ayer hablaron con Paul, y anoche vinieron a casa después de que llegara Larry y lo acusaron de tener una aventura con Amanda. Él lo negó. —Becky aparta la mirada con cara de desolación—. Después tuvimos una discusión realmente espantosa.

Por un lado, Olivia quiere consolar a Becky, pero por el otro la odia por venirle con ese asunto y desahogarse con ella. Piensa en la discusión que ella misma tendrá con Paul esa noche. No cree que Paul estuviese acostándose con Amanda. Pero al mismo tiempo es obvio que no le ha contado todo. Si pensaba que Larry tenía una aventura con Amanda, ¿por qué no se lo dijo a ella? ¿Por qué no le dijo que la policía fue a verlo ayer a su oficina?

—Pensé que debías estar al tanto de la situación —comenta Becky—, por si Paul no te lo contaba.

Olivia se echa atrás, como esquivando una bofetada. ¿Acaso Becky espera que se lo agradezca?

Becky se queda mirando la mesa de la cocina.

—Hay una cosa más. Tal vez no debería decírtelo, pero es poco probable que se mantenga en secreto mucho tiempo. Y necesito hablar con alguien y no quiero que pienses que te he mentido.

En ese momento Becky parece tan afligida que Olivia siente una punzada de compasión. Pero lo que más siente es una mala corazonada. ¿Qué más pudo haber pasado?

—Dime.

—Es sobre Robert Pierce.

Olivia se apoya en el respaldo. Se ha dado cuenta, incluso en el club de lectura, que a Becky le gustaba un poco. Es un hombre muy atractivo y vive al lado de ella. Larry viaja mucho. Los hijos de Becky van a la universidad fuera de la ciudad.

—¿Qué hay con Robert?

—Me acosté con él, cuando Larry estaba de viaje —confiesa Becky, levantando la vista—. Dos veces.

Olivia se la queda mirando, muda de la sorpresa.

—Creo que perdí un poco la cabeza —admite Becky—. Pero teníamos una especie de conexión. No sé lo que me pasó. No..., no pude resistirme.

—Dios mío, Becky. Probablemente mató a su esposa.

—No fue él. Estoy convencida de que no.

—¿Por qué? —contesta Olivia, horrorizada—. Si la gente tenía conciencia de cómo era Amanda, si hasta Paul pensó que se estaba acostando con Larry, su marido debía de hacerse una buena idea de cómo era. Puede que estuviera celoso. Furioso. —Tras un instante, añade con firmeza—: Probablemente es el asesino.

Becky contesta, negando con la cabeza:

—No creo que haya sido él. No creo que pudiera matarla. Creo que fue otra persona.

—¿Quién?

—No lo sé. Algún extraño, alguien a quien no conocemos. Paul y Larry no tuvieron nada que ver.

—Claro que no —dice Olivia—. Sigo pensando que fue su marido.

Robert Pierce observa fríamente por encima de la mesa de interrogatorios a los inspectores que tanto fastidio le están causando. Cuando el inspector Webb lo llamó a casa hace un rato y le preguntó si estaba dispuesto a acudir a la comisaría para responder a algunas preguntas adicionales, Robert consideró la situación con cautela antes de responder. Tuvo la sospecha de que, si se negaba, simplemente irían a su casa y lo arrestarían. Así que ha venido.

Sabe que sospechan de él, aun cuando no lo dicen. Tiene que convencerlos de lo contrario.

—¿Estoy detenido? —pregunta.

—No —responde el inspector Webb—. Sabe bien que no.

—¿Y por qué me lo parece?

—Puede irse cuando lo desee —dice Webb.

Robert no se mueve.

Webb se echa atrás en su silla y pregunta:

—¿Sabía que su esposa tenía una aventura?

Robert lo mira con recelo.

—No. Ya se lo he dicho.

—¿Estaba al tanto de que su esposa tenía fama de coquetear, de engañarlo?

Robert siente que se le oscurece la expresión, pero guarda la calma.

—No, no estaba al tanto. Pero era una mujer muy atractiva y muy segura de sí misma. La gente dice cosas.

—Ya lo creo que dice cosas. —El inspector Webb se inclina hacia adelante y aclara—: Hemos hablado con varias personas que trabajan donde Amanda fue empleada temporal. En los sitios donde tenía contratos a menudo. Uno de ellos era la Farmacéutica Fanshaw.

—Sí, le gustaba trabajar allí.

—La gente comenta que tenía cierta fama —dice el inspector. Robert le devuelve la mirada, negándose a morder el anzuelo.

—Fama de tener relaciones sexuales en ascensores, por ejemplo —concreta Moen.

Él la mira con una furia silenciosa.

—De hecho —dice Webb—, creemos saber con quién tenía una aventura su mujer.

Robert guarda silencio unos segundos; luego se encoge de hombros y responde:

—Es posible. Ya se lo he dicho. No sé qué pensar desde que descubrí que me mintió sobre el viaje con Caroline. Tal vez tenía una aventura. —Se inclina hacia adelante—. Pero, en tal caso, yo no lo sabía.

—¿Está totalmente seguro? —pregunta Webb.

—Sí. Me fiaba de ella —responde Pierce, echándose atrás en su silla.

—Y sin embargo la engañó con su vecina —señala Moen.

Robert le clava una mirada glacial. La inspectora le resulta molesta, con esa manera que tiene de aguijonearlo.

—Fue una tontería. Becky me buscó a mí. No debí hacerlo. Solo porque haya hecho algo indebido no quiere decir que mi mujer también lo hiciera.

—¿No? —pregunta Moen, enarcando una ceja.

A Robert no le cae bien la inspectora. No le cae bien ninguno de los dos. Considera la posibilidad de levantarse e irse. Sabe que tiene derecho a hacerlo; está allí de manera voluntaria.

Moen continúa azuzándolo.

—No nos ha preguntado quién tenía una aventura con su esposa.

—Tal vez porque no quiero saberlo —dice Robert, tajantemente.

—O tal vez porque ya lo sabe —sugiere Webb.

Robert mira al inspector con hostilidad.

—¿Por qué lo dice?

—Creemos que Amanda se acostaba con su vecino, Larry Harris.

De repente Robert está furioso, pero intenta aplacar su cólera.

—No lo sabía.

—Ya, no lo sabía —dice Webb, en tono amable—. No fue por eso por lo que se acostó con Becky Harris, ¿no? ¿Para vengarse del amante de su esposa? Usted nunca haría algo así, ¿verdad? Del mismo modo que no mataría a su mujer.

19

Glenda está esperando en el café The Bean a Olivia, que se retrasa. Vuelve a mirar su reloj y se pregunta qué la habrá retenido. No es propio de Olivia llegar tarde a ninguna parte.

Al final aparece medio aturdida y se acerca. Glenda ha elegido a propósito una mesa donde no puedan oírlas. Por lo que ve, cree que ha sido una buena idea.

Olivia se sienta. Es obvio que está alterada.

—¿Qué ocurre? —pregunta Glenda.

—Tienes que prometerme que no le contarás a nadie lo que estás a punto de oír —dice Olivia, nerviosa—. Ni siquiera a Keith.

Glenda se endereza en su silla.

—Claro. Lo prometo. En todo caso, hay muchas cosas de las que hablamos que no le cuento a Keith. ¿Qué pasa?

—Al parecer Becky Harris cree que Paul pudo haber tenido una aventura con Amanda —susurra Olivia.

Glenda siente una sacudida en la columna vertebral. Se queda mirando a Olivia, azorada.

—¿Y qué le hace pensar eso?

Mientras Olivia explica, Glenda se esfuerza por procesar la información sobre la charla de Olivia con Becky. Pero es difícil conciliar todo eso con el hombre que conoce desde hace años.

—Paul no te engañaría —dice Glenda—. La verdad, no me lo creo.

—Yo tampoco —replica Olivia, con la voz cargada de emoción—. Pero ¿por qué me oculta estas cosas? ¿Por qué no me dijo que habló con Amanda? ¿Por qué no me dijo que creía que Larry estaba teniendo una aventura con ella? ¿Por qué no me dijo que la policía fue a interrogarlo?

Glenda oye la histeria creciente en la voz de Olivia.

—No lo sé —responde con incomodidad.

—Pensé que teníamos un matrimonio sólido. Somos sinceros el uno con el otro. No puedo creer que me oculte estas cosas.

—Si Paul le dijo a la policía que creía que Larry se acostaba con Amanda, y que él le advirtió a ella de que lo dejara, yo le creo —dice Glenda, con firmeza—. Me parece mucho más probable que Larry engañara a Becky y no que Paul te engañara a ti, ¿no?

Olivia asiente con la cabeza; parece aliviada de oírselo decir a otra persona.

—Por cierto, no sé si debería contártelo, pero...

—¿Qué?

—Becky me confesó que se había acostado con Robert Pierce. Antes de que Amanda desapareciera.

Ahora Glenda se ha quedado de piedra; eso sí que no se lo esperaba. Al cabo de un momento dice:

—Bueno, bueno. Pues ahí lo tienes. Es obvio que hay problemas en ese matrimonio. —Luego se inclina con ansiedad sobre la mesa—. Escucha, Olivia. No te conviene que la policía piense que Paul pudo haber estado viéndose con Amanda. En ese caso podrían considerarlo un sospechoso de homicidio. Eso no te conviene. No necesitas que se inmiscuyan en tu vida.

—Pues ya es tarde —dice Olivia, afligida—. Creo que Paul ya es sospechoso. Creo que Becky les transmitió sus sospechas sobre Paul y Amanda.

—Pues asegúrate de que descarten esa idea ya mismo —se apresura a responder Glenda—. Diles que estuvo todo el fin de semana contigo.

—¡Probablemente estuvo conmigo todo el fin de semana!

—Pues entonces no pasa nada.

—Tengo que hablar con él esta noche en cuanto llegue a casa —dice Olivia, claramente nerviosa—. Le preguntaré por qué no me contó nada. Y le preguntaré a bocajarro si le ha dicho la verdad a la policía.

Glenda asiente con la cabeza.

—Ya me contarás qué te dice.

En ese momento nota que Olivia la mira con más detenimiento, como si acabara de advertir su aspecto de cansancio. Glenda sabe que tiene ojeras; esa mañana se ha estudiado en el espejo.

—¿Y tú cómo estás? —pregunta Olivia.

—Regular —admite Glenda—. Adam parece odiar a su padre.

—¿Por qué? —pregunta Olivia.

—No lo sé —dice Glenda, apartando la mirada—. Chocan todo el tiempo. Supongo que es normal que los adolescentes se lleven mal con sus padres. Tienen que distanciarse, marcar su territorio. —Hace una pausa—. La verdad, últimamente Adam tampoco se lleva muy bien conmigo que digamos.

Después de que se despiden, Glenda vuelve a casa andando, pensando en lo que le ha contado Olivia. Sin duda Paul no engañaría a su mujer. Los conoce desde hace dieciséis años. Pero está intranquila. Recuerda cómo era Amanda, la única vez que realmente la vio, en la fiesta del año pasado.

Era un día cálido y soleado de septiembre. Amanda lucía un vestidito de playa amarillo, que enseñaba sus piernas esbeltas y bronceadas. Tenía las uñas de los pies perfectamente pintadas y llevaba sandalias de tacón. Glenda y Olivia han dejado de usar vestidos de playa hace ya tiempo. Se ponen pantalones pirata y sandalias planas, y hablan de operarse las varices de las piernas. Pero Amanda era joven y guapa y no había tenido hijos, así que sus piernas eran perfectas, como todo su cuerpo. Glenda recuerda que no paraba de inclinarse, enseñando como quien no quiere la cosa un poquito de su pecho turgente y el sujetador de encaje cada vez que hablaba con Keith, Paul o Larry, o cualquiera de los demás hombres presentes. ¿Acaso Amanda le había prestado especial atención a alguno de ellos? Glenda creía que no. Pero todos habían hecho el tonto. Amanda había coqueteado con cada uno de ellos, dispensándoles su atención a uno tras otro como una princesa, mientras su marido, sentado a un lado y sin decir gran cosa, bebía cerveza y la miraba con indulgencia. De cuando en cuando Amanda se volvía a su marido mudo y apuesto y lo tomaba de la mano, demostrando en silencio que era suya. En ese momento, a Glenda le pareció que él estaba orgulloso de su mujer. Pero ahora no está tan segura: ¿era así? ¿O estaba Robert molesto con ella debido a la atención que atraía y que ella le prestaba a todo el mundo salvo a él? ¿Acaso estaba enfadado y celoso, y lo ocultaba? ¿Le preocupaba la posibilidad de que ella fuese infiel?

Todo matrimonio tiene sus secretos. Glenda se pregunta cuáles eran los de ellos.

Cuando Paul llega a casa del trabajo, Olivia lo está esperando. Raleigh ha ido a un entrenamiento de baloncesto. Eso les dará la oportunidad de conversar.

Lo oye entrar por la puerta principal y va de la cocina al salón para encararse con él. De inmediato nota lo cansado que está. De hecho, tiene un aspecto espantoso. Nada de eso la mueve a compasión.

—Tenemos que hablar —dice. Su tono es tirante.

—¿Puedo quitarme primero el abrigo? —replica él. Lee algo en la expresión de Olivia y añade—: ¿Dónde está Raleigh?

—Tiene entrenamiento. Volverá más tarde.

Paul pasa delante de ella y se dirige a la cocina. Ella lo sigue y lo mira meter la mano en el armario en busca de la botella de whisky. Incapaz de disimular el enfado en su voz, Olivia dice:

—Sé que hablaste con la policía.

—¿Conque vinieron a hacerte preguntas a ti también? —dice él, con la voz crispada—. ¿Debería sorprenderme?

Paul se sirve un trago y se vuelve a mirarla, mientras se apoya en la encimera de la cocina.

—No, no han venido. Me lo dijo Becky.

—Ah, Becky —dice él con sorna, y apura un buen sorbo.

—¿Qué diablos está pasando, Paul? —pregunta Olivia, desesperada.

—Te diré lo que está pasando, si tanto quieres saberlo. —Le da otro sorbo a su vaso—. Larry Harris tuvo un lío con Amanda Harris durante mucho tiempo. Al final se lo eché en cara pero él lo negó. Así que le dije a Amanda que parara. Luego ella desapareció. En su momento no se lo mencioné a la policía porque sinceramente no me pareció pertinente. Y nadie me lo preguntó. Todo el mundo creía que había abandonado a su marido y punto. Pero ahora... parece que Becky me vio hablando con Amanda y metió las narices en el asunto y se lo contó a la policía. Así que tuve que aclararles todo. —Resopla—. Apuesto a que se arrepiente de haberlo mencionado. —Alza la cabeza y mira con cansancio a Olivia—. Ahora no me los puedo quitar de encima. Me piden una coartada.

Levanta el vaso y apura el resto del whisky.

—¿Te piden una coartada a ti? —repite Olivia.

—Bueno, supongo que a Larry también —dice Paul. Tiene que preguntárselo.

—Dime la verdad —pide Olivia, con la sensación de que se le traba la voz—. ¿Tuviste una aventura con Amanda?

Paul la mira y algo cambia en su comportamiento. La furia crispada se disipa.

—Claro que no, Olivia. No me acosté con ella, te lo juro. Nunca te he engañado ni lo haría. Lo sabes bien.

—¿Y entonces por qué no me hablaste del tema? ¿Por qué tantos secretos? ¡Ayer hablaste con la policía y ni siquiera me lo dijiste!

Paul agacha la cabeza.

—Lo siento.

Olivia espera.

—En su momento no te conté nada sobre Larry porque quería que quedase entre él y yo. Sé que eres amiga de Becky. No quería que lo supieras y te plantearas contárselo. Pensé que si me enfrentaba a Amanda ella se echaría atrás, dejaría de ver a Larry. Supuse que a ella no le importaba mucho ese rollo.

—¿Cómo sabes que estaba viéndose con Larry?

—Lo sospeché durante semanas, y después la pillé haciéndole una mamada en la oficina.

Olivia se queda atónita. Se pregunta si Becky conoce los detalles.

—Informé de todo a los inspectores —continúa Paul—. No me preocupaba tanto el matrimonio de Larry; no es asunto mío. Pero sí me inquietaba que él se estuviese descuidando y que alguien más los viera en la oficina y lo despidieran. No quería que pasara eso.

Olivia siente que la tensión de sus hombros poco a poco empieza a relajarse.

—¿Y por qué no me lo dijiste ayer, después de hablar con la policía? ¿Por qué me lo ocultaste?

Paul niega con la cabeza.

—No lo sé. Lo cierto es que no sabía qué hacer. Tendría que habértelo dicho. Te lo digo ahora. —Suspira y añade intranquilo—: Me preguntaron si tenía una coartada para el fin de semana que desapareció Amanda.

—¿Y qué les dijiste? —pregunta Olivia.

—La verdad. Que estuve en casa todo el fin de semana. Les dije que probablemente nos habíamos quedado aquí viendo algo en Netflix. Es lo que solemos hacer. ¿Cuándo fue la última vez que salimos un viernes por la noche?

Olivia repasa mentalmente ese fin de semana. Luego añade:

—No, ese viernes fuiste a casa de tu tía, ¿te acuerdas?

Paul se paraliza.

—Mierda. Tienes razón. Lo había olvidado.

—Me llamaste desde la oficina y me dijiste que creías que debías ir a verla.

—Sí —dice Paul—. Joder.

Olivia recuerda esa noche. Paul fue a casa de su tía y ella se quedó en casa y vio una película sola.

—Más vale que se lo cuentes a la policía —dice Olivia, ansiosa.

Él asiente con la cabeza.

—Lo haré. Es probable que también te pregunten a ti.

—¿Y qué me van a preguntar?

—Dónde estuve ese fin de semana.

—¿Qué más da dónde estuviste? —dice Olivia, frustrada por la situación—. Tú no tenías nada con Amanda. Era Larry.

Paul resopla.

—No estoy seguro de que la policía sepa a quién creer. —Al cabo de un momento, añade—: ¿Estamos en paz?

—¿A qué te refieres?

—En fin... Tú no me contaste lo de las cartas...

Olivia había olvidado el asunto de las cartas; todos los demás sucesos las habían expulsado de su mente. Se acerca a Paul y le pone las manos en el pecho.

—Vale.

Puede oler el whisky en su aliento.

—¿Cuándo dijiste que volvía Raleigh? —pregunta él, abrazándola y dándole un beso.

—Aún tardará —contesta Olivia—. ¿Por qué no me sirves un trago? —Mientras él lo hace, ella añade—: ¿No creerás que Larry tiene nada que ver con...?

—No, claro que no —dice Paul.

20

Becky deambula inquieta por la casa el viernes por la tarde, a la espera de que Larry regrese del trabajo. Por cómo lo dejaron anoche, no volverá de buen humor. Dijo que casi seguro llegaría tarde; siempre tiene que ponerse al día después de un viaje de negocios.

Anoche Becky durmió en la habitación de huéspedes. No está segura de cómo sacarán el matrimonio adelante. Tal vez no lo hagan. Tal vez la alianza ha tocado a su fin y lo único que queda por hacer es buscar la manera de decírselo a sus hijos y dividir los restos. A pesar de haberlo negado en redondo delante de Olivia, Becky pasa mucho tiempo pensando si será cierto que no hubo nada entre Larry y Amanda, como él no para de insistir.

Ha sido un día largo —ha pasado una larga semana desde que encontraron el cadáver de Amanda Pierce— y Webb no se siente bien. Le arden los ojos y le pesan las extremidades. Está frustrado por la falta de avances en la investigación. Pero ha empezado a definirse una imagen. Una vez acabada la entrevista con Paul Sharpe, hablaron con otros empleados de la Farmacéutica Fanshaw y se hicieron una idea más clara de quién era en realidad Amanda Pierce. Webb se pregunta hasta qué punto serán ciertas las habladurías. Pero Larry admitió el incidente en su oficina. Cuando menos, una parte es cierta.

A su lado, Moen conduce el coche de vuelta desde el complejo Deerfields, donde Larry asistió a la conferencia el fin de semana que asesinaron a Amanda. Webb mira por la ventanilla el paisaje crepuscular, pensando en lo que saben de momento.

No cabe duda de que Larry Harris estuvo en la conferencia desde la noche del viernes hasta la tarde del domingo. Muchos de los empleados lo han confirmado. Se registró el viernes a las 15:00 horas. Pero a continuación hay un hueco. El personal del bar y los camareros lo recuerdan, pero ninguno de ellos tiene la certeza de haberlo visto en la recepción antes de las 21:00 horas. Todos concuerdan en que fue de los últimos en marcharse al final de la velada, a eso de las 23:00 horas. No fue una cena con mesas, en la que otros comensales pudieran recordarlo; solo hubo copas y charlas en el salón de actos. Pudo llegar tarde a la recepción, lo que le habría dejado varias horas para encontrarse con Amanda Pierce y, quizá, matarla.

Y lo más irrefutable: el coche de ella acabó en un lago cercano al complejo.

Los dos días siguientes están justificados. Se inscribió en varias sesiones y lo vieron en ellas a lo largo de todo el fin de semana. Pero queda el misterioso hueco del viernes.

Webb señala con el dedo:

—Dobla aquí.

Moen sale de la carretera y enfila un camino de grava. Ya está casi oscuro. Ha sido un día triste y húmedo, pero el interior del coche se mantiene templado y agradable.

Vuelven a la escena donde se recuperó el cadáver de Amanda. Webb ha cronometrado el tiempo desde el complejo. Moen conduce un poco aprisa por el camino de grava.

—Baja un poco la velocidad. Podemos corregirla más adelante —le dice Webb. Moen desacelera.

El camino es oscuro y sinuoso. Los faros del coche barren las curvas de la calzada, que está flanqueada por árboles a ambos lados. Algunos están casi desnudos; el tiempo ha cambiado, y se diría que han transcurrido más de unos pocos días desde que estuvieron allí, sacando el coche goteante del lago frío.

—¿Estás seguro de poder reconocer el lugar en la oscuridad? —le pregunta Moen, reduciendo la velocidad—. Yo no creo que pudiera. Soy una chica de ciudad.

—Espero que sí —contesta Webb, mirando con atención el paisaje oscuro que se extiende al otro lado del parabrisas—. Creo que nos estamos acercando.

Moen ralentiza al tomar una curva y él dice:

—Aquí. Creo que es aquí. Frena.

Reconoce la curva en el camino, la cuesta que baja hasta la playa, la orilla del lago. Moen sale del camino y detiene el coche. Apaga el motor. Webb mira su reloj, que brilla en la oscuridad.

—Veinte minutos —dice.

Moen mira a Webb, asintiendo:

—Muy poco tiempo.

Pasan un momento en la oscuridad, luego abandonan la tibieza del coche y salen al fresco nocturno. Webb se queda de pie junto a la puerta, situándose y rememorando la mañana del lunes pasado, cuando hicieron el horrible descubrimiento.

—¿Dónde está el arma homicida? —pregunta. Echa a andar hasta la orilla y se pone a mirar el lago. Una rodaja de luna despunta nítida y brillante detrás de unas nubes oscuras. Trata de imaginar qué ocurrió allí. ¿Quién bajó las ventanillas? La persona que lo hizo utilizó guantes, porque en los botones correspondientes no había otras huellas que las de Amanda. ¿Quién metió el cuerpo en el maletero y guio el coche cuesta abajo hacia el agua?

Webb cree que el asesino es con toda probabilidad alguien que ya han conocido. Se vuelve hacia Moen; los ojos de su compañera relucen en la oscuridad.

—El asesino probablemente pensaba que el coche y el cuerpo nunca serían encontrados —sugiere Webb. Vuelve a mirar el interior del lago—. Todo el mundo creyó que Amanda había dejado a su marido. Y es muy difícil condenar a alguien sin un cuerpo. —Mira de reojo a Moen—.

Alguien debe de estar muy nervioso. Para alguien, las cosas no han salido según lo previsto.

Becky oye abrirse la puerta de entrada poco después de las nueve de la noche. Está arriba en la cama, e inclina la cabeza para escuchar. Se cansó de esperar a Larry, así que cenó y subió a acostarse con un libro. Oye a su marido deambular abajo. Al cabo de unos minutos, deja el libro a un lado, se pone una bata y sale de la habitación.

Se detiene en lo alto de las escaleras al ver a su esposo al pie, observándola a ella. Las miradas se cruzan, pero por un momento ninguno de los dos habla.

Luego ella pregunta:

—¿Dónde has estado?

No cree que se quedara en la oficina hasta tan tarde.

Larry no contesta. Al final, dice:

—Tenemos que hablar.

Becky baja lentamente las escaleras.

Él añade abruptamente:

—Necesito un trago.

Se inclina sobre el carrito de las bebidas que está en el salón y se sirve un buen trago de bourbon solo.

—Ya que estás, sírveme uno a mí —dice Becky.

Se acerca a su marido y él le pasa un vaso. Ambos dan un sorbo a sus bebidas. A Becky se le agolpan en la mente todas las cosas que Larry puede estar a punto de decir.

Se pregunta cómo se habrá sentido Larry cuando desapareció Amanda, y luego cuando encontraron su cuerpo.

¿Temía que la policía descubriera lo suyo con Amanda, del mismo modo que ella había temido que se supiera lo de ella y Robert?

Larry le lanza una mirada conciliadora.

—No tuve nada que ver con lo que le pasó a Amanda, y lo sabes.

—¿Lo sé? —replica ella.

Él se la queda mirando, claramente sorprendido.

—En serio, no pensarás que... —Sigue mirándola, como si no pudiera encontrar las palabras.

—No sé qué pensar —dice ella fríamente—. Y si yo no te creo del todo, ¿cómo te parece que lo verá la policía?

Mientras observa a ese hombre con el que lleva casada veintitrés años, Becky se permite considerar por primera vez la posibilidad de que Larry matara a Amanda Pierce. Le da escalofríos.

—¡Estás de broma! —dice Larry y luego se ríe, una risa corta y seca—. Vale, lo pillo. Ya estás en plan de negociaciones de divorcio, ¿no? Crees que tienes algo con lo que puedes presionarme y quieres usarlo para sacar ventaja.

Becky no lo había visto de esa manera, pero ahora que se lo menciona se da cuenta de las posibilidades. En realidad no cree que él le haya hecho daño a Amanda, pero no vendría mal que él lo pensase. Becky dejó su carrera. Pasó sus mejores años llevando la casa y criando hijos para este hombre, mientras él salía a ganarse bien la vida. Ella merece lo que le corresponde. No quiere acabar tirada.

—Si serás zorra —dice él.

Becky se sobresalta un poco por su tono. No es característico de su marido. Luego dice, en voz suave:

—No tengo intenciones de ponértelo difícil, Larry, siempre y cuando juegues limpio conmigo.

—Ah, ¿sí? —contesta él. Se acerca a Becky y la mira desde arriba; ella puede sentir su aliento en su cara, oler el alcohol—. Yo no tuve nada que ver con la..., la desaparición de Amanda.

Es como si no pudiera decirlo. No puede decir «muerte». Becky se mantiene firme.

—Pero ¿te estabas viendo con ella? —pregunta Becky—. Dime la verdad. No fue solo una vez en la oficina, ¿no?

Lo conoce. Sabe que querría más. Puede ser codicioso.

Larry se deja caer en el sofá y de repente parece exhausto. Se sienta encorvado.

—Sí —admite—. Nos estuvimos viendo durante algunas semanas. Todo empezó en julio.

Apura el resto de la bebida de un trago.

Becky siente que se le hiela el cuerpo.

—¿Dónde?

—Íbamos a un hotel de carretera fuera de Aylesford.

Ella lo mira incrédula, invadida por una furia incoherente.

—Si serás idiota —susurra—. Lo van a descubrir.

—No, no lo harán —dice obtusamente él, levantando la vista y volviendo a apartar los ojos al ver su cólera y desconfianza.

—¡Pero claro que sí! ¡Irán a todos los hoteles y moteles de la zona con fotos de vosotros y preguntarán al personal!

«¿Cómo se le ocurre que no lo descubrirán?». Becky está muerta de miedo, y eso le hace darse cuenta de lo preocupada que está. Todo el tiempo detienen a la gente por cosas que no ha hecho. A ella su marido le importa lo suficiente como para no querer verlo arrastrado hacia la investigación de un homicidio. No puede permitir que algo así les ocurra a ella y a sus hijos. Ha visto *The Staircase* en Netflix; ha presenciado el efecto que esa situación tuvo en una familia. Se niega a que lo mismo le suceda a la suya. Piensa deprisa.

—Tal vez deberías habérselo dicho a la policía cuando estuvieron aquí. Si lo descubren sin que lo hicieras será peor.

—¡Me dio miedo contárselo! No podía pensar. Todo ha sido un shock tremendo. —Larry inspira hondo—. Tal vez no se enteren. —Mira a Becky, contagiado de su preocupación—. Yo no tuve nada que ver con lo que le ocurrió. Creí que encontrarnos de vez en cuando no significaba nada. Pensé que Amanda había abandonado a su marido.

—Da igual lo que creyeras —dice ella, forzándose a calmarse. Se da cuenta de que Larry empieza a desmoronarse; Becky tiene que mantener la calma. Tiene que centrarse—. No pudiste haberlo hecho: tienes una coartada sólida. —Se sienta en el sofá a su lado—. Estuviste en aquella conferencia.

Becky pasó un mal momento cuando los inspectores fueron a verlos y comprendió que la conferencia a la que había asistido Larry no se celebraba muy lejos del lugar donde habían descubierto el cuerpo de Amanda. Pero él les dijo que se había quedado en el complejo desde la tarde del viernes, y eso la tranquilizó. Sin duda habrá gente que pueda confirmarlo. Pero, cuando ve que su marido se pone pálido como la cera, Becky siente un hueco en el estómago.

—¿Qué pasa, Larry? ¿Qué es lo que no me estás contando?

—Yo no la maté, lo juro.

Pero hay pánico en sus ojos.

Ella se echa un poco atrás.

—Me estás asustando, Larry.

—Encontraron su coche cerca del complejo —dice, nervioso.

Cómo lo evita, piensa ella. Su coche, no su cuerpo. Como si no pudiera afrontarlo. Becky aparta ese pensamiento preocupante.

—No importa —insiste ella—. No si estuviste en el complejo todo el tiempo.

Pero entonces se le cruza una idea por la cabeza: ¿qué pasaría si Larry se hubiera ausentado una hora o dos? ¿Y si hubiera quedado con ella? ¿Habría podido matarla en ese momento? ¿Sería capaz? Siente miedo al darse cuenta de que no lo sabe.

—¿Y qué pasa si la gente no se acuerda de mí? —señala él, paseando la mirada por la habitación. Por lo visto, no quiere mirarla a los ojos.

—Larry, ¿qué estás diciendo?

Al final la mira con miedo, suplicante, como si de algún modo Becky pudiera ayudarlo. Pero ella teme que no puede hacerlo.

—Larry —dice ansiosa—, ¿saliste del complejo?

—No.

—¿Y entonces cuál es el problema?

—El viernes me registré y subí a mi habitación. No me apetecía ver a nadie. El día anterior había tenido una..., una discusión con Amanda: me dijo que ya no quería verme. Y estaba molesto y exhausto. Así que me metí en la habitación y trabajé un poco y luego me quedé dormido. Cuando desperté eran casi las nueve. Me perdí la mayor parte de la recepción de bienvenida.

Becky lo mira incrédula y furiosa. Pasan largos segundos, en los que el salón permanece en total silencio salvo por los latidos del corazón de Becky. Finalmente ella pregunta:

—¿Es verdad?

—Sí, lo juro.

—Incluso a mí me cuesta creerlo —dice ella. Se da cuenta de que Larry no tiene ninguna coartada—. ¿Dónde discutiste con Amanda? —pregunta, sintiendo náuseas—. ¿Os oyó alguien?

—Fue por teléfono.

—¿Qué teléfono?

Larry aparta la mirada furtivamente.

—Usamos teléfonos de prepago.

Becky no puede creerlo; su marido, «el padre de sus hijos», con un teléfono de prepago. Le pregunta furiosa:

—¿Y qué fue del teléfono?

—Lo tiré al río desde el puente.

—¿Qué puente? ¿Cuándo? ¡Joder! Puede haber cámaras, ¿sabes?

Él levanta la vista, pálido como un cadáver.

—El Skyway. El domingo, cuando volvía a casa del complejo. Ella me había dejado, así que supuse que ya no necesitaba el teléfono.

—Eres un puto subnormal —le suelta ella y se aleja.

21

Robert Pierce está sentado solo en su salón oscuro, bebiendo lentamente un vaso de whisky. Especula sobre el inspector Webb —y su compinche, la inspectora Moen— y lo que han de pensar. Lo que han de saber. No saben nada sobre él. Simplemente están de pesca.

Sin ninguna duda investigarán a su vecino de al lado, Larry Harris, que se acostaba con Amanda. Robert no entiende qué vio en él Amanda, pero siempre le gustaron los hombres mayores. Claro que lo sabía. No es idiota. Sabía lo de Larry desde hacía tiempo.

Luego miró en el teléfono secreto de Amanda. No fue tan difícil, solo tuvo que buscar en Google: «Desbloquear sin contraseña pantalla Android». Hecho eso, todo resultó muy esclarecedor. Sus llamadas, sus mensajes de texto, los dos números secretos. Robert llamó a uno de ellos y respondió un hombre. Reconoció la voz nada más oírla.

—Larry —dijo Robert.

—¿Quién habla? —preguntó Larry, claramente sobresaltado.

—Su marido, Robert.

Larry colgó a toda prisa.

Nadie respondió en el otro número. Ese otro número era el que más le preocupaba. El número al que ella enviaba mensajes de texto en los que contaba detalles íntimos y privados de su vida de pareja, en los que decía que su marido era un psicópata. Esos mensajes lo pusieron furioso. Sin duda Amanda había podido advertir a ese tipo de que su marido le había quitado el teléfono.

Y también en el teléfono había elementos no enviados que lo ponían más furioso aún. Incluso le daban miedo.

Piensa en Becky. A estas alturas, si los inspectores han hecho los deberes, se habrán enterado de lo de Larry y Amanda. Sospecha que Becky está medio enamorada de él. Con suerte mantendrá la boca cerrada. No sería bueno que la policía pensara que él tenía motivos para matar a su mujer. Si Larry Harris les cuenta acerca de la llamada, él se limitará a negarlo. No hay pruebas. Ninguna prueba en absoluto de que Robert hizo esa llamada.

Ninguna prueba de que Robert estaba al tanto de la aventura. Las aventuras. Siempre y cuando no encuentren el teléfono de prepago de Amanda. No deben encontrarlo nunca.

Recuerda cuando se mudaron al barrio. Aquella fiesta insufrible a la que Amanda insistió en ir. Él mismo se quedó sentado mirándola: tan atractiva, tan cruel sin darse cuenta. Se pregunta si ese día ella hizo sus cálculos, si supo a quiénes se iba a tirar. Llevaban casados solo un año. Por entonces conocía muy poco a Amanda, sus inclinaciones, su necesidad inexplicable de seducir a hombres mayores. Y ella sabía muy poco de él: del centro oscuro y frío de su alma. Pero habían llegado a conocerse mejor el uno al otro.

Sabe que Becky y Larry están los dos en casa. Hay luz en la planta baja de al lado, aunque sea muy tarde. Lo que daría por poder oír lo que están hablando.

Raleigh espera a que todos se duerman. Se pone vaqueros, una camiseta y la sudadera oscura con capucha, y abre la puerta de su cuarto con cautela. Sabe que su padre tiene el sueño pesado; le preocupa su madre. Se queda inmóvil en el pasillo en la puerta de su habitación y los oye a los dos roncar con sus ronquidos distintos y separados. Aliviado, baja de puntillas, cuidando de no hacer ruido.

Se calza las deportivas en la cocina. No enciende ninguna luz. Está acostumbrado a moverse en la oscuridad. En silencio, sale por la puerta de la cocina al garaje, donde guarda la bicicleta. Se pone el casco, echa la pierna sobre la bici y, nada más salir del garaje, empieza a pedalear a toda prisa, alejándose de la casa.

Sabe que está mal hackear los ordenadores ajenos. Empezó a hacerlo porque le entusiasmaba el desafío.

¿Cómo puede explicárselo a quien no siente ese entusiasmo? Sus padres no lo entenderían, pero cualquier otro hacker sabría exactamente por qué lo hace. La sensación es fantástica: acceder al sistema de otra persona le hace sentirse podcroso, como si tuviera control de algo. No se siente muy dueño de su propia vida. Prometió a sus padres —y se prometió a sí mismo— que lo dejaría. Y lo hará. Los riesgos son demasiados. La de hoy es la última vez. No lo haría en absoluto si no supiera que los propietarios están fuera. Y, esta vez, lleva un par de guantes de látex en el bolsillo; los ha cogido del paquete que guarda su madre en el armario con los artículos de limpieza. No correrá ningún riesgo estúpido ni dejará huellas a su paso.

Raleigh estudia la casa. Es una noche oscura, con nubes que tapan la luna. Hay una luz encendida en el frente de la propiedad y otra en la primera planta; probablemente con temporizadores. Lo sabe porque tienen un gato. Y la cuidadora de mascotas de la zona, que lleva una cartel en el coche, ha estado parando y entrando en esa casa los últimos días. Raleigh la ha visto todas las mañanas de camino al instituto. La gente es imbécil. ¿A quién se le ocurre contratar a una cuidadora de mascotas que lo anuncia con un cartel en el puto coche? Hay que joderse: es como avisar de que uno se ha ido de viaje.

Trató de disuadirse a sí mismo. Pero no ha podido resistirse. Quiere entrar en una casa en la que no tenga que preocuparse por que los dueños vuelvan después de cenar. Quiere relajarse y tomarse su tiempo: llegar un poco más lejos, probar con un par de cosas distintas antes de retirarse.

Raleigh va a hurtadillas hasta la parte trasera de la casa. No hay moros en la costa. Estudia con cuidado las puertas y ventanas. No ve señales obvias de sistemas de seguridad. Pero las puertas y ventanas están bien cerradas. Raleigh ha estado mirando vídeos en YouTube, por si acaso. No es tan difícil forzar la entrada de una vivienda como creerían sus dueños. Mete la mano en el bolsillo y saca su tarjeta del cajero automático. La inserta en el borde de la puerta donde está la cerradura y empieza a forzar el pestillo. En YouTube lo hacen en un par de segundos, pero Raleigh tarda casi un minuto entero hasta que el pestillo cede con un placentero clic. Y justo a tiempo: está sudando a mares, temeroso de que lo vean.

Entra por la puerta y la cierra en silencio, con el corazón acelerado. Se mete la tarjeta en el bolsillo y saca el móvil. Enciende la linterna. La puerta da directamente a la cocina. Tropieza con algo —un plato—, que sale rodando por el suelo con estrépito. ¡Joder! Apunta la linterna hacia abajo. Hay pienso por todas partes. Se agacha, lo junta en una pila y lo recoge con las manos enguantadas. De pronto un gato blanco y negro se le está frotando contra las espinillas. Se detiene a acariciarlo un minuto.

No pierde el tiempo en la planta baja. Los ordenadores están casi siempre arriba, en las habitaciones o en un despacho.

Es evidente que en esta casa vive una pareja con un niño pequeño; hay un dormitorio principal, un cuarto de bebé y, al fondo, un despacho. Se desliza en el despacho al final del pasillo y se dispone a acceder al ordenador. Con un USB de arranque y unos pocos golpes de teclas, crea un atajo y se salta las contraseñas. Después de echar un rápido vistazo, probará con algo nuevo: intentará utilizar el ordenador intervenido para acceder a la red de empresa del dueño, si trabaja en un sitio medianamente interesante. Raleigh está tranquilo: el ordenador se halla en la parte de atrás de la casa y nadie puede verlo; si lo desea, puede pasar allí la noche. Está absorto en sus acciones cuando oye un ruido. Los portazos de un coche. Se queda helado. Fuera se oyen voces. Mierda. ¡Han vuelto a casa! Raleigh entra en pánico. Mira por la ventana. Por ahí no puede salir. No hay tejado al que subirse. Y no va a saltar desde un primer piso.

Mientras vacila, las voces se hacen más fuertes. Ahora oye un sonido en la puerta principal. «Mierda. Mierda. Mierda». Se ha levantado de la silla y está de pie, paralizado, en lo alto de la escalera. ¿Tiene tiempo para bajar y salir por la puerta trasera? Pero entonces se abre la puerta principal y se enciende un interruptor, bañando el vestíbulo de luz. Está jodido. Sin salida.

Ve al gato acceder al vestíbulo, frotarse contra una pata de la mesita del recibidor y maullar a sus dueños, pero no puede verlos a ellos.

—Lleva a la niña arriba y acuéstala mientras yo bajo las cosas —dice una voz masculina. Todavía no tienen idea de que hay un desconocido en la planta de arriba.

Raleigh vuelve a meterse en el despacho del fondo del pasillo, casi sin atreverse a respirar. El ordenador sigue encendido, pero no se ve desde la puerta y no hace sonido alguno. La habitación está a oscuras. Tal vez no se den cuenta. Tal vez pueda quedarse escondido hasta que se acuesten. Le corre un chorro de sudor por la espalda. Oye que una mujer sube las escaleras con esfuerzo, arrullando al bebé. Raleigh suplica que la niña se eche a llorar, pero sigue tranquila. El suelo de madera cruje cuando la mujer entra en la habitación situada en mitad del pasillo. El marido sigue fuera ocupado en el coche. Raleigh oye que se cierra el maletero. ¿Conviene salir corriendo? ¿O esperar? Son los dos segundos más largos de su vida.

Está aterrado. Corre escaleras abajo a toda prisa, sin siquiera cuidarse de no hacer ruido. Llega al pie de las escaleras antes de que el hombre abra la puerta. Oye el grito sobresaltado de la mujer detrás. Está a medio camino de la cocina cuando se abre la puerta principal. Busca a trompicones la puerta trasera, abriéndose paso en la oscuridad, y patea de nuevo el plato del gato, desparramando su contenido. Oye al hombre detrás de él en el vestíbulo —«¿Qué cojones?»— así como el estruendo que se produce cuando suelta abruptamente las cosas que carga y empieza a perseguirlo. Raleigh no mira atrás.

Ha salido por la puerta y corre todo lo rápido que puede. Cruza el jardín trasero a la carrera, salta la valla sin siquiera pensarlo, estimulado por la adrenalina. No se detiene hasta que se encuentra muy lejos, con los pulmones a punto de estallarle.

Se esconde detrás de un arbusto en un parque mientras el corazón va dejando de golpearle el pecho y recobra el aliento. Aún tiene que volver a buscar la bicicleta antes de regresar a casa; al menos tuvo el buen tino de no dejarla cerca de la vivienda. No hay manera de que no llamen a la policía. Verán el ordenador encendido, y se darán cuenta de lo que hizo.

Carmine no puede dormir. Ha intentado leer algo, pero nada logra captar su interés. Lo que quiere es compañía. Echa de menos a su marido. Él solía leer a su lado en la cama, pero ya no está.

Se encuentra abajo en la cocina preparándose una taza de cacao caliente cuando oye algo fuera, en la calle. Gritos. Se queda inmóvil, escuchando. Oye unos golpes, más gritos. Se acerca rápidamente a la puerta pero no enciende la luz. Cuando mira fuera, ve una figura delgada y oscura, haciendo eses en la acera, al final del camino de entrada. Parece estar solo. Lleva algo en la mano, un palo de algún tipo. Carmine avanza un poco más y, al acercarse, ve que es solo un chaval. Un adolescente, con toda seguridad ebrio, el viernes por la noche. El chico se ha quedado inmóvil, meciéndose, como si no recordara qué estaba haciendo, y en la mano lleva lo que parece ser un palo de hockey roto. Carmine supone que ha estado golpeando el cubo de la basura.

—¡Ey! —dice, avanzando a zancadas por el camino de entrada con su bata de color rosa. El chico le devuelve la mirada, como mudo de asombro al verla—. ¿Qué haces? —grita ella, enfadada. No le tiene miedo, es solo un crío.

Enseguida se le acerca lo bastante para verlo claramente. También puede oler el tufo a alcohol que desprende. Algo del chaval le recuerda a su hijo, Luke. El chico parece querer concentrarse, pero tiene la cara flácida. No dice nada, pero tampoco echa a correr. Probablemente porque, si lo hiciera, se caería de bruces al suelo.

—Tú no tienes edad para beber, ¿no? —dice Carmine, hablando en calidad de madre.

Él la rechaza con un gesto de la mano como si espantara una mosca, y se aleja dando tumbos arrastrando el palo de hockey.

Preocupada, Carmine lo observa caminar a trompicones por la acera hasta que dobla en una casa situada calle abajo. Ve que en esa casa se encienden unas luces. Al menos ha llegado, piensa Carmine. Sus padres se ocuparán de él.

A la mañana siguiente, sábado, Glenda llama a Olivia y la invita a dar un paseo. Quiere saber qué ocurrió anoche, cuando Olivia dijo que iba a hablar con Paul.

Glenda se pone una chaqueta y zapatos cómodos. Es un día muy fresco, pero al menos brilla el sol, después de la horrenda lluvia de ayer. Cierra la puerta al salir y echa a andar hacia la casa de Olivia. Tiene la cabeza llena de cosas. Ojalá pudiera resolver los problemas de todo el mundo. Ojalá desapareciera todo este... estrés.

Anoche su hijo, Adam, volvió a llegar borracho. Han probado a ponerle una hora límite, pero se la salta. Han probado a prohibirle salir, pero se escapa de casa. Ya no saben qué hacer.

—Tal vez hay que dejar que se desahogue —dijo Keith esta mañana—. Ya se enderezará cuando se canse de vomitar al levantarse.

Glenda lo miró furiosa, con los brazos cruzados sobre el pecho. A él no le había tocado velar toda la noche junto a su hijo para asegurarse de que no muriera atragantado. Keith durmió muy bien. Nada parece molestarle; se diría que está cubierto de teflón.

A veces quisiera hacerle entender a su marido todas las cosas que ella hace, que ha hecho, por la familia. Él no la valora lo suficiente. Nunca lo hará. Vive distraído.

Y Glenda tuvo que limpiar el desastre del baño.

—Oblígalo a que lo haga él —fue la estéril propuesta de Keith, mientras se servía una taza de café.

Ella le echó un vistazo a Adam gimiendo en su cama, se dio cuenta de que eso era imposible y lo hizo ella misma. Ahora lo único que quiere es salir de casa, alejarse de su marido y de su hijo y del olor a vómito y hablar con alguien razonable. Alguien que la comprenda.

Ve a Olivia acercarse por la acera de enfrente y la saluda con la mano. Pronto están cara a cara y echan a andar juntas.

—Vayamos al parque —sugiere Glenda. De camino, le cuenta a Olivia acerca del último problema con Adam. Mientras recorren juntas la orilla del estanque, dice—: Perdona el desahogo. Oye, ¿y qué pasó anoche? ¿Hablaste con Paul?

Se vuelve a mirar a Olivia y nota que esta parece mucho menos tensa que el día anterior.

Olivia asiente con la cabeza.

—Sí. —Suelta una larga exhalación y se detiene a mirar los árboles al otro lado del agua—. No se estaba viendo con Amanda. La pilló haciéndole una mamada a Larry en la oficina y más tarde le pidió que se comportara para que Larry no perdiera su empleo.

—Caramba —dice Glenda.

Olivia se vuelve hacia ella y de pronto se ríe.

—Es una locura, ¿no?

Glenda asiente.

—Las cosas que hace la gente.

—No creo que Paul y yo tengamos nada de que preocuparnos. Pero Becky... No me gustaría estar en sus zapatos. —Olivia pone una expresión más seria—. Si alguien tuvo una aventura con Amanda, lo más probable es que fuese Larry, ¿no crees?

Glenda empieza a relajarse. El caminar al aire libre, ventilar sus quejas y oír las novedades de Olivia le han hecho bien. No sabe qué haría si no pudiera hablar con Olivia.

—Me da que ese matrimonio no va a durar mucho —responde. Se detienen una junto a la otra a mirar los cisnes. Al final Glenda pregunta, con voz vacilante—: ¿Crees que Larry pudo matar a Amanda?

—No —dice Olivia, negando con la cabeza—. De ninguna manera. Paul tampoco lo cree. Yo apuesto por Robert Pierce.

22

Olivia se despide de Glenda en la esquina y se dirige a casa con la cabeza gacha. Últimamente Glenda parece muy angustiada. Es obvio que está preocupadísima por Adam. Olivia sabe que Keith no es un padre muy implicado, ni especialmente comprensivo. Parece dejarle toda la responsabilidad de la crianza a Glenda, y eso es una carga muy pesada. Olivia agradece que Paul no sea así. Toman las decisiones juntos y en general ven las cosas del mismo modo. Salvo por lo de mandar a Raleigh a un terapeuta. Y por lo de las cartas de disculpa.

Al acercarse a casa, observa un sedán aparcado delante. Sus ojos saltan a la puerta principal y ve allí a dos personas, de espaldas a la calle. El corazón se le acelera.

Enfila aprisa el camino de entrada cuando Paul abre la puerta. Ve su cara de sorpresa. Luego las miradas de ambos se cruzan, y parece que él recobra su aplomo.

El hombre que está en el umbral se vuelve y la ve.

—Buenos días —dice, mientras ella se acerca. Le muestra la placa—. Soy el inspector Webb y ella es la inspectora Moen. Lamento importunarlos un sábado. ¿Podemos pasar? Es cosa de un momento.

Olivia asiente con la cabeza.

—Soy Olivia —se presenta.

—Pasen —dice Paul, y abre la puerta de par en par.

—Acabo de salir a dar un paseo —comenta Olivia, cogiendo sus abrigos—. ¿Les apetece tomar algo? ¿Café?

—No, gracias —contesta Webb, mientras sigue a su marido al salón, con Moen a la zaga.

La inspectora sonríe. Tiene una cara amable, piensa Olivia. Es más simpática que su compañero, que parece un poco brusco. Tal vez por eso trabajan juntos, se dice. Ella y Paul se sientan uno junto al otro en el sofá, bastante tiesos.

El inspector se vuelve hacia ella.

—Como probablemente sabrá —comienza, mirando de reojo a su marido—, estamos investigando el homicidio de Amanda Pierce.

Olivia intenta tranquilizarse. No tienen nada que ocultar. Es bueno que hayan venido los inspectores: pueden aclarar de inmediato dónde estuvo Paul el viernes.

—Sí, lo sé —responde.

—Ya hemos hablado con su marido y ha cooperado mucho —dice el inspector.

Olivia asiente con la cabeza. Se siente ligeramente nerviosa, pero ¿quién no lo estaría con dos inspectores en su salón?

—Tengo entendido que estuvo en casa con usted la noche del viernes 29 de septiembre —dice Webb.

Paul se vuelve al inspector.

—En realidad, estaba equivocado. Lo había olvidado por completo. Tengo una pariente muy mayor, mi tía Margaret, que vive sola y a veces se siente un poco triste. Me llama mucho para que vaya a visitarla. Me llamó ese día, muy agitada, y me pidió que fuese a verla, cosa que hice. Salí directamente desde el trabajo. Primero llamé a Olivia, para decírselo. —La mira de reojo.

—Así es —confirma Olivia.

Webb la estudia un momento y luego se vuelve hacia Paul.

—¿Dónde vive su tía? —pregunta.

Olivia ve a Moen sacar su cuaderno y dar vuelta a una página.

—En Berwick.

—Entiendo —dice Webb.

Olivia se siente intranquila. Sabe qué está pensando el policía. El pequeño pueblo donde vive la tía de Paul se encuentra en dirección a Canning, donde apareció el cuerpo de Amanda. Pero Paul no tenía nada que ver con ella. Está diciendo la verdad: a menudo Margaret lo llama y le suplica que la visite. Es un rollo, por cierto. Casi siempre lo evita, pero a veces hace el viaje. No tienen un trato muy cercano, pero no hay ningún otro miembro de la familia que la visite y él se siente culpable. Olivia se acuerda de aquel viernes. Paul le dijo que Margaret no paraba de darle la lata, que llevaba ya tiempo sin ir a verla y que se sentía incapaz de negarse.

El inspector pregunta:

—¿Dice que vive sola?

—Así es —contesta Paul—. Está en lista de espera para una residencia, pero aún no la han llamado. Así que, de momento, se apaña con una persona que le echa una mano.

—¿Había alguien con ella cuando la visitó aquel viernes? —pregunta Webb—. ¿Alguien que pueda responder por usted?

—Pues no. Era tarde. Su cuidadora ya se había ido.

—Pero, si vamos a ver a su tía, ella confirmará que usted estuvo con ella esa noche, ¿no?

Ahora Paul parece incómodo. Se mueve un poco en su asiento.

—Pues no lo sé —dice—. Está perdiendo la cabeza. Tiene demencia senil, así que es probable que se confunda un poco. No recordará una visita de hace tres semanas.

—Entiendo.

—¿A qué número lo llamó? —pregunta la inspectora Moen.

—Me llamó al móvil, cuando yo estaba en el trabajo —contesta Paul—. Me llama mucho, la verdad. Casi a diario.

—Así que si comprobáramos los registros de llamadas de su móvil, ¿se vería que ella lo llamó ese día? —pregunta Moen.

Paul asiente con la cabeza enfáticamente.

—Sí, claro.

—Y si comprobáramos su paradero de acuerdo con la localización de su teléfono esa noche, se vería que usted estaba en casa de su tía —dice Webb.

Entonces Paul parece menos seguro. Abre la boca como para hablar, pero guarda silencio.

—¿Ocurre algo? —pregunta Webb.

Olivia mira cómo la escena se desarrolla delante de sus ojos, mientras el corazón se le acelera.

—No..., no lo sé —responde Paul—. Llevaba el teléfono, pero se estaba quedando sin batería y no tenía un cargador, así que lo apagué.

—Entiendo —dice Webb.

Paul le lanza una mirada nerviosa a Olivia. El inspector no parece creerle.

—¿A qué hora regresó a casa, señor Sharpe? —pregunta Webb.

—No estoy seguro —contesta Paul, mirando a Olivia—. ¿Sobre las once?

Olivia se encoge de hombros y dice:

—Sinceramente, no me acuerdo. Me acosté temprano; cuando llegaste ya estaba dormida.

De repente, Olivia cae en la cuenta de que en realidad Paul no será capaz de probar dónde estuvo esa noche. Estudia a los inspectores, pero no logra discernir qué piensan. Se dice que no tiene de qué preocuparse. Pero no le gusta el modo en que miran a su marido. Siente un poco de náuseas.

Se pregunta, con disgusto, si él ocultará algo.

—¿Y el resto del fin de semana? —pregunta Webb, mirando a Olivia.

—Estuvo en casa conmigo. Sin duda.

—¿Me da la dirección de su tía? —pide el inspector a Paul.

Robert Pierce está en casa el sábado por la mañana, disfrutando de una taza de café, cuando oye el timbre. Se paraliza. Decide no abrir; quienquiera que sea, tal vez se marche.

El timbre vuelve a sonar, con insistencia. Deja el café de golpe, molesto, y va a la puerta. No quiere hablar con nadie.

Al abrir ve a una mujer mayor de aspecto amable que le sonríe.

—¿Qué quiere? —le dice, cortante.

—Lamento molestarlo —contesta la mujer. Se la queda mirando fríamente («¿Realmente no sabe que han asesinado a mi esposa?»), pero ella sigue allí parada como si nada—. Me llamo Carmine. Soy vecina suya. Vivo en el 32 de la calle Finch, la paralela —dice, señalando por encima del hombro.

Robert empieza a cerrar la puerta.

—Hace poco forzaron la entrada de mi casa —se apresura a decir ella— y estoy tratando de descubrir si le pasó a alguien más.

Robert se detiene. Recuerda la carta, las huellas inexplicables que aparecieron en su casa. Piensa en el teléfono de Amanda, que encontró encima de los sobres del cajón aun cuando estaba seguro de haberlo puesto debajo. Quiere oír lo que tiene que decir esta mujer, pero no quiere contarle que también entraron en su casa. Ya ha destruido la carta. ¿Qué pasaría si se enterase la policía? ¿Qué pasaría si descubriesen al culpable y le preguntasen si vio algo en su casa? Robert niega con la cabeza y frunce el ceño:

—No, nadie ha entrado aquí —miente.

—Bueno, supongo que eso es bueno —dice la mujer. Suspira de un modo bastante dramático—. Alguien se metió en mi casa, y estoy decidida a descubrir quién fue. —Levanta un pedazo de papel—. Me dejaron esta carta.

—¿Me permite? —pregunta él.

Ella se la da. Robert se da cuenta enseguida de que es exactamente la misma que recibió él.

—¿Cuándo se la dejaron? —pregunta.

—La encontré el lunes por la mañana. La echaron por la ranura para el correo de la puerta.

Robert levanta la vista y le devuelve la carta.

—Qué extraño —dice. No se le ocurre otra cosa.

Ella resopla.

—Pues sí. No sé si es muy común que los chicos se metan en las casas, pero es muy extraño que una madre escriba una carta anónima de disculpa. —Tras una pausa, añade—: No encuentro a nadie más que la haya recibido. Pero aquí pone claramente que hay otras. Y casi seguro que el chico entró en más casas de las que su madre sabe. —Vuelve a suspirar, con fuerza—. A lo mejor debería dejarlo. No se llevó nada y los padres del chico obviamente lo han resuelto.

—Algún adolescente perdido —señala Robert, cuidando de no mostrar la intranquilidad que siente.

Ella se inclina con complicidad y dice:

—En realidad... Estoy bastante segura de haber descubierto quién fue. Y, por lo visto, se le da muy bien la tecnología.

—¿En serio? —pregunta Robert de pasada. Pero está pensando: «¿Y si el chico miró en el teléfono?».

—Cuando lo sepa con seguridad, le contaré. Si alguien se mete en mi vida, yo me voy a meter en la suya. Y entonces le diré lo que pienso de sus acciones.

Robert asiente con la cabeza.

—¿Lo ha denunciado a la policía?

—No, todavía no. Dudo que se lo tomen en serio.

—Es probable que no —se muestra de acuerdo Robert.

—Bueno, asegúrese de cerrar bien puertas y ventanas —dice la mujer, y se da la vuelta.

Robert cierra y empieza a caminar de un lado a otro por el salón. Mierda. Puto adolescente. ¿Qué pasa si el chico desbloqueó el teléfono de Amanda y vio lo que contenía? Apunta el nombre y la dirección de Carmine antes de olvidarlos. Y, si al final tiene que tomar medidas sobre el crío, lo hará.

Raleigh mira sorprendido la escena que tiene delante. Nunca ha visto a las dos personas de aspecto oficial que están en su salón. ¿Qué hacen allí? Su cuerpo se llena de adrenalina. Deben de haber venido a por él, por lo que pasó anoche.

—¡Raleigh! —dice su madre, obviamente sobresaltada—. ¿Qué haces despierto?

Se ha levantado temprano a propósito —no es siquiera mediodía—, como parte de su plan para congraciarse con ella a fin de recuperar su móvil. Pero, en este momento, su madre no parece muy contenta de verlo despierto.

—De todos modos, hemos terminado —dice el desconocido, lanzándole una mirada desdeñosa a Raleigh.

Nada que ver con él, pues. A Raleigh casi se le aflojan las rodillas de alivio.

Raleigh se da cuenta de que tiene puesto el pijama, mientras que todos los demás están vestidos. Bueno, no sabía que había gente. Se va a la cocina, aliviado y avergonzado, mientras sus padres acompañan a las visitas a la puerta, con la ligera conciencia de que se ha topado con algo de lo que en realidad no debía enterarse. Se sirve un cuenco de cereales y espera.

Oye que se cierra la puerta de entrada. Sus padres no van a la cocina de inmediato. Es obvio que están hablando sobre qué decirle. Al final aparecen, y su madre se pone a ordenar cosas. Se produce un silencio incómodo; durante un minuto nadie dice nada y Raleigh se pregunta si van a quedarse totalmente mudos. ¡Y una mierda!

—¿Quién era esa gente? —pregunta.

Su madre lo mira ansiosa y le lanza una mirada a su padre.

—Es complicado —dice este con un suspiro, para luego sentarse ante la mesa.

Raleigh espera con el cuerpo tenso. Siente una oleada de ansiedad.

—Eran los inspectores de policía que investigan el homicidio de Amanda Pierce, la mujer que vivía calle abajo —explica su padre.

Lo deja ahí, como si no supiera qué cuernos añadir.

Raleigh siente que el corazón le palpita con fuerza. Mira a su padre y luego a su madre. Ella guarda silencio, cautelosa. Raleigh vuelve a centrar su atención en su padre. Nunca lo ha visto quedarse sin palabras.

—¿Por qué hablaban con vosotros? —pregunta. No es idiota. Quiere saber qué ocurre.

—Es solo un procedimiento de rutina —contesta su padre—. Están hablando con mucha gente que conocía a Amanda Pierce.

—Pensé que no la conocíais —dice Raleigh.

—En realidad, no. Pero a veces trabajaba de eventual en la empresa, así que la conocía de vista, aunque no muy bien. Nunca trabajó en mi departamento.

Raleigh mira a sus padres; presiente que le ocultan algo más.

—Escucha, Raleigh, tenemos que contarte algo —dice su padre con cuidado.

De repente Raleigh no quiere oírlo. Quiere volver a ser un niño y correr de una habitación a otra tapándose los oídos con las manos y negándose a escuchar a su padre. Pero no puede. Ya no es un crío. Su padre lo mira de hombre a hombre por encima de la mesa y continúa:

—Sorprendí a Amanda liándose con alguien en la oficina. Era algo inapropiado. Les advertí a los dos de que pararan. Alguien me vio discutiendo con Amanda sobre ello y sacaron las conclusiones equivocadas. Les he dicho la verdad a los inspectores. Yo no tuve nada que ver con ella en absoluto. No tuvimos ninguna... relación. No sé quién la mató. Debemos dejar que la policía lo descubra, ¿vale? —Tras una pausa, añade—: No hay nada de qué preocuparse.

Raleigh se queda mirando a su padre, perturbado por lo que acaba de oír. Está casi seguro de que dice la verdad. No puede recordar una sola vez en la que le haya mentido. Le lanza una mirada a su madre, pero ella mira a su padre, y la ansiedad se dibuja en su cara. Ella no parece pensar que no hay nada de qué preocuparse. Raleigh no sabe si puede fiarse de su padre.

Asiente con el ceño fruncido:

—Vale.

Mirándolo directamente, su madre dice:

—Creo que no debemos contárselo a nadie.

Raleigh asiente con la cabeza y responde con vehemencia:

—No voy a decir nada.

Luego se retira de nuevo a su habitación.

Después de conducir en silencio un rato, Webb se vuelve hacia Moen y dice:

—Apagó el teléfono.

Moen asiente.

—Así es.

—Pediremos los registros de llamadas, pero seguro que ese día encontramos una llamada de su tía, que en cualquier caso lo llama a diario. Vive sola y tiene mala memoria, está desorientada. Podría haber previsto todo eso, al menos delante de su esposa, y salir de noche para encontrarse con Amanda y matarla, ¿no? No podemos rastrear su paradero si apagó el teléfono.

—Es posible —se muestra de acuerdo Moen—. Pero no hemos establecido que la estuviera viendo.

—Pero es posible. Becky Harris creía que sí.

Moen asiente y dice:

—Su esposa parecía preocupada. ¿Por qué está tan intranquila si él solo fue a visitar a su tía?

—Deberíamos citarlo en la comisaría —dice Webb—. A ver si podemos sacarle algo más.

23

Cuando vuelven a la comisaría, los inspectores tienen noticias.

—Apareció algo —dice un joven agente, acercándose. Es uno de los policías de uniforme que han salido a investigar por la ciudad y sus alrededores—. Encontramos un hotel en el que uno de los empleados reconoció la foto de Amanda. Iba allí a menudo con el mismo hombre. Y miramos en las cámaras de seguridad.

—¿Y? —pregunta Webb, vivamente interesado.

—Tienen que verlo —responde el agente y los lleva hasta un ordenador.

Miran la pantalla.

La calidad de la imagen es bastante buena. Webb ve primero a Amanda, que se echa el pelo por encima del hombro. Luego el hombre que la acompaña aparece en el encuadre. Coge su tarjeta de crédito en la recepción y luego se vuelve, con la cara directamente delante de la cámara. Larry Harris.

—Bueno, bueno —dice Webb. Mira de reojo a Moen—. Comprueba sus movimientos con las cámaras de seguridad del complejo; tenemos que saber si el coche de Larry se marchó en algún momento.

A Raleigh le han levantado parte del castigo. Su madre no lo aguantaba más deambulando por la casa sin teléfono ni internet para entretenerse, así que le han vuelto a permitir que salga, no solo para ir a clase y los entrenamientos. Se marcha a dar una vuelta en bicicleta por el barrio para descargar algo de estrés. Sin internet, no puede hacer mucho en casa. Y le hacía falta escapar del ambiente tenso. Pasea por las zonas residenciales, delante de algunas casas en las que entró.

Anoche casi lo pillan. Ahora sí se acabó; tiene que parar. No merece la pena correr tantos riesgos. Allanamiento de morada. Husmear en los ordenadores de la gente. Aun cuando en realidad no esté robando la información de ninguna cuenta, o distribuyendo programas malignos, pornografía o lo que sea —no manipula el equipo—, está cometiendo un delito. A la policía le dará lo mismo que solo lo haga para divertirse.

Pasa lentamente delante de la propiedad de los Pierce, mirándola de reojo. Recuerda cuando entró en ella, lo limpia que estaba, lo ordenada. Tal vez porque obviamente allí no vivían niños. Mientras curioseaba en el ordenador, revisó los cajones del escritorio y encontró un móvil en el fondo de uno de ellos. Parecía un teléfono barato, con tarjeta de prepago. Tal vez era viejo, o de recambio. Lo encendió —estaba cargado—, pero en realidad no le pareció interesante, así que volvió a apagarlo, lo echó en el cajón y enseguida se marchó.

Más tarde, cuando se enteró de que habían asesinado a la dueña de la casa, le dio escalofríos. La policía debió de encontrar el teléfono al registrar la casa. Lo que más le preocupa es que sus huellas dactilares están en ese teléfono y en esa casa. Aumenta la velocidad, pensando con inquietud en la mujer llamada Carmine, y en las cartas.

Raleigh empieza a comprender que todo el mundo tiene secretos: ha visto lo que alguna gente guarda en sus ordenadores; ya nada lo sorprende realmente. Raleigh tiene secretos, y es obvio que sus padres también. Tal vez debería curiosear en su propio hogar.

Es sábado por la tarde y Olivia se está volviendo loca con la tensión que hay en el ambiente. Paul está arriba en el despacho. Raleigh se ha ido a su habitación. Olivia trata de convencerse de que no debe enfrentarse a Becky. Está preocupada y le gustaría saber exactamente qué les ha dicho a los inspectores sobre Paul. ¿Sabe su amiga más de lo que admitió delante de ella? ¿Se inventó cosas para desviar la atención de su marido? ¿Ha sido completamente honesta? Al final, no puede evitarlo. Coge una chaqueta y sale sin decir a nadie adónde va.

En el camino, tiene una crisis de confianza y casi confía en que Becky no esté. Pero sigue adelante, aun cuando le enferma la idea de haberse escabullido de su casa y estar dirigiéndose a la de Becky para sonsacarle información sobre su propio marido. Últimamente siente que todo lo que daba por sentado —su hijo bueno, su esposo fiel— tiene que ser reevaluado.

Cuando pasa delante de la residencia de los Pierce, mira fijamente la casa. Las contraventanas están cerradas, lo que hace que la vivienda parezca tener la mirada ausente. Se pregunta si Robert Pierce está dentro, detrás de las contraventanas. De repente lo odia, y también a Amanda, por venir a su barrio tranquilo y sacudirlo hasta sus cimientos. Con toda seguridad él mató a su esposa, piensa con amargura, y todos sufren las consecuencias.

Cuando se acerca a la puerta de la propiedad de los Harris —una casa muy mona con ventanas abuhardilladas—, se sobresalta al caer en la cuenta de que Larry puede estar en casa. Es imposible que esté en la oficina pues es fin de semana. No quiere verlo.

Toca el timbre y espera nerviosamente. Al cabo de un momento oye pasos y la puerta se abre. Es Becky. Es obvio que no esperaba visitas; lleva pantalones de yoga y una camiseta larga con la que parece haber dormido.

—Hola —dice Olivia. Becky no dice nada—. ¿Puedo entrar?

Becky parece pensárselo; luego abre del todo la puerta. Olivia entra en la casa con los nervios a flor de piel.

—¿Está Larry? —pregunta.

—¿Querías hablar con él? —dice Becky sorprendida.

—No —responde Olivia—. Solo quería saber si estás sola.

—Larry no está.

Olivia asiente con la cabeza, se sienta ante la mesa de la cocina. Becky no se ofrece a preparar café. Solo se queda allí de pie, con los brazos cruzados delante.

—Tenemos que hablar —empieza a decir Olivia. Becky se la queda mirando y espera—. Necesito saber si me lo has contado todo.

—¿A qué te refieres?

—Me has dado a entender que Paul tenía una aventura con Amanda. Lo viste en el coche.

Becky asiente.

—Eso es cierto, lo juro.

—¿Sabes o viste alguna otra cosa que no me hayas contado? ¿Le dijiste algo más a la policía? Tengo que saberlo —dice Olivia.

Becky inspira hondo y exhala.

—Mira, Olivia, somos amigas desde hace mucho tiempo. Siempre he sido honesta contigo. Eso fue todo lo que vi. Solo esa noche, los dos en el coche, discutiendo. Supuse que tenían una aventura, porque no veía otro motivo para que estuvieran allí, a esas horas. Y ya sabes lo... seductora que era ella. Tal vez me equivoqué. No sé nada más. Y es lo único que les dije a los inspectores.

Olivia suelta el aire con fuerza, se cubre los ojos con las manos y siente que está a punto de llorar. Asiente con la cabeza.

—¿Quieres un café? —pregunta Becky.

Olivia solloza, levanta la vista y vuelve a asentir, de repente sin poder hablar. Se alegra mucho de que no vayan a ser enemigas. Mientras Becky prepara el café, Olivia se limpia los ojos con la mano y pregunta:

—¿Has sabido algo más de la investigación? ¿Tienes idea de lo que está pasando?

No quiere preguntar directamente acerca de Larry. Espera a ver qué quiere confiarle Becky.

Becky termina con la cafetera eléctrica, se vuelve y se apoya en la encimera. Niega con la cabeza.

—No, no sé nada. No dicen gran cosa, ¿verdad? Tampoco ha salido nada en las noticias.

—Espero que lo descubran pronto —dice Olivia—. Y que todo acabe de una vez.

Becky sirve el café, lleva las tazas a la mesa y se sienta.

—Olivia, no estoy tratando de convencer a los inspectores de que pasaba algo entre Paul y Amanda. Les dije lo que vi. A ellos les corresponde averiguar la verdad. No tengo intención de arruinarte la vida para proteger la mía. Sería incapaz de algo así.

Olivia la mira agradecida.

—¿Por qué estás tan preocupada por Paul? —pregunta Becky.

Olivia se sonroja ligeramente y dice:

—Los dos inspectores vinieron a vernos esta mañana.

—¿En serio?

Olivia asiente.

—Querían saber si Paul tenía una coartada.

Becky la mira fijamente.

—¿Y la tiene?

—No, la verdad es que no —admite Olivia—. Fue a visitar a una tía anciana, y no hay manera de que ella se acuerde y pueda responder por él. —Tras una pausa, añade nerviosamente—: Tiene demencia.

No menciona que aquel viernes por la noche el móvil de Paul estaba apagado.

—Parece que estamos en el mismo barco —dice Becky—. Larry tampoco tiene una coartada muy buena. —Olivia se la queda mirando, a la espera de más información—. Ese fin de semana estuvo en una conferencia en el complejo Deerfields. —Vacila y pregunta—: ¿Sabes dónde queda? —Olivia asiente con la cabeza—. Pero el viernes subió a su habitación, trabajó un poco y después se quedó dormido, y se perdió la mayor parte de la recepción. Así que tampoco cuenta con nadie que pueda responder por él.

Robert Pierce va y viene inquieto por la casa mientras cae la noche.

Piensa en Larry Harris en la casa de al lado. ¿Echa de menos a Amanda como lo hace él? Robert siente un odio helado y sólido por Larry Harris. Le gustaría saber qué sintió al descubrir que su esposa se había acostado con el vecino. Robert conoce la sensación. Se pregunta qué sentirá Larry ahora, con la policía metiéndose en su vida, haciendo preguntas. Robert también conoce esa sensación.

Piensa, además, en el otro hombre con el que se veía Amanda. ¿Ya lo ha descubierto la policía?

Y piensa en el chico que se metió en su casa. Le preocupa que Carmine termine denunciándolo a la policía.

En la casa de al lado, Becky sintoniza las noticias locales por televisión mientras prepara la cena en la cocina. Oye el nombre de Amanda Pierce y se da cuenta de que se le tensan los hombros alrededor del cuello; tiene el cuerpo tan contraído que duele. Inspira hondo y afloja conscientemente los hombros. Así no se puede seguir. Baja el volumen de la tele.

En los últimos días ha cambiado. Piensa en ella misma hace una semana, en lo tonta que fue con sus fantasías de jovencita sobre su vecino de al lado. Se le ha quitado la tontería. Amanda está muerta, brutalmente asesinada, y por lo que ella sabe los dos sospechosos más probables son Robert Pierce y su marido, Larry.

El enamoramiento que sentía por Robert Pierce se ha evaporado desde el momento en que él empezó a tratarla con frialdad, y en que ella cayó en la cuenta de que tal vez la utilizó: Robert pudo haberse acostado con ella solo para vengarse de Larry. ¿Estaba al corriente? Y, en ese caso, ¿cómo? ¿Se lo había dicho Amanda? ¿Lo había provocado con ello? ¿O la había seguido y la había visto con Larry? ¿Alguna vez Robert se sintió siquiera atraído por ella?

Ahora, cuando piensa en Robert, no piensa en el modo sexi en que le sonreía por encima de la cerca, o en cómo la trataba en la cama. En cambio, recuerda cómo le habló la última vez por encima de la cerca; la naturalidad con que afirmó que no había sospechado que Amanda tenía una aventura. Pero mentía, y ambos lo saben. Estaba al tanto de que Amanda tenía una aventura. Y Becky piensa que el muy cabrón sabía exactamente con quién. Solo quería asegurarse de que ella no se lo dijera a la policía. Tal vez debería.

Becky tiene demasiado que perder si arrastran a su marido por el sistema de justicia penal. Tiene que pensar en sus hijos. No puede dejar que este asunto los arruine a todos.

Sábado por la noche, la lucha de siempre. Glenda va por toda la casa, sintiéndose fuera de sí. Ha tratado de convencer a Adam de quedarse en casa y no salir. Le preocupa que vuelva a beber demasiado y haga algo impulsivo, algo que todos lamenten.

Ha pedido ayuda a Keith, pero su marido ha tenido tan poco éxito como ella. Adam ya no les hace caso a ninguno de los dos. Keith la evita, y ella deambula por la casa en silencio, esperando ansiosamente a que Adam regrese.

El domingo por la mañana, Webb y Moen están en la comisaría cuando un agente se acerca a Webb y dice:

—Señor, lo busca una señora llamada Becky Harris. Dice que es importante.

Acompañan a Becky Harris hasta la sala de interrogatorios. Webb nota el cambio en ella; la primera vez que acudió a la comisaría estaba nerviosa y lloraba, con miedo a que se supieran sus indiscreciones matrimoniales. Ahora parece más tranquila, más cautelosa. Como si tuviera mucho más que perder. O como si tuviera alguna información con la que negociar.

—¿Quiere algo de beber? —dice Moen.

Becky niega con la cabeza.

—No, gracias.

—¿Qué la trae por aquí? —pregunta Webb, cuando se sientan.

Becky parece incómoda un momento, pero les devuelve la mirada y contesta:

—Hay algo que no les he dicho antes.

—¿De qué se trata? —pregunta Webb, recordando todas las demás cosas que les había ocultado. Que ella y Robert Pierce eran amantes. Que había visto a Amanda discutiendo con Paul Sharpe. ¿Con qué les saldrá hoy?

—Es sobre Robert Pierce.

Desplaza su mirada nerviosa de Webb a Moen.

—Continúe.

—La noche que pasamos juntos, el sábado del fin de semana en el que desapareció Amanda, me dijo que pensaba que su esposa tenía una aventura.

—¿Y por qué deberíamos creerla? —pregunta Webb. Ella se sorprende visiblemente al oír su tono. Pero ¿qué esperaba, vistos sus antecedentes?

—¡Porque digo la verdad! —exclama.

—Antes también nos juró que decía la verdad —le señala Webb—, al contarnos que Pierce nunca le había mencionado que sospechaba de su esposa. ¿Qué ha cambiado?

Tal vez, piensa Webb, su marido ha confesado que iba a un hotel con su preciosa vecina.

Ella le devuelve una mirada molesta e inspira hondo.

—Él me pidió que no dijera nada. Lo hizo de una manera bastante intimidante.

—Entiendo.

—Me hizo prometerle que no hablaría. Fue... más bien una amenaza. —Se inclina hacia adelante—. Así que, ya ven, sí que pensaba que lo estaba engañando. Tenía un motivo.

—Creo que usted dijo que no sería capaz de matar a su esposa, que no era de esos —apunta Moen.

—Es lo que pensaba antes de la amenaza —dice Becky, echándose atrás y mirando de reojo a Moen—. Vi otro aspecto de su persona. Y era... distinto. Me dio miedo.

—¿Algo más? —pregunta Webb.

Becky mira a uno y después al otro y dice:

—¿Lo consideran siquiera un sospechoso?

—Estamos considerando a mucha gente —responde Webb—, incluido su marido.

—Eso es ridículo —dice Becky, crispada.

—No tanto —replica Webb—. Verá, tenemos imágenes tomadas por cámaras de seguridad de su marido entrando en una habitación de hotel con Amanda Pierce, en varias ocasiones.

Becky sale dando tumbos de la comisaría. Por un minuto, no recuerda dónde aparcó el coche. Al final lo encuentra con ayuda del llavero electrónico. Sube sin aliento y cierra con el seguro. Se queda mirando el parabrisas, sin ver nada, con la respiración acelerada.

La policía tiene un vídeo de su marido con Amanda Pierce en el hotel. Supo que esto ocurriría tan pronto como él se lo dijo. Los policías no son idiotas. Pero el capullo con el que se casó sí.

Tiene que descubrir la verdad. Tiene que averiguar como sea qué le ocurrió a Amanda. Y entonces decidirá qué hacer.

Reprime un sollozo en el asiento del coche. ¿Cómo ha llegado hasta este punto? Es solo una mujer normal, casada, con dos hijos casi adultos, que vive en una zona residencial. Es increíble que esté atrapada en esta... pesadilla. Una mujer que apenas conocía fue asesinada por su propio marido o por el de Becky. Si fue Robert, ya no le importa. No: espera que lo atrapen y lo condenen, al cabrón. Si fue su marido, Larry..., ahora mismo ni siquiera puede imaginarlo.

24

El domingo a primera hora de la tarde, Carmine sale a dar otra vuelta por el barrio. Ha pasado la última semana hablando sobre el allanamiento con todo aquel que ha podido. En la tienda de comestibles. En clase de yoga. Se siente frustrada de que nadie más admita que han entrado en su casa. Le molesta dar la impresión de que es la única. Tal vez era mentira que había habido más gente. Tal vez solo le pasó a ella. Tal vez la seleccionaron, como objeto de alguna broma de mal gusto. Si es así, se trata de algo más personal. ¿Será porque es nueva en la zona? ¿Una desconocida? Está más resuelta que nunca a darle una lección a ese bicho raro adolescente.

Está bastante segura de que Olivia Sharpe es quien le escribió la carta. Pero no volverá a ir a verla; al menos, no de momento. Le hablará a su hijo, Raleigh. Ha estado haciendo averiguaciones sobre él. Por lo que le han dicho, es un buen chico. Un hacha con los ordenadores. El verano pasado hasta se montó un pequeño negocio ofreciéndose a reparar los ordenadores de la gente. ¿Anduvo curioseando también entonces?

Carmine llama a la puerta del número 50 de la calle Finch y responde un chico con pinta de huraño. Lo reconoce inmediatamente como el borracho que vio en la acera la otra noche. Por la cara de cautela que pone el adolescente, se da cuenta de que también la ha reconocido. Pero ella no piensa mencionarlo. Con su cabello y ojos oscuros, el chico sin ninguna duda le recuerda a Luke a esa edad. Le pregunta si han entrado por la fuerza en su casa últimamente, pero él solo se la queda mirando como si Carmine tuviese dos cabezas. Así que, cambiando de táctica, le pregunta si conoce a alguien de la zona que sepa de ordenadores; el suyo le está dando guerra. Como es de esperar, él le sugiere a Raleigh Sharpe.

En ese momento aparece una mujer en la puerta secándose las manos con un trapo de cocina. Tiene el pelo castaño corto y pecas y una expresión amable.

—Hola, ¿puedo ayudarla? —le pregunta, y el chico se retira dentro.

—Hola, me llamo Carmine. —Le ofrece la mano—. Soy nueva en el barrio. Vivo en el número 32.

La mujer le sonríe, le estrecha la mano y dice:

—Soy Glenda.

—Mis hijos son adultos —comenta Carmine, tratando de entablar una conversación—. Tiene usted un hijo muy guapo. —No le dirá dónde se lo cruzó la última vez—. ¿Tiene otros? —pregunta.

—No, solo Adam —responde la mujer. No parece tener ganas de hablar. A lo mejor quiere terminar con los platos.

—Hace poco entraron en mi casa por la fuerza y he estado yendo de puerta en puerta, advirtiendo a los vecinos de que estén alerta. No había nadie la última vez que pasé por aquí.

—Bueno, aquí no ha entrado nadie —dice la mujer de un modo bastante abrupto, mientras su expresión amable desaparece.

«Qué afortunada», piensa Carmine.

—Me alegro —contesta, ocultando su desilusión—. Qué terrible lo del asesinato —añade, pensando que así le soltará la lengua a la mujer. Se inclina en busca de complicidad—. Al parecer se cree que fue el marido. —Tras una pausa, pregunta—: ¿Usted lo conoce?

—No, en absoluto.

—Yo he llamado a su puerta, para saber si entraron en su casa. No me atreví a decirle nada sobre su mujer. Pero en su casa tampoco han entrado.

—Bueno, un gusto conocerla —dice la mujer llamada Glenda y cierra la puerta con fuerza.

Suena el teléfono, rompiendo el silencio. Olivia pega un salto. Coge la llamada en la cocina, esperando que sea Glenda.

—Diga.

—¿Señora Sharpe?

Reconoce la voz del inspector Webb. Su corazón empieza a latir con fuerza de inmediato.

—¿Sí?

—¿Se encuentra en casa su marido?

Sin decir palabra, le pasa el teléfono a Paul, que está de pie en la cocina mirándola. Él lo coge.

—¿Qué? ¿Ahora? —dice Paul. Luego—: Vale.

Olivia siente una descarga mareante de adrenalina.

Paul cuelga y se vuelve hacia ella.

—Quieren que vaya a la comisaría. Para responder a más preguntas.

Ella tiene un gusto ácido en la boca.

—¿Por qué?

—No me lo han dicho.

Lo mira ponerse la chaqueta y salir. Paul no le pide que lo acompañe, y ella no lo sugiere.

Una vez que se ha ido, Olivia cede ante la ansiedad y empieza a caminar inquieta por la casa, incapaz de apaciguar su mente. ¿Por qué la policía quiere hablar de nuevo con Paul?

—¿Qué te pasa, mamá?

Se da la vuelta y ve a Raleigh mirándola preocupado. Imagina el aspecto lastimero que debe de ofrecer tras haber bajado la guardia. Le sonríe.

—Nada, cariño —miente. Y luego toma una decisión súbita—. Tengo que salir un rato.

—¿Adónde vas?

—Quiero ir a ver a una amiga que está pasando por un mal momento.

—Ah —dice Raleigh, como si no quedara del todo satisfecho. Se acerca a la nevera y abre la puerta—. ¿Te sientes bien? —pregunta—. ¿A qué hora estarás de vuelta?

—Estoy bien. No lo sé exactamente —responde Olivia—, pero sin duda antes de la cena.

Raleigh está en su habitación cuando suena el teléfono. Se pregunta quién llama. Sus padres han salido. Tal vez sea alguno de sus propios amigos, forzados a buscar el número del fijo de la familia porque él sigue sin tener el móvil.

Llega a la cocina justo a tiempo para descolgar el auricular.

—¿Sí? —dice.

—Hola. —Es una voz de mujer—. ¿Puedo hablar con Raleigh Sharpe?

—Soy yo —contesta, con suspicacia.

—Tengo algunos problemas con mi ordenador y un vecino me ha dicho que podrías ayudarme. Tú reparas ordenadores, ¿no?

—Sí, claro —responde Raleigh, pensando a toda prisa. El verano pasado no tuvo muchos clientes después de repartir unos folletos; no esperaba que nadie llamase ahora, la verdad. Pero se alegra de ganar un poco de dinero y dispone de tiempo—. ¿Cuál es el problema?

—Bueno, no lo sé —dice ella—. ¿Podrías venir a echarle un vistazo?

—Claro. ¿Ahora?

—Si puedes, sería fantástico.

—¿Me da su dirección?

—Se trata de un portátil. Pensé que nos podríamos encontrar en un café. ¿Conoces The Bean?

—Sí, claro.

En general no se dejaría ver por allí ni muerto, pero puede hacer una excepción.

—¿Nos vemos en quince minutos?

—Vale —responde Raleigh.

—Yo llevaré una chaqueta roja y tendré mi portátil, obviamente —dice ella.

A Raleigh ni siquiera se le había ocurrido preguntar cómo reconocerla. Pero ella estará pendiente, y no suele haber adolescentes en esa cafetería donde se reúnen sus madres con sus amigas.

Ahora que ha quedado, se siente un poco nervioso. Lo cierto es que no está acostumbrado a prestar sus servicios por dinero, aunque ya haya hecho un par de trabajillos. Nunca sabe cuánto cobrar. Pero seguro que va a ser una tarea bastante fácil. A veces lo único que necesita enseñar a las amas de casa es a apagar el ordenador, esperar unos segundos y volver a encenderlo.

Coge su chaqueta y se dirige a la cafetería.

Webb mira a Paul Sharpe, sentado al otro lado de la mesa de interrogatorios. Sharpe está totalmente inmóvil. No coge el vaso de agua de la mesa; tal vez no quiere que vean que le tiemblan las manos.

—Gracias por venir —dice Webb—. Está aquí de manera voluntaria; puede irse en cualquier momento.

—Vale.

Webb no pierde tiempo. Inclina la cabeza en señal de duda y mira a Sharpe.

—¿Sabe una cosa? No me lo creo.

—¿No se cree qué? —dice Sharpe. Cruza los brazos sobre el pecho a la defensiva.

—Que usted estuvo en casa de su tía ese viernes.

—Bueno, allí es donde estuve —replica Sharpe tercamente—, lo crea o no.

—Fuimos a ver a su tía —le informa Webb. Deja que pase un momento—. No fue capaz de confirmar que usted estuvo con ella esa noche.

—No me extraña. Le dije que está perdida —contesta Sharpe—. Tiene demencia.

—Usted dice que volvió a casa muy tarde. Lo bastante para que su esposa ya estuviera dormida. ¿Suele pasar tanto tiempo con su tía anciana?

—¿De qué va todo esto? ¿Soy un sospechoso? —pregunta Paul.

—Solo nos gustaría aclarar algunas cosas. —Reformula la pregunta—. ¿Cuánto tiempo suele pasar con su tía?

Sharpe exhala.

—Es un trayecto bastante largo, y no voy muy a menudo, así que cuando voy me quedo algunas horas. Siempre me pide que le haga algo, que le arregle esto y lo otro. Suele llevar un tiempo.

—Lo cierto es que... Me temo que eso lo sitúa en la zona donde se encontró el coche de Amanda —señala Webb—, más o menos a la hora en que se cree que fue asesinada. Y como usted tenía el teléfono apagado no podemos confirmar dónde estaba.

—Ya le he dicho por qué lo apagué. La batería estaba descargada. Yo no tuve nada que ver con Amanda Pierce.

—Usted fue visto en su automóvil, discutiendo con ella, unos pocos días antes de que desapareciera.

—Y usted sabe por qué estaba hablando con ella —replica Sharpe—. Le he dicho la verdad. Yo no soy el que estaba teniendo una aventura con Amanda Pierce.

Parece alterado.

—¿Conoce usted la zona donde se encontró el automóvil? —pregunta Webb.

—Supongo que sí. —Vacila y luego añade—: Tenemos una cabaña cerca, a orillas de un lago pequeño.

Webb levanta las cejas.

—¿En serio?

—Sí.

—¿Exactamente dónde?

—En el 12 de Goucher Road, Springhill.

Moen lo apunta.

—¿Cuánto hace que tiene esa cabaña? —dice Webb.

Sharpe sacude la cabeza, como para demostrar lo ridículas que considera esas preguntas.

—La compramos cuando nos casamos, hace unos veinte años.

—¿Van a menudo? —pregunta Webb, como de pasada.

—Sí, vamos los fines de semana cuando hace buen tiempo. No está preparada para el invierno.

—¿Cuándo fue la última vez que estuvo allí?

—Mi esposa y yo fuimos hace un par de fines de semana, el 7 y el 8 de octubre, para empezar a cerrarla.

—¿Le importaría que echáramos un vistazo?

Sharpe parece paralizarse.

—¿Le importaría que echáramos un vistazo? —repite Webb. Como el silencio se alarga, añade—: También podemos pedir una orden judicial.

Sharpe lo piensa, mirándolo sin pestañear. Al final dice:

—Adelante. No tengo nada que ocultar.

Cuando Sharpe se ha ido, aún más descontento que al entrar, Webb se vuelve hacia Moen, que levanta las dos cejas.

—Probablemente mucha gente tiene cabañas en esa zona —dice Moen.

—Seguro que sí —se muestra de acuerdo Webb—. Pero quiero echarle un vistazo a esta en particular.

Moen asiente con la cabeza.

—No tiene ninguna coartada —prosigue Webb—. Tal vez quedó con ella en la cabaña. La familia no iría allí ese fin de semana. Tenía una excusa preparada para su esposa: la tía que lo había llamado, suplicándole que la visitase. Si eso es cierto, ¿por qué fue a verla esa vez? No suele hacerlo. ¿Por qué apagó el teléfono? —Añade—:

Y la cabaña no está muy lejos de donde encontraron a Amanda. Conoce la zona. Sabría dónde deshacerse del coche.

—Sin duda —contesta Moen.

Webb se queda pensando.

—Mientras tanto —dice—, llamemos a Larry Harris y mostrémosle las imágenes de las cámaras de vigilancia.

25

Olivia aferra el volante con fuerza al cruzar el puente que sale de la ciudad. Va a visitar a Margaret, la tía de su marido. Sabe dónde vive. Y lleva mucho tiempo sin verla.

Raleigh entra tranquilo en The Bean, procurando parecer un experto a punto de reunirse con un cliente. Sin embargo, se siente como un adolescente que se ha citado con la madre de alguien. Le falta confianza. Tiene solo dieciséis años. Se dice que probablemente podrá reparar el ordenador de la mujer y marcharse en quince minutos. Luego se lo contará a su madre, que se alegrará de que haya hecho algo útil, y quizá pueda sacar el tema de recuperar el teléfono.

Nada más entrar, ve a una mujer mayor de pelo rubio con una chaqueta roja que le hace señas. Uf. Qué vergüenza. Se acerca a ella rápidamente y se sienta enfrente. Ojea el portátil: un Dell Inspiron bastante rudimentario.

—Hola, Raleigh —dice ella—. Un gusto conocerte.

Él asiente con incomodidad y responde:

—Hola.

—Soy la señora Torres —se presenta ella.

Al examinarla más de cerca, Raleigh se da cuenta de que es mayor que su madre.

—¿Qué le pasa al ordenador? —pregunta, señalándolo.

—No consigo que se conecte a internet.

Ella hace un gesto de frustración hacia el aparato.

Raleigh se acerca el portátil y echa un vistazo. Enseguida ve que está en modo avión. Aprieta la tecla con el avioncito dibujado. El ordenador se conecta automáticamente al wifi de la cafetería.

—Lo tenía en modo avión —explica Raleigh, reprimiendo una sonrisita. «Por Dios», piensa, «es como robarle caramelos a un niño».

—Madre mía, ¿era solo eso? —exclama la mujer.

—Pues ya está —dice Raleigh, sintiéndose a un tiempo aliviado y desilusionado de que el portátil no tuviera un problema más importante. No es de esperar que le paguen por eso.

—Aguarda un minuto, Raleigh —le pide la mujer.

Hay un repentino cambio de tono en su voz, y por un momento se siente confundido. La mujer tiene un billete de veinte dólares en la mano, pero no se lo está ofreciendo. Luego se inclina hacia delante. Sigue sonriendo, pero la sonrisa ha cambiado, no es sincera. La mujer baja la voz y dice:

—Tú entraste en mi casa.

Raleigh siente la cara acalorada. Se le ha secado la boca. No puede ser la del bebé. Esta es demasiado vieja. No sabe qué hacer. Pasa un largo momento y se da cuenta de que tiene que negarlo.

—¿Qué? —Su voz es un graznido seco. Carraspea—. Claro que no. No sé de qué me habla.

Pero sabe que no suena convincente. Parece la hostia de culpable. Porque es la hostia de culpable.

—Sí que lo hiciste. Te colaste en mi casa y metiste las narices en todas partes y en mi ordenador, y eso no me gusta.

—¿Y por qué iba a hacer algo así? ¿Por qué me acusa a mí? Yo nunca me metí en su puñetera casa —dice, como un niño aterrorizado. Es un niño aterrorizado.

—No tengo ni idea. Dímelo tú. ¿Qué buscabas exactamente?

Él niega con la cabeza.

—No he sido yo. Yo no hago esas cosas.

—Puedes negarlo todo lo que quieras, Raleigh, pero te tengo fichado.

Raleigh necesita averiguar la magnitud del problema.

—A lo mejor alguien entró en su casa, señora. Pero ¿por qué piensa que fui yo? —balbucea Raleigh, tratando de no levantar la voz.

—Porque sé que tu madre escribió esas cartas.

—¿Qué cartas? —Está pensando a toda prisa.

—Las cartas de disculpa después de que te metieras en nuestras casas. Yo recibí una. Así que sé que fuiste tú.

Debe de ser la mujer que habló con su madre. Raleigh siente un terror creciente. Sus huellas dactilares están por toda su casa. Y acaba de tocar su portátil. «Mierda». Con una bravata súbita y desesperada, se inclina sobre la mesa y le dice muy claramente:

—Yo nunca he estado en su casa. Jamás. Usted no puede probarlo, así que métase en sus cosas y déjeme tranquilo. —Le parece increíble hablarle así a un adulto. Se levanta—. Me voy.

Cuando se marcha, la mujer le dice:

—Las cosas no van a quedar así.

Raleigh siente las miradas de asombro de los demás y sale de la cafetería dando zancadas, con la cara ardiente.

Se tarda cerca de una hora en llegar hasta la casa de la tía Margaret, un poco más si hay mucho tráfico. Pero es domingo por la tarde, y hay poca circulación. Mientras conduce, Olivia piensa en lo inútil que sin duda será el viaje. Margaret no recordará si Paul la visitó esa noche. Por un momento está a punto de dar la vuelta y regresar a casa.

Pero algo la alienta a seguir adelante por la autovía e internarse en las montañas de Catskill y enseguida llega a Berwick. La casa de Margaret es una cabaña pequeña, no tan ordenada como solía estarlo, pues Margaret ha dejado de hacer muchas cosas. Olivia aparca en el camino de entrada vacío —Margaret renunció a su automóvil hace un par de años—, nota la pintura descolorida y llama con firmeza a la puerta. Se pregunta si habrá alguna otra persona dentro.

Durante un buen rato, no ocurre nada. Toca el timbre y vuelve a llamar a la puerta. Tiene una visión terrible de Margaret tendida en el suelo, quizá con la cadera rota, incapaz de acudir a la puerta. Siente una vergüenza repentina por haberse interesado tan poco en el bienestar de la tía de Paul debido a las ocupaciones de su propia vida. ¿Cada cuánto tiempo viene alguien a echarle una mano a Margaret? ¿Tiene siquiera una alarma que pueda usar si se cae?

Al final la puerta se abre, y Margaret se queda de pie en el marco, parpadeando ante la luz del sol.

—Olivia —dice, con una voz débil y temblorosa. Su cara adopta una sonrisa lenta y de sorpresa—. No... te... esperaba... —añade, casi sin aliento por el esfuerzo de haber dado unos pasos hasta la puerta.

Debe de estar en uno de sus días buenos, piensa Olivia. Sabe que la demencia va y viene, que algunas veces Margaret tiene más claridad mental que otras.

—Pensé que te gustaría una visita —contesta Olivia, entrando en la casa—. Paul quería venir, pero no ha podido.

La anciana se adentra bamboleándose en el salón y se hunde lentamente en la mecedora. Tiene la televisión encendida sin volumen, con los subtítulos activados. Con esfuerzo, estira la mano para coger el mando y la apaga. Ahora que está aquí, Olivia se sume en la tristeza. Con que a esto se encamina la vida. A estar solo, a esperar. La cena, la llegada de una visita, la muerte. Se sienta en el sofá, frente a Margaret. El ambiente está cargado y quisiera abrir una ventana, pero supone que a Margaret le disgustará la corriente de aire.

—¿Te preparo un té? —le pregunta.

—Me... gustaría... mucho —responde la anciana.

Olivia se dirige a la cocina y busca los utensilios necesarios. No tarda mucho. La tetera está sobre la cocina, las bolsitas se hallan en la encimera y las tazas están en el primer armario que abre. En la nevera hay un envase de leche. La huele y no parece rancia. De hecho, la nevera está bastante bien provista.

Cuando acaba, lleva el té al salón.

—Cuéntame quién viene a ayudarte —dice Olivia.

Escucha con paciencia mientras Margaret le explica cómo se las arregla a la espera de que le asignen una residencia.

—Supongo que te gustará recibir visitas —comenta.

—Viene alguna gente —contesta Margaret. Menciona unos pocos amigos que le hacen visitas regularmente, cuando pueden.

—Y Paul viene a verte, a veces —dice Olivia, sintiendo una punzada de culpa por lo que está haciendo.

—No mucho —responde Margaret sombríamente, primer indicio de su faceta irascible—. Lo llamo, pero nunca viene.

—Seguro que viene tanto como puede —la calma Olivia.

—Vino la policía.

—¿En serio? —pregunta Olivia, alerta—. ¿Y qué querían?

—No me acuerdo. —Sorbe el té—. Deberías venir más a menudo. Eres buena compañía.

—A lo mejor no recuerdas la última vez que estuvo Paul —dice Olivia.

—No —contesta Margaret—. Se me va la cabeza, ¿sabes?

A Olivia se le cae el alma a los pies.

—Por eso llevo un diario —añade Margaret lentamente—. Escribo un poco todos los días, para conservar la lucidez. El médico dijo que me haría bien. —Señala un cuaderno con tapas de cuero que asoma debajo de un periódico, abandonado sobre la mesa de centro—. Escribo un poco todos los días, sobre el clima, sobre quién viene de visita.

Olivia siente que el corazón le late dolorosamente.

—¡Qué buena idea! ¿Y cuándo lo empezaste?

—Hace un tiempo.

—¿Le puedo echar un vistazo? —pregunta Olivia. Tiene que ver lo que escribió el 29 de septiembre. Margaret asiente con la cabeza, y Olivia va pasando las páginas, esperando encontrar la fecha pertinente. Pero el diario es un caos. Está casi todo en blanco, con palabras garabateadas en una caligrafía temblorosa en mitad de la página, algunas fechas al azar, pero nada tiene sentido. Apenas hay una oración coherente en alguna parte.

—¿Me podrías traer más té, querida Ruby? —le pide la anciana.

26

Webb piensa que Larry Harris parece menos seguro con ropa informal. La última vez que lo vio aún vestía traje, aunque sin chaqueta y con la corbata floja: un ejecutivo que acababa de volver de un viaje de negocios. Hoy lleva puestos vaqueros y un jersey viejo, y no tiene la misma presencia ni autoridad. O tal vez le inquieta que lo citen en la comisaría para interrogarlo. Es algo que suele poner nerviosa a la gente. Sobre todo si oculta algo.

Larry mira la mesa de la sala de interrogatorios. Le han leído sus derechos. De momento, ha declinado ejercer su derecho a llamar a un abogado.

—Larry, sabemos que se veía con Amanda Pierce.

Larry cierra los ojos.

—¿Le ha contado su esposa las pruebas que tenemos?

Asiente con la cabeza. Webb espera a que abra los ojos. Al final lo hace. Mira a Webb y dice:

—Nos vimos unas semanas. A veces nos encontrábamos en el hotel. No sé qué le decía a su marido. —Se sonroja—. Estaba mal, lo sé. No debí hacerlo. No me enorgullezco de ello.

—Tenemos las fechas en las cámaras de vídeo —señala Webb—. Usted se vio con ella en el hotel Paradise desde principios de julio. Estuvo allí con ella el martes anterior a su desaparición, el 26 de septiembre. Nadie la vio después del viernes siguiente. Así que... ¿qué pasó esa noche, Larry? ¿Le dijo que se había acabado?

Larry niega con la cabeza enérgicamente.

—No, fue como siempre. Nos llevábamos bien. —Se echa atrás en su silla y parece adoptar deliberadamente una actitud más sincera—. Miren, no es que estuviésemos enamorados. Yo no planeaba dejar a mi mujer ni nada parecido. Amanda no me estaba presionando. Era solo... físico. Para los dos.

—Pero ella está muerta —observa Webb.

—Yo no tuve nada que ver —responde Larry abruptamente—. Solo porque me acosté con ella no significa que la matase.

—¿Cuándo fue la última vez que vio a Amanda? —pregunta Webb.

—Aquella noche en el hotel. Esa semana no trabajó en nuestras oficinas. Estaba en una empresa contable, según me dijo.

—¿Cuándo fue la última vez que habló con ella? —pregunta Webb.

Larry vacila brevemente, como si considerase la posibilidad de mentir, y dice:

—Esa fue la última vez.

Webb no le cree. Decide dejarlo pasar, por ahora.

—¿Cómo se comunicaba con Amanda? ¿La llamaba a casa? —pregunta Webb. Sabe que lo está aguijoneando.

—No, claro que no —dice Larry, moviéndose intranquilo en su silla.

—¿Y entonces cómo se comunicaban?

—Por teléfono —contesta Larry, hoscamente.

—¿Con qué teléfono, si se pude saber? —pregunta Webb.

—Yo tenía uno especial, para ella.

—Entiendo —dice Webb—. ¿Se trataba de un teléfono secreto sin registrar, con tarjeta prepago? —Larry asiente a regañadientes—. ¿Y tenía también Amanda un segundo teléfono sin registrar?

Larry vuelve a asentir.

—Sí.

Webb le lanza una mirada de reojo a Moen. No han descubierto el teléfono de prepago de Amanda. Encontraron el oficial en su bolso, dentro del coche. Pero no ha aparecido ningún otro. Tienen que encontrarlo. Vuelve a centrarse en Larry.

—¿Tiene idea de dónde puede estar?

—No.

—¿Y dónde está el suyo?

—Ya no lo tengo.

—¿Por qué no?

—Después de que Amanda... desapareciera, ya no lo necesitaba. Y no quería que lo descubriera mi mujer.

—¿Cómo se deshizo del teléfono? —Larry tarda tanto en contestar que Webb repite la pregunta—. ¿Cómo se deshizo del teléfono?

—Yo no la maté —insiste Larry de pronto.

—¿Qué hizo con el teléfono de prepago?

—Lo tiré al Hudson —dice nerviosamente—. Salí a dar un paseo una noche por la orilla y lo arrojé.

—¿Y eso cuándo fue?

—Más o menos una semana después de que se marchara. En fin, todo el mundo creía que había dejado a su marido.

Webb reprime su frustración. Nunca encontrará ese teléfono ni el de Amanda. Su intuición le dice que ella lo llevaba encima cuando la mataron y que el asesino se deshizo del aparato. Como del arma homicida. Decide cambiar de enfoque:

—¿Por qué no podemos encontrar a nadie que lo haya visto en el complejo el viernes por la tarde? Después de que se registrara, nadie lo vio hasta eso de las nueve de la noche.

Larry suelta el aire con fuerza, mira primero a Webb y luego a Moen y de vuelta a Webb.

—Estuve trabajando en la habitación toda la tarde, y después me quedé dormido. Me perdí la mayor parte de la recepción.

—¿Y tenemos que creernos eso? —dice Webb.

—¡Es cierto! —replica Larry, casi con violencia—. ¿Por qué no lo comprueba en el complejo? No salí de mi habitación en ningún momento, lo juro. Deben de tener cámaras en el aparcamiento. Le pueden decir que mi coche no se movió de allí.

—¿Dónde lo dejó?

Webb sabe que Larry no aparcó en el *parking* interior del complejo; ha pedido que revisaran todas las grabaciones.

—En el aparcamiento de fuera, a la derecha del hotel.

—Vale. Lo hemos comprobado, y por lo visto allí no hay cámaras de seguridad. Solo en el estacionamiento interior. —Tras una pausa, añade—: Como sin duda usted sabía.

Larry parece asustarse.

—Pues no —protesta—. ¿Cómo iba a saberlo?

Webb dice rápidamente:

—¿Sabía usted que Amanda estaba embarazada?

Larry niega con la cabeza, con el ceño fruncido, desconcertado.

—No, la verdad es que no. Yo siempre usaba preservativo. Ella insistía en ello. No quería quedarse embarazada. —A continuación dice furiosamente—: ¿Por qué no detienen a su marido? Si alguien la mató, fue él. Una vez me dijo que, si alguna vez descubría que ella lo engañaba, la mataría. —Añade con pesar—: Entonces no la creí, pero tendría que haberlo hecho.

Webb mira con cuidado a Larry para saber si miente. El inspector cree que Robert Pierce es capaz de cometer un asesinato, pero cabe suponer que Larry se lo está inventando.

—Robert Pierce es un hijo de puta desalmado —continúa Larry—. Amanda me habló de él, de cómo la trataba. Me dijo que un día le dejaría, así que, cuando desapareció, supuse que lo había hecho. Si alguien la mató, fue su marido.

Webb lo mira hasta que baja los ojos.

—Hay una cosa más —dice Larry finalmente—. Robert Pierce estaba al corriente de mi aventura con Amanda. Y de que ella tenía un teléfono de prepago.

—¿Cómo lo sabe? —pregunta Webb, alerta.

—Porque una vez recibí una llamada de ese teléfono, y era Robert. Dijo: «Hola, Larry, soy su marido, Robert». Colgué.

—¿Cuándo ocurrió eso? —pregunta Webb.

—El día que ella desapareció. El viernes 29 de septiembre. Sobre las diez de la mañana.

Webb cruza la mirada con Moen.

27

Becky Harris contempla su jardín trasero por las puertas acristaladas. Quería acompañar a Larry a la comisaría cuando los inspectores vinieron a buscarlo para interrogarlo, pero él insistió en que se quedara en casa. Lo vio preocupado.

Los dos lo están, y mucho.

Cuando Becky volvió de la comisaría y le habló a Larry de las cámaras de vigilancia que lo habían grabado en el hotel Paradise, él puso tal cara de pánico que ella ni siquiera se molestó en recordarle: «¿Qué te había dicho, imbécil?». En cambio, dijo:

—Te citarán para interrogarte. —Tuvo que armarse de coraje para que no le temblara el cuerpo—. Larry, dime la verdad. ¿La mataste?

Él le devolvió la mirada, con una expresión atónita en su cara exhausta.

—¿Cómo puedes pensar eso?

—¿Que cómo puedo pensarlo? —le gritó—. ¡Las pruebas, Larry! No paran de acumularse en tu contra. Tuviste una aventura con ella; ha quedado grabado. Estabas cerca del lago donde apareció el cuerpo y nadie puede responder de tu paradero. Dios te guarde si descubren que discutiste con ella el día anterior a que desapareciera. Y encima vas y tiras el teléfono al río desde el Skyway el domingo por la tarde al volver del complejo, cuando nadie sabía que había desaparecido. Vamos a ver, Larry, es imposible parecer más culpable.

—Yo no sabía que estaba muerta cuando me deshice del teléfono —protestó. La cogió de los hombros y continuó—: Becky, yo no tuve nada que ver. Tienes que creerme. Ya sé que tiene muy mala pinta. Pero no le hice daño. Debió de ser Robert. Él sabía que lo engañaba. Encontró el teléfono de prepago de Amanda. Me llamó desde ese número, y yo lo cogí. Ya estaba al corriente de la aventura. Dijo: «Hola, Larry», antes de que yo abriera la boca. Seguro que la mató.

Así que Robert lo sabía. Becky asiente con la cabeza lentamente.

—Seguro que sí —convino. Se forzó a inspirar hondo varias veces. Al mirar a su marido, le resultaba imposible creer, incluso ante todas las pruebas circunstanciales, que pudiese matar a alguien. Que pudiese asesinar a una mujer a golpes—. Cuando hables con la policía, tienes que contarles todo eso —añadió finalmente—. Pero diles que arrojaste el teléfono al río en algún punto desde la orilla, por si hay cámaras en el puente. Podrían mirar las grabaciones y comprobar cuándo lo hiciste. Diles que fue a los pocos días de que desapareciese, no el mismo fin de semana.

Larry asintió con la cabeza, a todas luces aterrorizado, fiándose de su ayuda. Becky estaba pensando con más lucidez que él.

—Y, hagas lo que hagas, no les cuentes que discutiste con Amanda el día anterior a que desapareciese —dijo—. Ni tampoco que ella cortó la relación.

Luego los inspectores vinieron a buscarlo para llevárselo a la comisaría e interrogarlo, y ella se puso histérica por las dudas y el miedo.

No cree a Larry capaz de planear un asesinato a sangre fría. Si lo hubiese hecho, no estaría en este atolladero. Pero ¿un momento de furia descontrolada? ¿Pudo haber golpeado a Amanda en un arrebato de ira, sin intención de matarla?

Teme que eso sea exactamente lo que pudo ocurrir y que Larry le siga mintiendo porque está muerto de miedo.

Su mente rememora con inquietud un incidente de un par de años atrás. Su hija adolescente, Kristie, estaba siendo acosada por un chico con el que se negaba a salir. Este no dejaba de fastidiarla en el instituto y un día cometió el error de aparecer por casa, para insultarla a gritos. Larry salió en tromba y lo aplastó contra la pared tan aprisa que a Becky le dio vértigo. Todavía recuerda el miedo y la sorpresa en la cara del chico. Y el aspecto de Larry, agarrándolo con la mano izquierda del cuello de la camisa y cogiendo impulso con la derecha como para darle un puñetazo en la cara. Kristie estaba llorando detrás de su madre en la casa. Pero algo hizo que Larry se detuviera. Alejó al muchacho de un empujón por el camino de entrada y le dijo que dejase en paz a su hija. A Becky le preocupó que el muchacho pudiera denunciarlo, pero no volvieron a saber de él. Ahora, ella se fuerza a apartar el incidente de su cabeza, para regresar al presente.

Robert, en cambio, sí es de los que pueden hacer algo a sangre fría. Ahora Becky lo cree muy capaz de planear un asesinato y cometerlo; es lo bastante listo, lo bastante calculador. Y, si lo hiciese, sin duda sabría cómo evitar que lo atrapasen.

Tiene que averiguar quién mató a Amanda: ¿fue Robert o su marido?

Impulsivamente, sale de casa, cruza el césped y llama a la puerta de Robert. Mientras espera, mira nerviosamente por encima del hombro, preguntándose si la estarán observando los vecinos. Sabe que Robert está dentro. Lo vio pasar delante de su ventana hace un rato, y el coche está en la entrada.

Está a punto de dar media vuelta, derrotada, cuando la puerta se abre. Robert se queda ahí parado mirándola. La boca no esboza esa sonrisa suya de medio lado tan encantadora. Ya no están para esas cosas.

—¿Puedo pasar? —pregunta ella.

—¿Para qué?

—Necesito hablar contigo.

Robert parece pensárselo un momento —«¿de qué le serviría a él?»—, pero la curiosidad le puede. Da un paso atrás y abre la puerta. Solo cuando la cierra, ella cae en la cuenta de que quizá acaba de cometer una estupidez. Le tiene un poco de miedo a ese hombre. No cree que le vaya a hacer daño: no se atrevería, dadas las circunstancias. Pero ¿qué espera averiguar? Ni que fuera a decirle la verdad. De pronto se le traba la lengua; no sabe cómo arrancar.

—¿De qué querías hablar? —dice él, cruzándose de brazos y mirándola desde arriba. Es mucho más alto que ella. Siguen de pie en el vestíbulo.

—Larry está en la comisaría —contesta Becky—. Por lo visto piensan que pudo haber matado a Amanda. —Ha tratado de decirlo abruptamente, pero la voz le tiembla un poco.

—Porque tenía una aventura con ella —señala Robert, ateniéndose a los hechos.

Ella le devuelve una mirada fija y asiente lentamente.

—Por eso te acostaste conmigo, ¿no? Todo el tiempo sabías que Larry se acostaba con Amanda, así que lo hiciste conmigo.

—Sí —dice. Sonríe.

Robert parece estar disfrutándolo. ¿Cómo pudo Becky dejarse seducir por este hombre? Ya no hay rastros en él de la calidez y el encanto juvenil que la cautivaban. Pero da igual. Lo ha superado.

A Robert no parece importarle que ella lo sepa. Si mató a su esposa, debe de estar muy seguro de que no lo atraparán.

—Larry va a informar a la policía de que estabas al corriente de lo suyo con Amanda. Me ha contado lo del teléfono de prepago, y que lo usaste para llamarlo.

—No me preocupa —dice Robert—. No tiene pruebas. Es su palabra, y la tuya, contra la mía.

Becky alza la vista para mirarlo. Robert le saca casi una cabeza; se siente pequeña. Si quisiera, él podría partirle el cuello.

—Larry no la mató.

—No tienes manera de saberlo —replica él—. De hecho, me parece que te preocupa la posibilidad de que sí la matara.

—Creo que fuiste tú —susurra ella, picada.

—Piensa lo que quieras y cuéntale a la policía lo que se te antoje, pero saben que dirás lo que sea para proteger a tu marido.

—¿Tienes una coartada? —pregunta ella, desesperada.

—Pues la verdad es que no —admite él.

—La mataste tú —insiste Becky sin poder controlarse, como si por repetirlo fuese verdad.

Robert se inclina hacia ella, de manera que su cara queda a unos pocos centímetros de la suya.

—Bueno, lo más probable es que haya sido uno de los dos —dice fríamente—, pero no sabes cuál. Creo que estás en apuros, ¿no?

Becky se lo queda mirando con horror un momento y luego sale disparada, abre la puerta de un tirón y huye a su casa.

28

Cuando regresa de su visita a Margaret, Olivia se siente exhausta. La casa está en silencio.

—¿Dónde has ido? —le pregunta Paul. Está sentado en el salón, con una copa en la mano.

Ella lo mira con cautela e ignora la pregunta.

—¿Dónde está Raleigh?

—En su habitación.

—¿Qué quería la policía, Paul? —dice Olivia, nerviosa.

Se sienta al lado de su marido mientras él le cuenta lo que ocurrió en la comisaría.

—¿Por qué quieren ver la cabaña? —pregunta incrédula.

—No lo sé.

—Pero algo habrán dicho, te habrán dado alguna razón.

Olivia siente que su inquietud se dispara. Cuando contesta, Paul parece irritado.

—Como ya te he contado, me preguntaron si conocía la zona donde se encontró el cuerpo, y tuve que hablarles de la cabaña. ¿Qué habrían pensado si no lo hubiera dicho y lo hubiesen averiguado después? —Se la queda mirando fijamente—. No tengo nada que ocultar, Olivia. —Su voz no suena como la de un paranoico. Suena como si Paul juzgara que se trata de una molestia, una intrusión, pero nada más.

—No, claro que no —responde ella.

—Me dijeron que, si no daba mi consentimiento, conseguirían una orden del juzgado. —Paul cruza los brazos y añade—: Me sonó a amenaza. Tendría que haberme negado por principio. Que fueran a buscar la puñetera orden.

—No tenemos nada que ocultar, Paul —replica Olivia intranquila—. Debemos permitirles que vayan y punto. No encontrarán nada, y luego nos dejarán en paz.

Él la fulmina con la mirada.

—Sabes lo que pienso sobre estas cosas. Es un abuso. Un verdadero abuso.

Ella se deja caer, agotada. Ya no le quedan fuerzas. No quiere que Paul se obceque con este asunto.

—Pero les diste tu consentimiento, ¿no? —pregunta. Si esto lo irrita tanto, a lo mejor ella tiene motivos para preocuparse; a lo mejor realmente oculta algo. Y en cualquier caso la policía conseguirá la orden.

—Sí —dice por fin Paul—. No encontrarán nada. No ocultamos nada. Pero es ridículo, un despilfarro de recursos. No es bueno que puedan pedirte revisar tu casa, sabiendo que de todas formas pueden conseguir una orden judicial; eso se llama intimidación. Es una vulneración de la privacidad.

—Sé cuánto valoras tu privacidad —murmura Olivia, con un toque ácido en la voz.

Él se vuelve a mirarla.

—¿Y eso qué significa?

—¡Solo significa que no sé por qué tienes que ponérselo tan difícil! Solo quiero que todo esto acabe, Paul.

—No se lo pongo difícil —replica Paul secamente—. Se reunirán allí conmigo mañana por la mañana. No iré a trabajar.

Olivia siente que se le afloja el cuerpo. Quiere que todo este asunto termine. Y no le hablará a Paul de su visita a la tía Margaret.

Raleigh oye voces en la planta baja; parece que sus padres están discutiendo, pero pronto las voces se atenúan. No ha podido distinguir lo que decían. No es propio de sus padres discutir, pero, últimamente, el ambiente en casa está muy cargado. En parte se culpa a sí mismo. Sabe que sus padres pelean un poco por lo que ha hecho. No se atreve a contarles lo que ha ocurrido esta tarde en la cafetería: cómo esa arpía lo localizó, le tendió una trampa y lo acusó. Al salir tardó un buen rato en dejar de temblar.

Si se lo contara a sus padres, lo más probable es que a su madre le diera un ataque de nervios. Pero ¿qué pasará si esa mujer aparece de nuevo por casa y vuelve a enfrentarse a su madre, para luego contarle lo ocurrido en la cafetería? ¿Qué pasará si decide acudir a la policía? Se siente atrapado, sin saber qué hacer. Y las únicas personas con las que está lo bastante cómodo como para pedirles ayuda o consejo son sus padres, pero no puede ir a contarles este asunto. No ahora. No con todas las demás cosas a las que deben hacer frente.

Y todos siguen haciendo como si no pasara nada.

Becky entra corriendo en su casa y cierra la puerta con llave. Ahora que ha puesto distancia entre ella y Robert, empieza a temblar. Solo un psicópata la habría provocado como acaba de hacerlo Robert. «Lo más probable es que haya sido uno de los dos, pero no sabes cuál. Creo que estás en apuros, ¿no?». ¿Qué clase de persona diría algo así, cuando la muerta es su propia esposa? Es un demente.

Con una sensación espantosa, comprende que Robert quiere que acusen a Larry del homicidio de su esposa. Al fin y al cabo, Larry se acostaba con ella. Tal vez incluso preparó todo el asunto. No echa de menos a Amanda en absoluto. Se hizo el afligido al principio, pero ya no se molesta en fingir delante de Becky. Se le ha mostrado tal cual es. Se ha quitado la máscara. Becky va y viene por el salón, mordiéndose sin piedad las cutículas.

Oye una llave en la cerradura. Larry entra y se la queda mirando.

—¿Por qué has cerrado con llave? —pregunta, con la cara gris.

Parece agotado. Becky no le contesta. Solo dice, sin siquiera esperar a que él se quite la chaqueta:

—¿Y entonces?

—Les conté lo que me dijiste.

—¿Te creyeron?

—Creo que sí.

—¿Cómo que lo crees?

No puede reprimir un punto de histeria en su voz.

—Dios mío, ¡no lo sé! —contesta Larry casi con un grito—. ¡No sé qué piensan! —Luego baja la voz—. Pero, Becky, hay otro problema.

—¿Qué problema?

«¿Hasta dónde puede empeorar todo esto?».

Larry se lo cuenta de manera entrecortada:

—En el complejo, aparqué en el estacionamiento exterior, no en el interior. Al parecer allí no hay cámaras, así que no puedo demostrar que no me marché.

Ella se lo queda mirando un buen rato.

—Pero tampoco pueden probar que lo hice —añade.

—A lo mejor es hora de buscar un abogado —sugiere ella, sin expresión en la voz.

—¿Qué quieres decir con eso? ¿Es que no me crees?

—Te creo —responde ella automáticamente, aunque no está segura de que sea cierto.

Larry cruza el salón hacia el carrito de las bebidas.

—Necesito un trago.

—Fui a ver a Robert Pierce cuando saliste —dice Becky, en un susurro ronco, mientras lo mira servirse un whisky solo.

Él se da la vuelta de golpe, con la botella en la mano.

—¿Cómo? ¿Por qué demonios has hecho eso? Lo más probable es que haya matado a su mujer.

Ella se queda mirando el vacío. Pasado el susto, apenas puede creer que lo haya hecho. Ha debido de perder la cabeza.

—Le dije que la policía cree que pudiste matar a Amanda.

—¡Joder, Becky! ¡Pero es una locura! ¿En qué estabas pensando?

Becky le clava la mirada; Larry parece empalidecer un poco.

—Quería ver lo que decía.

—¿Y?

—Dijo que probablemente el asesino eres tú o él.

Larry pone cara de espanto.

—Becky, es un tipo peligroso. Prométeme que nunca volverás a acercarte a él. Prométemelo.

Ella asiente con la cabeza. No quiere volver a acercarse a Robert Pierce en su vida.

El inspector Webb cruza el Hudson por el puente Aylesford y toma la carretera del norte, con Moen en el asiento del pasajero. Es lunes a primera hora de la mañana, exactamente una semana después de que se encontrara el coche abandonado de Amanda Pierce, con su cuerpo violentamente golpeado en el maletero.

Es un día frío y seco, pero ha salido el sol, y el viaje es agradable. Al principio, tienen el río a su derecha. Pronto doblan hacia el oeste, internándose en las montañas de Catskill, en dirección a la pequeña ciudad de Springhill. La naturaleza se extiende alrededor mientras la carretera da vueltas y empieza a serpentear entre las montañas. Al cabo de un rato abandonan la autovía y se meten por unos caminos más pequeños y sinuosos. En el trayecto hasta la cabaña de los Sharpe pasan justo delante del sitio donde se encontró el cuerpo de Amanda. Paul Sharpe debe de conocer bien este tramo del camino.

Al final enfilan un sendero de grava y luego se detienen ante una clásica cabaña de madera que parece haber visto tiempos mejores, oculta entre los árboles.

Webb ve un coche aparcado al frente. Paul Sharpe ha llegado antes que ellos. No se sorprende.

Bajan. El aire está más fresco y huele a tierra, hojas húmedas y agujas de pino. La brisa hace susurrar las hojas que quedan en las copas de los árboles. Pueden ver un pequeño lago colina abajo, con un muelle que se adentra en el agua.

La puerta de la cabaña se abre y sale Paul Sharpe, con aspecto cauteloso. Su esposa, Olivia, está justo detrás.

Olivia ha decidido venir porque no soportaba la idea de quedarse en casa y preocuparse por lo que pudiera pasar.

Anoche no paró de dar vueltas en la cama, incapaz de dormir, pensando en la cabaña. Ya no era lo mismo, ahora que Raleigh tenía dieciséis años. A su hijo todavía le gustaba ir a la cabaña, le encantaba el lago, pero no esperaba las visitas con el mismo entusiasmo alegre que cuando era pequeño. Llegado el domingo por la tarde, en general echaba de menos a sus amigos y el wifi, así que solían regresar más temprano que cuando era niño y ella y Paul prácticamente tenían que meterlo a rastras en el coche para ir a casa.

Olivia no notó nada diferente hace dos fines de semana cuando vinieron a empezar a cerrarla para el invierno. Era el fin de semana del 12 de octubre, la semana después de que desapareciera Amanda, la semana antes de que invitase a los Newell a cenar y descubriese que Raleigh se estaba metiendo en otras casas. Todo está como lo dejaron. Olivia no entiende qué cuernos quieren ver los inspectores allí dentro.

Siempre le ha encantado su cabañita del bosque. No es gran cosa: una habitación grande que hace las veces de cocina y salón, con vistas al lago en la parte trasera, y dos dormitorios y un baño pequeño del otro lado. El suelo es de linóleo, las paredes paneles de madera, los muebles desparejados pero cómodos y los enseres pasados de moda, pero todo forma parte de su encanto. Espera que este asunto no se la eche a perder. No le ha contado a Raleigh lo que harían hoy. Su hijo se marchó al instituto a primera hora, antes que ellos, para asistir a un entrenamiento de baloncesto. Dentro de poco todo acabará, y él no tiene por qué saber que la policía ha estado aquí nunca.

Olivia sale de la cabaña detrás de su marido y se sorprende al comprobar que solo han venido Webb y Moen. Se esperaba un equipo entero. Al verlos se distiende un poco.

—Buenos días —dice.

Sabe que Paul les hablará en un tono brusco; así es él. A ella le toca limar las asperezas.

—¿Les apetece una taza de café?

—Con mucho gusto, gracias —responde Webb, sonriendo brevemente.

—Sí, me encantaría —dice Moen, con calidez—. Tienen una casa preciosa.

Todos entran y Olivia va a ocuparse de la cafetera antigua pero siempre práctica. Saca cuatro tazas azules de esmalte. Esas tazas viejas y desconchadas la reconfortan, le recuerdan tiempos de mayor paz y felicidad. Tomar café por la mañana en la terraza, mientras la bruma se levantaba en el agua; preparar cacao caliente para Raleigh cuando era pequeño y se quedaba envuelto en una manta a cuadros roja y negra a resguardo del fresco. Olivia echa una mirada por encima del hombro, ve que los dos inspectores se ponen guantes de látex y sus sentimientos de felicidad desaparecen de golpe.

29

Olivia lleva el café a los inspectores, que le dan las gracias. El hecho de que cojan las tazas con los guantes de látex le resulta perturbador. Luego se ponen manos a la obra. Olivia y Paul se sientan en silencio a la mesa de la cocina, fingiendo que no les importa, que no observan cada uno de los movimientos de los policías.

Cuando los inspectores acaban en el salón principal de la cabaña y se dirigen a los dormitorios, Paul se levanta y los sigue, llevándose su café. Olivia también lo hace. Los inspectores abren cajones y miran debajo de los colchones. Después dejan todo en su sitio. Olivia no tiene idea de qué esperan encontrar. Vuelven a la cocina y la registran metódica y silenciosamente. Cuanto más se demoran, más ansiosa se siente ella. Observa cómo Webb estudia con detenimiento las cortinas azul marino. En silencio, el policía llama a Moen con un gesto. Juntos miran las cortinas, por los dos lados, con ayuda de una linterna. La expresión de Webb se ensombrece.

Al final, el policía se vuelve hacia Paul y dice:

—¿Tiene usted herramientas?

—¿Herramientas? —repite Paul.

Olivia se pregunta si querrán desarmar algo. No piensa permitirlo, y está segura de que Paul tampoco. Si quieren ponerse a desmontar las tablas del suelo tendrán que conseguir la puñetera orden del juez.

Paul debe de estar pensando algo parecido, porque dice:

—¿Para qué?

—¿Dónde las guarda? —pregunta Webb, evitando la pregunta.

Sin responder, Paul los lleva hasta un pequeño cobertizo, no muy lejos de la cabaña. Está lleno de leña, sillas plegables de plástico, una podadora de césped y otros trastos. Olivia echa un vistazo mientras Paul abre la puerta del cobertizo y señala. Webb saca su linterna y la enciende, y mueve el haz de luz por el interior. Hay un hacha contra la pared. La luz se posa en una caja de herramientas metálica medio abollada. El inspector entra, se acuclilla y la abre. Utiliza el dedo índice para rebuscar en la caja, y sus guantes azules y limpios contrastan con el interior polvoriento. Olivia se pregunta qué demonios busca. Nota la tensión en los hombros de Paul.

—¿Tiene usted un martillo? —pregunta Webb.

—Sí —responde Paul—, tendría que estar ahí.

Se inclina para mirar dentro de la caja.

—Pues aquí no hay nada —dice Webb, y centra su atención en Paul—. ¿Cuándo lo vio por última vez?

—No tengo ni idea —dice Paul—. No me acuerdo.

Los dos hombres se miran un momento.

Olivia siente que se le retuerce el estómago. Ha estado diciéndose que los inspectores perdían el tiempo, que no iban a encontrar nada y al fin los dejarían tranquilos. Pero ahora la duda le carcome de nuevo la cabeza: «¿Acaso los inspectores saben algo que ella ignora?».

Webb mira a Moen y dice:

—Creo que tenemos que llamar al equipo de homicidios.

—Para eso va a necesitar una orden —exclama Paul, furioso.

Olivia se queda mirando a su marido, con el corazón palpitante.

—Puedo conseguirla con una llamada —dice Webb—. Y puedo hacer venir una unidad forense en un par de horas.

Webb mira a Paul Sharpe de pie junto a la cabaña, con las manos colgando a los lados, bajo la luz que se filtra por entre los árboles.

—¿Qué ocurre? —suelta de repente su mujer, con la cara pálida—. ¡Paul no tiene nada que ver con Amanda Pierce! ¿Por qué no van tras su marido? ¡Seguramente la mató él!

—Olivia, no sirve de nada —dice Sharpe—. Está claro que lo tienen decidido. Déjalos buscar. No van a encontrar nada.

Mientras esperan a que llegue el equipo forense, Webb y Moen estudian la zona exterior de la vivienda, mientras los Sharpe permanecen de pie contemplándolos desde un lado. Al cabo de un rato, todos se vuelven a mirar las dos patrullas y la furgoneta blanca de la unidad criminalística que se detienen ante la cabaña.

Webb sabe que, si la cabaña es la escena de un crimen, ya está contaminada. Pero deben registrarla de todos modos. Webb señala a los técnicos unas manchas sospechosas, que parecen de sangre, en las cortinas de la cocina. Si es sangre, podrán extraer ADN de ellas. Webb y Moen observan en silencio mientras los técnicos cierran todas las persianas y cortinas para oscurecer la habitación. Un técnico empieza a rociar la cocina con luminol. El suelo reluce cerca de las ventanas traseras y todo a lo largo de un camino que va hasta el fregadero, en la otra punta de la sala.

El técnico lanza al inspector una mirada significativa.

—¿Qué es eso? —dice Paul.

—Las zonas que relucen revelan la presencia de sangre —explica Webb—, aun cuando se ha limpiado y es invisible a la vista.

Mira al matrimonio inmóvil al borde de la cocina. Webb no sabe quién tiene peor pinta. Olivia Sharpe parece estar a punto de desmayarse. Paul está completamente quieto, mirando el suelo, con la cara desencajada por la incomprensión y el shock.

Luego el técnico rocía la zona que está alrededor del fregadero, y esta también se ilumina. Pero, a medida que proceden, empieza a revelarse que la zona más amplia en la que se ha limpiado la sangre —al menos para el ojo humano— se encuentra en el fondo de la cocina, en el suelo que está delante de las ventanas, frente al lago. Quedan rastros de salpicaduras de sangre limpiadas en las paredes e incluso en el techo. La luminiscencia se desvanece al cabo de unos momentos, pero todos la han visto.

Con ayuda del compuesto químico, queda claro que Amanda Pierce —o alguien más— fue atacado en la cocina cerca de las ventanas traseras, y que algo —probablemente un arma— fue llevado hasta el fregadero desde donde tuvo lugar el ataque. El rastro de salpicaduras de sangre que describe un arco en las paredes cercanas y el techo indica que la víctima fue golpeada violenta y repetidamente con un objeto contundente. El martillo que falta.

Webb da un paso al frente y dice a Paul Sharpe:

—Queda detenido por el homicidio de Amanda Pierce. Tiene derecho a guardar silencio. Todo lo que diga puede ser usado en su contra en un tribunal, y se usará. Tiene derecho a hablar con un abogado, y a que su abogado esté presente en cualquier interrogatorio. Si no puede costearse un abogado, se le proporcionará uno con cargo al erario público. ¿Comprende estos derechos?

Olivia Sharpe se desploma antes de que nadie alcance a cogerla.

30

Olivia está tan desorientada que a duras penas puede funcionar. Apenas recuerda el camino de vuelta a la ciudad. Su marido fue en la patrulla de policía —esposado— a la comisaría. Ella lo siguió, con la mente adormecida, en el asiento trasero del coche de los inspectores, con Webb al volante, mientras Moen conducía el coche de los Sharpe hasta la comisaría y el equipo forense se quedaba en la cabaña para acabar de analizar la escena.

Ahora está sentada en la comisaría, esperando a que salga alguien y le diga qué ocurre y qué pasará luego. No fue capaz de cruzar una mirada con Paul cuando lo arrestaron. Recuerda una y otra vez las zonas fosforescentes donde había habido sangre en la cabaña. Tiene que contener la bilis que le sube por la garganta. La mancha había estado allí, aunque invisible, desde que Amanda fue asesinada. Olivia había permanecido de pie sobre ella hace un par de fines de semana, la última vez que estuvieron en la cabaña, mientras miraba el lago por la mañana, con el café en la mano, pensando que todo iba bien en el mundo. El último fin de semana normal. El fin de semana anterior al descubrimiento de que Raleigh había estado metiéndose en casas ajenas. El fin de semana anterior al hallazgo del cuerpo de Amanda. Pero nada estaba bien. Esas cosas ya habían ocurrido, y ella simplemente no lo sabía. Parece como si hubiesen pasado en otra vida. Está consternada por su monumental ignorancia. No tenía idea de que un asesinato había tenido lugar en el suelo que pisaba. No puede quitárselo de la cabeza, no puede dejar de verlo, la mancha encendida en el suelo, las claras salpicaduras de sangre en la pared y el techo. Piensa en el martillo que falta: pesado y familiar, con un viejo mango de madera con capas de pintura blanca encima. ¿Supo Amanda que iba a morir? Debió de gritar. Allí, en la montaña, nadie la oiría. Olivia imagina el martillo impactando en la cara de la mujer que apenas conoció, salvo por la fotografía que no paran de mostrar en internet. Cuando Olivia cierra los ojos, vuelve a ver el rastro desde donde la mataron hasta el fregadero dc la cocina. Su fregadero, donde lavó los platos hace dos fines de semana, mientras Paul estaba a su lado y secaba, conversando de cualquier cosa, a sabiendas de lo que había ocurrido la semana anterior, lo que había hecho. Pensando que lo había limpiado todo.

Recuerda el rostro de Paul, pálido como el papel, cuando se lo llevaban y le decía:

—¡No lo hice, Olivia! ¡Tienes que creerme!

Y quiere hacerlo. Pero ¿cómo?

«¿Qué le voy a decir a Raleigh?».

De repente necesita ir al baño, pero no le da tiempo: vomita sobre su regazo, la silla, el suelo.

El inspector Webb se detiene ante la puerta de la sala de interrogatorios. Moen ya está dentro, con Paul Sharpe. Cansado, Webb se toma un momento para prepararse mentalmente. Luego abre la puerta.

Sharpe está derrumbado en su silla, con las manos esposadas sobre la mesa al frente. Está fatal. Tiene los ojos llorosos, como si quisiera contener las lágrimas.

¿Qué esperaba?, se pregunta Webb. ¿Por qué siempre creen que pueden salirse con la suya? Recuerda la conducta de Sharpe en un comienzo. Negó conocer a Amanda Pierce. Luego admitió que había estado en el coche con ella, pero solo después de que le dijeran que los habían visto. En cuanto a la historia sobre Larry Harris, sonaba cierta porque lo era; más tarde confirmaron que en efecto Larry se veía con Amanda. Pero ¿por qué le había «advertido de que se alejara» de Larry, como afirmaba haber hecho? Tal vez no fuese porque intentaba proteger a un amigo; tal vez estaba celoso. Tal vez se había enrollado con Amanda él mismo. Discutió con Amanda aquella noche, poco menos de una semana antes de que desapareciera. ¿Qué sucedió aquel viernes por la noche? No podían confirmar que había estado en casa de su tía. Pudo estar en la cabaña. Pudo encontrarse allí con Amanda, matarla con el martillo que faltaba y arrojar el arma homicida al lago. Pudo conducir el coche de ella hasta la orilla del lago cercano y hundirlo y volver caminando a su propio coche en la cabaña. La caminata le habría llevado poco más de una hora. Pudo hacerlo. Saben a qué hora regresó a casa esa noche.

Webb se sienta enfrente de Sharpe y lo mira un momento.

—Está metido en un buen lío.

Sharpe levanta la vista y lo mira aterrado.

—Quiero un abogado —dice—. No pienso hablar con usted sin un abogado presente.

—Vale —contesta Webb y se levanta. No esperaba otra cosa.

Glenda oye el tono de aviso, baja la vista y ve el mensaje de texto en su móvil. «Estoy en la comisaría. Ven por favor». Es de Olivia.

«¿Qué hace allí Olivia?». Glenda no le especifica adónde va a Adam, que acaba de volver de clase; solo le dice que va a ver a Olivia.

Aparca el coche y sube corriendo a la comisaría. Cuando pregunta por Olivia, le indican una salita de espera. La asalta el olor del vómito y de inmediato se da cuenta de que Olivia ha devuelto y alguien ha intentado limpiarlo.

—Dios mío, Olivia, ¿qué ocurre? ¿Qué ha pasado?

Olivia empieza a contárselo, llorando, y Glenda saca en claro lo fundamental, sintiendo que el cuerpo se le va enfriando cada vez más conforme descifra el relato entre sollozos de Olivia. Las peores noticias posibles. Glenda se queda helada. Paul, arrestado por el asesinato de Amanda Pierce. Rastros de sangre en su cabaña. Olivia ha hundido la cabeza en el hombro de Glenda, que da gracias de que, al menos en ese momento, su amiga no pueda ver su cara de horror. Glenda tiene que recomponerse; Olivia la necesita.

Al final, se separa suavemente de Olivia para mirarla.

—Olivia —dice—, te ayudaré en todo lo que haga falta. —Olivia la mira como si su amiga fuera lo único que la mantiene entera—. ¿Vale?

Olivia asiente con la cabeza sin decir nada.

—Hay que conseguirle un abogado a Paul. El mejor que se pueda.

Olivia vuelve a asentir, casi sin prestar atención, y susurra:

—¿Qué voy a decirle a Raleigh?

«No lo sé», piensa Glenda. No pueden ocultárselo.

—Ya pensaremos en eso. Se lo diremos juntas. Venga, vámonos a casa.

—Espera —dice Olivia.

—¿Qué?

Olivia la mira desesperada y habla en un susurro.

—¿Le digo a Raleigh que su padre es inocente?

Glenda no sabe qué contestar. Al final responde:

—¿Qué ha dicho Paul?

Olivia aparta la mirada.

—Dice que es inocente.

—Pues dile eso a Raleigh.

Mete a Olivia en su automóvil y la lleva a casa. El coche de Paul puede quedarse en la comisaría esa noche; volverá a buscarlo por la mañana. Al ver la casa familiar, Glenda siente que el alma se le cae a los pies. Le aterra el futuro inmediato. Pero apoyará a Olivia pase lo que pase. Por fea que se ponga la cosa. Para eso están las amigas.

Raleigh debe de estar preguntándose dónde ha estado su madre todo el día, piensa vagamente Olivia. De alguna manera, logró enviarle un mensaje desde la comisaría, diciéndole que volvería a casa pronto. Olivia ignora de dónde sacar el valor necesario para decirle lo inevitable. ¿Cómo le cuentas a tu hijo que han detenido a su padre por homicidio?

Quiere creer que se trata de un terrible error. La policía comete errores todo el tiempo. Pero al instante recuerda las manchas de sangre. No puede olvidarlas.

Cuando abre la puerta, oye a Raleigh correr escaleras abajo para venir a saludarla. Por la cara que pone cuando las ve a ella y a Glenda, es obvio que sospecha algo.

—¿Dónde has estado, mamá? —pregunta.

Olivia quisiera protegerlo. Pero en este caso es imposible. Todo el mundo lo sabrá. No puede ocultárselo. La vida de su hijo acabará destrozada en los próximos minutos. Te esfuerzas tanto por hacer las cosas bien, pero entonces...

De repente está tan cansada que apenas puede tenerse en pie.

—Vamos a sentarnos —dice Glenda, y lleva a Olivia al salón, sosteniéndola por el codo hasta que se desploma en el sofá.

—¿Qué ocurre? —pregunta Raleigh, con voz apagada—. ¿Dónde está papá?

—Tu padre está en la comisaría —responde Olivia al cabo de un momento, tratando de que no se le descomponga la cara.

Raleigh se la queda mirando con expresión hueca. Y entonces parece comprender; Olivia ve el terror naciente en su cara.

—Lo han detenido —confirma ella.

—¿Cómo? —pregunta Raleigh—. ¿Por qué?

—Por el homicidio de Amanda Pierce —contesta Olivia, con la voz entrecortada.

Hay un silencio de estupefacción.

—¡Pero eso es una locura! —protesta Raleigh al cabo de un momento—. No entiendo. ¿Por qué lo han detenido?

Es muy difícil. Pero tiene que decírselo.

—Hoy registraron nuestra cabaña. Y encontraron... pruebas.

—¿Cómo que pruebas? —pregunta Raleigh, con la cara desencajada por la emoción—. ¡Papá no la mató! Ni siquiera la conocía, ¿no? Solamente vio algo, intentó proteger a otra persona y punto. Eso fue lo que dijo.

Le duele ver cómo su hijo se debate con la información. Lo que tiene que contarle le parece brutal.

—Encontraron rastros de sangre en la cabaña. Van a hacer unas pruebas para ver si es la sangre de Amanda Pierce. —La voz de Olivia es un susurro ronco.

—¿Cómo pueden detenerlo si ni siquiera saben que es su sangre? —dice Raleigh desesperado—. Necesitan algo más.

—Nos falta un martillo. —Se hace otro largo silencio. Al final Olivia dice—: Tu padre les ha dicho que es inocente.

—¡Claro que es inocente!

Raleigh tiene los ojos llenos de lágrimas.

Olivia añade, sin energía en el cuerpo:

—La policía quiere vernos mañana a todos, incluidos Keith y Adam, para tomarnos las huellas dactilares, porque todos hemos estado en la cabaña. Quieren comprobar si hay alguna otra huella que no puedan explicar.

Olivia yace en la cama, rígida, con los ojos bien abiertos, mirando sin ver el techo y pensando en su marido encerrado en una celda. Glenda está en la habitación de al lado, dándole apoyo por esa noche. Mandó a Olivia a darse un baño, metió su ropa sucia y hedionda en la lavadora y preparó sopa y tostadas que casi nadie tocó.

Olivia mira de reojo el reloj digital que tiene sobre la mesilla. Son las 3:31. Su mente ha estado dando vueltas sin parar, en un bucle incesante de horror e incredulidad. Paul la llamó aquel día, diciéndole que esa tarde iría a ver a su tía. ¿Mentía? Ella no le dio importancia, vio una película sola, eligiendo algo que sabía que no le iba a interesar. Él entró a hurtadillas muy tarde, cuando ella ya estaba dormida; Olivia no tiene idea de la hora a la que volvió. Efecto de la confianza. No te fijas en esas cosas, no las cuestionas, porque no crees tener motivos para hacerlo. Ojalá hubiera sido menos confiada; ojalá hubiera prestado más atención.

¿Qué llevaba puesto Paul cuando regresó a casa? Olivia no puede saberlo, porque estaba dormida. ¿Tenía aún la ropa con que había ido a la oficina? Lo cierto es que al día siguiente no notó nada parecido a manchas de sangre en sus prendas, y eso lo habría notado, y recordado, por muy confiada que fuese. Si Paul mató a Amanda, de alguna manera debió de deshacerse de su ropa.

Olivia se levanta, enciende la lámpara de noche y empieza a buscar en el armario de su marido, revolviendo en los cajones. Todos sus trajes parecen estar en su sitio. Pero Paul tiene mucha ropa, en especial vaqueros y camisetas viejos. No recuerda nada que no esté. Paul también guarda ropa en la cabaña. Algo debe de faltar; ella no necesariamente se daría cuenta.

Seguro que se estaba viendo con Amanda. Olivia recuerda a todos los hombres revoloteando a su alrededor en la fiesta del parque. Algunos de los vecinos habían conseguido un permiso para hacer una barbacoa. Cada una de las familias puso veinte pavos y compraron perritos calientes y hamburguesas y gaseosas y cerveza, y casi todos llevaron una ensalada adicional o algún plato preparado. Había un castillo hinchable y globos para los más pequeños, pero nada para los adolescentes, que en su mayoría no se molestaron en aparecer. Mientras Olivia ordenaba los tarros de mostaza y kétchup, de vez en cuando echaba un vistazo al semicírculo de gente que conversaba y se reía en las sillas de plástico blancas que se habían juntado para la ocasión. Observó a la nueva mujer, Amanda no sé cuántos, que acababa de mudarse a su calle. Era una auténtica belleza y lo sabía muy bien. ¿Por qué se molestaba en tontear con los maridos mucho mayores de las demás? Tenía uno muy apuesto sentado justo a su lado.

A ninguna de las mujeres le cayó bien.

Glenda se había acercado y se quedó junto a Olivia, siguiendo su mirada y al parecer sin dar crédito a sus ojos cuando Amanda posó su mano —de uñas largas y rojas— en el antebrazo de Keith.

—¿Pero quién se habrá creído? —dijo Glenda.

Luego Becky se acercó a Olivia por el otro lado, y las tres se quedaron mirando a sus maridos, que estaban claramente embobados con la recién llegada.

Todas tendrían que haber alzado la guardia, piensa Olivia, regresando al presente. Tal vez, la corazonada de Becky al final era correcta, y Paul y Amanda eran amantes. ¿Se dieron cita en la cabaña aquella noche? ¿La mató Paul a martillazos? ¿Metió su cuerpo en el maletero del coche de Amanda y lo hundió? ¿Limpió todo y volvió a casa y se comportó como si no hubiera pasado nada? ¿Qué otra explicación podía haber?

Olivia se levanta de la cama y se dirige al salón en silencio, cuidando de no despertar a Glenda, a quien oye roncar suavemente por la puerta entreabierta, cuando pasa delante de la habitación de huéspedes. Llega a la habitación de su hijo y entorna la puerta sin hacer ruido. Lo mira dormir, totalmente ajeno a ella. Al menos en ese momento, parece tranquilo.

Se acerca y lo observa. Su cara joven tiene las facciones muy marcadas y últimamente cambia todo el tiempo. Se está dejando patillas. Adora la cara de su hijo. Haría cualquier cosa por protegerlo. Le gustaría sentarse en su cama y acariciarle el pelo, como cuando era pequeño. Pero Raleigh ya no quiere que su madre haga eso como antes. Ya no quiere que lo abrace ni le dé besos; está hecho casi un adulto. Y le oculta cosas a su madre, como nunca lo hizo de niño. Entonces le contaba todo, pero ahora tiene secretos. Raleigh le da la espalda. Al igual que su padre. Los dos tienen secretos.

Ella es la única en casa sin nada que ocultar.

31

Becky Harris está de pie con el periódico en la mano. El titular anuncia en grandes letras: ARRESTO POR EL HOMICIDIO DE AMANDA PIERCE. Lo primero que piensa es: «Han arrestado a Robert». Se siente muy aliviada. Y luego, cuando sigue leyendo: «Oh, no».

No lo puede creer. Piensa en Olivia. Becky puede entender por lo que estará pasando, porque se ha estado imaginando en esa misma situación.

Se lleva el periódico a la cocina. Está sola en casa, pues Larry ya se ha ido a trabajar.

Las pruebas —por lo que revela el artículo— son irrefutables. Sangre hallada en la cabaña de los Sharpe, que ahora se considera la escena del crimen. Un martillo desaparecido, posible arma homicida, que aún no se ha encontrado. Y el coche con el cuerpo que apareció cerca de allí, en un camino que Paul Sharpe conocía bien. Atónita e incrédula, Becky recuerda la vez que vio a Paul y a Amanda en el coche. ¿Había acertado? ¿Eran amantes después de todo? ¿Estaba Paul celoso de la aventura de Amanda con Larry? Tal vez por eso le dijo que se alejara de Larry, y no por un motivo altruista como que Larry podría tener problemas en la oficina.

Nunca se le habría ocurrido que Paul fuese capaz de hacerle daño a nadie. Pero tampoco lo habría pensado de Larry. Imagina los hechos. Discutieron en la cabaña y él la golpeó. Tal vez tenía el martillo a mano y actuó por impulso. Lo más probable es que le horrorizaran sus acciones, que se arrepintiera de inmediato. Y entonces trató de borrar las huellas. La metió en el maletero y hundió el coche. ¿Cómo habrá sobrellevado la vida desde aquello? Sobre todo desde que se encontró el cuerpo. Seguramente, habrá sido un infierno.

Habrá un juicio. Larry tendrá que dar testimonio sobre su aventura con Amanda, sus sórdidos encuentros en aquel hotelucho. Pensar que todo eso se sabrá le hace sentir náuseas. Para ella y sus hijos va a ser un momento horrible.

Pero mucho peor va a ser para Olivia y Raleigh.

Vuelve a leer el artículo del periódico. La cosa tiene muy mala pinta para Paul. Pero por lo menos Becky sabe que su propio marido, a pesar de todos sus defectos, no mató a Amanda Pierce. Lo cierto es que antes no estaba segura.

Carmine Torres se horroriza al leer el periódico el martes por la mañana. Han arrestado a Paul Sharpe por el homicidio de Amanda Pierce.

Piensa en la pobre mujer con la que habló en la puerta —la esposa de Paul Sharpe— y en la mala cara que tenía aquel día. A lo mejor lo sabía. Tal vez no estaba preocupada solo por su hijo.

Paul Sharpe ha buscado asesoramiento jurídico, pero Webb conserva la esperanza de sonsacarle algo cuando lo interrogan por la mañana, en presencia de su abogado. La tarde anterior este no estaba disponible, pero es posible que Paul Sharpe, después de pasar una noche en su celda considerando la situación, decida cooperar más.

Cuando entra en la sala, ve a Sharpe sentado sin esposas junto a su abogado. Parece no haber dormido nada. Sin duda está cagado de miedo. Eso es bueno. A lo mejor está dispuesto a hablar.

Al lado de Sharpe está Emilio Gallo, conocido abogado penal de un bufete respetable. Webb ha tratado con él en otras ocasiones. Es bueno. Caro. Gallo hará todo lo necesario para ayudar a un cliente, siempre y cuando sea legal. Su traje oscuro y bien cortado, su camisa planchada y su elegante corbata de seda contrastan marcadamente con los vaqueros y la camisa arrugados de su cliente. Sharpe está cansado y desaliñado, y Webb puede oler el sudor y el miedo que despide. Gallo está bien descansado y acicalado, y huele ligeramente a alguna loción costosa para después de afeitar.

Webb y Moen se sientan. La grabadora está encendida.

—Por favor, diga su nombre para que quede constancia en la grabación —indica Webb.

—Paul Sharpe —dice él, con voz temblorosa.

—También están presentes Emilio Gallo, abogado de Paul Sharpe, el inspector Webb y la inspectora Moen de la policía de Aylesford —prosigue Webb. Va directo al grano—. Su cliente se enfrenta a un cargo de homicidio —dice, mirando a Gallo.

—Pues buena suerte —responde Gallo con toda tranquilidad—. Mi cliente no mató a nadie.

Webb vuelve la mirada a Paul Sharpe. Espera hasta que Sharpe se la devuelva.

—Quiero oírselo decir a él.

—No maté a nadie.

—Las pruebas que lo incriminan son bastante contundentes —señala Webb.

—Es todo circunstancial —responde el abogado—. ¿Un martillo desaparecido? ¿Sangre en el suelo? Ni siquiera se ha confirmado que es la sangre de la mujer asesinada.

—Cuando lo hagamos, quizá usted vea las cosas de otro modo —dice Webb.

—No lo creo —replica Gallo—. Cualquiera podría haber entrado en la cabaña, cualquiera podría haber encontrado el martillo y haberlo utilizado. Ustedes no tienen ninguna prueba contra mi cliente salvo que no estuvo en casa esa noche. Y él puede explicar de manera muy razonable dónde estaba.

—Pero no lo puede demostrar —rebate Webb—. Lo vieron discutir con la víctima antes de que esta desapareciera.

—Y también tiene una explicación muy buena para eso —alega el abogado sin inmutarse.

—A lo mejor no le creemos.

—Da igual lo que ustedes crean —replica Gallo—. Lo que importa es lo que pueda sostenerse en un tribunal. —A continuación el abogado se inclina un poco hacia delante y dice—: Creo que los dos sabemos que les costaría lo suyo obtener una condena. Hay otros sospechosos evidentes en este caso: el marido, que podía conocer la infidelidad de su mujer, y el amante. Tengo entendido que había un amante, ¿no? Mi cliente niega haber tenido cualquier relación con la víctima. En mi opinión, hay muchos motivos para la duda razonable. No conseguirían que la acusación tuviera efecto.

Webb se echa atrás en su silla, levanta el mentón indicando a Paul y dice:

—Amanda Pierce fue asesinada en su cabaña.

—Y cualquiera podría haberla matado allí. —El abogado se levanta, dando por terminado el interrogatorio—. Tiene que acusar formalmente a mi cliente o ponerlo en libertad.

Webb apaga la grabadora y responde:

—Podemos retenerlo un poco más.

Después de que Sharpe es conducido de vuelta a su celda y que el abogado se marcha, Moen le dice a Webb:

—Si lo representa Gallo, nunca conseguiremos que se quiebre y confiese.

—Tenemos que sustanciar la causa —contesta Webb—. A trabajar.

Olivia mira a su marido. Está sentado al otro lado de la mesa en una pequeña sala de la comisaría. Cerca hay un guardia. No puede quitar la vista de la ropa desaliñada de Paul, con la que claramente ha dormido. Apenas lo reconoce como su marido. ¿Es o no es una persona distinta? Olivia ya no confía en su juicio ni en sus sentidos.

—Gallo cree que puede sacarme —dice Paul.

Ella es incapaz de hablar.

—Olivia, di algo —exige Paul. Está hecho polvo. Tiene los ojos rojos y empieza a oler mal: a celda, a miedo y desesperación. Ella no puede dejar de mirarlo. Parece otra persona. Le recuerda más a un recluso que a su marido de hace una semana, cuando salía a trabajar vestido con una camisa planchada y un buen traje. El mundo se ha inclinado extrañamente, y Olivia no encuentra el equilibrio.

—¿Qué ha dicho? —pregunta por fin.

—Que van a tener dificultades para conseguir una condena.

Paul parece desesperado y esperanzado al mismo tiempo. Un hombre a punto de ahogarse que se esfuerza por alcanzar una balsa salvavidas. «¿He de tenderle la mano o rechazarlo?».

—¿Y por qué ha dicho eso? —pregunta Olivia. Se siente y habla como un autómata. Sin duda el abogado se equivoca, piensa. ¿Por qué le diría a su cliente una mentira tan obvia? En una parte de su cabeza también está pensando que todo este asunto les costará una fortuna. Casi seguro todo lo que tienen. Si Paul la mató, quizá sería mejor que lo admita y se declare culpable, piensa.

—Sabemos que yo no la maté —dice Paul—, lo que significa que tuvo que matarla otro.

Olivia lo mira, con ganas de creerle. Preferiría verlo acusado falsamente y saberlo inocente en el fondo de su corazón, darle apoyo y pelear con uñas y dientes hasta que todo se arreglara. Pero no está segura. Necesita que Paul la convenza. Quiere que la convenza. Quiere creerle.

—¿Qué dijo Gallo, exactamente? —pregunta, esperando que Paul le dé alguna buena noticia.

—Dijo que hay otros sospechosos mejores: su marido y Larry, que seguramente sí estaba teniendo una aventura con ella. Tienen que probar los cargos más allá de toda duda razonable, y ahora mismo hay mucho margen para la duda razonable.

Olivia quería oír algo más concluyente. Algo que exonerase a su marido, lo dejara libre de culpa de una vez por todas. No quiere que «se salga con la suya». Si es culpable, si se estaba acostando con esa mujer y la mató en un rapto de furia y trató de cubrir sus huellas, quiere que Paul vaya a la cárcel para el resto de su vida. Nunca lo perdonará. Si la mató, no quiere volver a verlo jamás.

—Gallo dice que cualquiera habría podido entrar en la cabaña —continúa Paul—, haber cogido el martillo, haberla matado y haberlo limpiado todo, sin que tan siquiera lo supiéramos.

—Pero la cabaña estaba cerrada con llave —replica ella.

—Pudieron forzar la entrada. O encontrar la llave oculta. —Paul baja la voz y la expresión de su cara cambia, como si rogara—. Podríamos decir que han entrado otras veces, pero que no lo denunciamos porque nunca se llevaron nada.

Ella le contesta también en un susurro.

—Eso sería una mentira.

—Una mentirijilla —dice él en voz muy baja—. Soy inocente, Olivia. Y me estoy jugando la vida.

Ella le devuelve la mirada, cada vez con más temor, y empieza a negar con la cabeza.

—No, no podemos decirlo. Raleigh sabría que mentimos.

Paul se vence en su silla y se queda mirando la mesa, repentinamente derrotado.

—Sí, tienes razón. Olvídalo. —Al final levanta la vista, exhausto, y pregunta desolado—: ¿Cómo lo lleva Raleigh?

—No muy bien. Para nada.

No le ha preguntado por ella.

Robert Pierce espera el momento justo en la cocina. Esta mañana, cuando recogió el periódico en la puerta, ya había una multitud de periodistas en la calle, delante de su casa. Lo vieron y empezaron a acercarse, pero él entró a toda prisa y cerró de un portazo. Miró la primera página del *Aylesford Record*.

Mientras leía, una lenta sonrisa despuntó en su cara. Habían detenido a alguien. Y no era él.

La noticia le ha puesto de muy buen humor. A lo mejor en adelante podrá relajarse. Ha sido agotador que la policía siempre llamase a su puerta y lo mirase como si solo fuese cuestión de tiempo hasta que la fastidiara. Pero acaban de detener a Paul Sharpe. Toda la atención se centrará en él. Robert puede retomar su vida, dejar este asunto en el pasado.

Por la ventana ve a los periodistas allí apostados. Sabe que esperarán todo el día hasta obtener una declaración. Es una especie de celebridad. Sube a su habitación y se prepara con cuidado. Un par de pantalones buenos y camisa de vestir. Se peina y se admira en el espejo. Luego baja las escaleras, abre la puerta y sale.

Las cámaras destellan una tras otra; Robert se muestra serio como es debido. Un marido acongojado, agradecido de que por fin hayan detenido al asesino de su esposa.

32

Un agente se asoma a la oficina de Webb y dice:
—Esta mañana les hemos tomado las huellas a los Sharpe y los Newell, señor. Y ha aparecido algo muy interesante.

Webb mira el informe. «¿Qué demonios hacía el hijo de Paul Sharpe en casa de Amanda Pierce?».

Sentada en su cama, Olivia se mira en el espejo del armario. Está lívida. Los inspectores la han llamado para volver a verla. También le han pedido que lleve a su hijo Raleigh.

Raleigh está en su habitación, pues no ha ido al instituto. Glenda se ha quedado con los dos, para mostrar a todo el mundo que está de su parte. Olivia se siente mejor con Glenda en casa. Recuerda que, no hace mucho, la gente se paraba a mirar la casa de Robert Pierce, pensando que había matado a su esposa. Y ahora en cambio la gente se para frente a la suya, pensando que Paul es un asesino.

Cuando ella y Raleigh llegan a la comisaría, la llevan a una sala de interrogatorios, mientras le piden a Raleigh que aguarde fuera. Webb y Moen la están esperando. Los ha pillado en mitad de una conversación, que interrumpen de inmediato.

—Señora Sharpe —dice Webb—. Gracias por venir. Para su información, esta entrevista es estrictamente voluntaria; puede marcharse cuando quiera.

La inspectora Moen le lleva un vaso de agua y la mira con empatía. «Los hombres pueden ser unos cabrones».

Olivia siente la boca seca. Traga saliva. No tiene absolutamente nada que decirles, ni a favor ni en contra. Lo ignora todo. Nada en esta entrevista cambiará las cosas. Solo tiene que aguantar hasta el final.

Webb comienza:

—Los resultados del laboratorio confirman que la sangre que apareció en su cabaña es de Amanda Pierce.

La cabeza de Olivia da vueltas cuando oye la noticia, pero lo cierto es que se lo esperaba. ¿De quién iba a ser, si no? El inspector aguarda a que ella responda algo.

—Yo no sé nada sobre eso.

—Algo habrá pensado al respecto —la reprende Webb.

—Creo que alguien debió de matarla en nuestra cabaña.

—¿Quién cree que pudo ser?

—No lo sé. —Tras una pausa, añade—: Su marido, probablemente.

—¿Y qué hacía el marido de Amanda Pierce en su cabaña?

—No lo sé.

A Olivia le entran ganas de llorar, pero se resiste. No puede explicar ese asunto. Es incapaz de explicar cualquier cosa. ¿Por qué no la dejan en paz? ¿Por qué la torturan así? Es incapaz de ayudarlos. ¿No se dan cuenta de que ya está sufriendo bastante?

—¿Hay alguna persona desconocida para nosotros que tenga acceso a la cabaña? —pregunta Webb.

—No.

—¿Alguna vez iban allí los Harris?

—No, nunca.

—¿Alguna vez les comentó dónde se encontraba?

—No.

—¿Y a alguna otra persona?

—Tampoco.

—De acuerdo, gracias. Nada más por ahora. Nos gustaría hablar con su hijo. Puede quedarse si lo desea.

Hacen pasar a Raleigh. Parece ansioso y muy joven. Se sienta al lado de Olivia, que trata de tranquilizarlo con la mirada. Quiere pasarle el brazo alrededor de los hombros y darle un achuchón, pero sospecha que a él no le gustaría.

—Raleigh, soy el inspector Webb y ella es la inspectora Moen. Quisiéramos hacerte algunas preguntas, si te parece bien.

Raleigh los mira incómodo.

—Vale.

—Pues bien, Raleigh, resulta que encontramos tus huellas en la casa de los Pierce. ¿Puedes explicarlo?

Olivia se queda helada ante este segundo golpe. Su hijo le lanza una mirada de inquietud. Nadie dice nada durante un largo instante.

Al final, Raleigh pregunta:

—¿Necesito un abogado?

—No lo sé, ¿tú qué dices? —responde Webb.

—Quiero un abogado —dice Raleigh, con la voz entrecortada.

—Iremos a buscarte uno —responde Webb, levantándose de su silla—. Espera aquí.

Raleigh ha conversado en privado con su abogado —un hombre llamado Dale Abbot— y su madre, y entre los tres han decidido cómo abordar la cuestión. Raleigh está petrificado. Cuando la entrevista vuelve a empezar, Webb y Moen están de un lado de la mesa, y Raleigh, su abogado y su madre del otro.

—Vamos a ver, Raleigh —dice Webb—, ¿nos vas a decir qué hacían tus huellas en casa de los Pierce?

Raleigh mira de reojo a su abogado, que le hace un gesto afirmativo con la cabeza, y dice:

—Me metí en su casa.

—¿Y eso cuándo fue?

—A principios de octubre. No lo sé exactamente.

—¿Antes de que se descubriera el cuerpo de Amanda Pierce?

—Sí.

—¿Cómo entraste?

—Por la ventana del sótano. No estaba bien cerrada.

—¿Y por qué lo hiciste?

—Por... diversión.

Raleigh va a intentar no tener que admitir lo del ordenador. En este momento se trata de amortiguar los daños.

—Entiendo. —Webb se echa atrás en su silla y mira de reojo al abogado—. Eso se llama allanamiento de morada, Raleigh.

El chico asiente.

—¿Te llevaste algo?

Raleigh niega con la cabeza.

—No.

—¿Y qué hiciste una vez dentro?

—Solo... curiosear.

Webb mueve la cabeza pensativamente.

—Curiosear. ¿Viste algo interesante?

Raleigh le lanza una mirada.

—No mucho.

—¿Viste un móvil en alguna parte? —pregunta Webb.

Raleigh asiente.

—Sí. En el cajón de abajo del escritorio. Uno de esos baratos que funcionan con tarjeta prepago. Supongo que lo habrán encontrado cuando registraron la casa.

—Pues no.

—¡Yo no me lo llevé, lo juro!

—¿Miraste los datos del teléfono, Raleigh?

—No, no me pareció muy interesante.

—No pasa nada si lo encendiste, Raleigh.

—No lo hice.

—Vale. —Webb vuelve a echarse atrás, como decepcionado. Luego pregunta—: ¿Mataste a Amanda Pierce?

Raleigh se echa atrás espantado.

—¡No! Yo solo entré en su casa, eché un vistazo y me fui.

Webb se lo queda mirando. Al final, dice:

—Me temo que tendremos que presentar cargos por allanamiento de morada.

Raleigh se apoya en el respaldo de su asiento. En realidad, es un alivio. No puede creer lo desahogado que se siente al oírlo. Se siente tan bien que de repente suelta:

—También entré en otra casa. El 32 de la calle Finch.

Ya no quiere tener que preocuparse por Carmine. Confesará esos dos delitos. No tienen manera de saber que estuvo en la última casa; habrán dado parte a la policía, pero él llevaba guantes. No admitirá que entró en más casas de las necesarias.

Glenda prepara una cena reconfortante. Macarrones con queso. Pero los tres se limitan a mover la comida de un lado a otro por el plato. Aunque tampoco ella tiene apetito, Glenda mira a Olivia y a Raleigh con preocupación. Los dos se quedan en su sitio sin decir nada, ojerosos, cada uno perdido en su infierno privado. Ninguno ha dicho nada sobre lo que ocurrió en la comisaría, y, si bien se muere por saberlo, Glenda se resiste a preguntar.

—Mamá, tendrías que ir a acostarte —dice Raleigh.

—Buena idea —coincide Glenda. Olivia parece estar al borde del colapso—. ¿Por qué no te recuestas en el salón? Yo recojo la mesa.

Poco después, Glenda arropa a Olivia con una manta sobre el sofá y echa una mirada por la ventana a la calle. Todo el mundo se ha ido. Imagina que volverán mañana. Un homicidio siempre es una noticia importante.

«¿Por qué tuvieron que mudarse aquí Robert y Amanda Pierce?», piensa amargamente.

Olivia se queda dormida en el sofá. Finalmente, a eso de las nueve, Glenda decide irse. No puede quedarse con los Sharpe para siempre; Adam la necesita en casa. Deja una nota diciendo que volverá por la mañana, y regresa caminando a su hogar, con pasos que resuenan huecos en la acera.

Cuando llega, Adam le dice que se han quedado sin leche ni pan.

—Vale —dice ella, sin siquiera quitarse el abrigo—. ¿Por qué no me acompañas a la tienda?

Adam se pone el abrigo y sale con ella.

—¿Cómo lo llevan? —pregunta Adam, con evidente preocupación.

—Se pondrán bien. Todo se va a solucionar —contesta Glenda. No sabe qué otra cosa decir. Hacen el resto del camino en silencio.

La campanilla de la puerta tintinea cuando entran en la tienda de comestibles. Glenda está agotada y solo quiere coger lo que necesitan e irse a casa. Al darse la vuelta tras sacar la leche del refrigerador, con Adam tras ella, ve a Carmine en el pasillo de enfrente. «Mierda». No le apetece hablar con ella. Es una entrometida, y Glenda no está de humor para sus preguntas. Le molesta el modo en que ha estado metiendo las narices en todas partes a raíz de los allanamientos, acosando a Olivia. Ojalá dejara a Raleigh tranquilo. Y además no quiere hablar del arresto de Paul; Carmine se lanzará directa al tema. Glenda considera la posibilidad de dejar la leche en el suelo sin hacer ruido y marcharse deprisa. Demasiado tarde; en ese momento, Carmine se vuelve y los ve. Una sonrisa de reconocimiento en su cara. «Mierda».

—Glenda, ¿verdad? —dice Carmine, acercándose.

—Sí —responde Glenda, mientras se precipita hacia el frente de la tienda, donde está el pan, evitando mirarla. Pero Carmine la sigue. No se le da muy bien interpretar el lenguaje corporal, piensa Glenda.

—Hola, Adam —añade Carmine.

Glenda nota que su hijo también intenta evitarla.

—¿Sabías que me recuerdas un poco a mi hijo? —dice Carmine a Adam—. Los mismos ojos y el mismo pelo oscuro.

Adam la mira como si quisiera desaparecer, y Glenda desea pedirle a Carmine que se largue.

—Mi hijo Luke era un dolor de cabeza. Siempre metido en líos. Bebía, me quitaba el coche sin permiso...

Glenda se la queda mirando.

Pero Carmine clava la mirada en Adam y le pregunta:

—¿Le has contado a tu madre que te vi la otra noche?

—¿De qué está usted hablando? —dice Glenda.

—Nada, nada. No se preocupe —responde Carmine, como si por fin entendiera la indirecta—. Buenas noches. —Y se va hacia otro pasillo.

Glenda paga por la compra, deseosa de alejarse de Carmine.

Esa madrugada, Olivia se desliza por el pasillo alfombrado para echarle un vistazo a Raleigh. Empuja la puerta en silencio. Se queda un momento en la oscuridad, estudiando la cama. A continuación, alarmada, enciende la luz. Su hijo no está.

Con el corazón acelerado, Olivia sale de la habitación y baja las escaleras con cautela. La cocina, el salón y el estudio están a oscuras. Y no encuentra a Raleigh en ninguno de esos lugares, sentado, pensando en la negrura; por si acaso enciende todas las luces. Vuelve a la cocina y abre la puerta que da al garaje. La bicicleta de Raleigh está en su sitio, con el casco colgado del manillar.

Olivia sube de nuevo y se dirige en silencio a la única habitación en la que no ha mirado: el despacho situado al final del pasillo. Está completamente oscuro, salvo por el resplandor del ordenador. Es el de su marido, y Raleigh está absorto en su contenido.

—Raleigh, ¿qué estás haciendo? —dice ella.

33

A la mañana siguiente, Webb llega muy temprano a la comisaría, sin haber dormido bien. Coge un café y se dirige a su despacho, se acomoda en su silla y se queda mirando la pared, pensativo.

No pueden retener a Paul Sharpe mucho más antes de que el fiscal lo acuse o lo deje ir. La sangre de la cabaña es de Amanda Pierce. Falta el martillo. Vieron a Sharpe discutir con la víctima poco antes de que esta desapareciera, pero la historia de que le estaba advirtiendo de que dejase tranquilo a Larry suena bastante plausible; saben que Larry se estaba viendo con ella.

Olivia Sharpe asegura que Larry Harris nunca ha ido a su cabaña. ¿Es posible que se equivoque? ¿Pudo Harris quedar con Amanda en la cabaña de los Sharpe ese fin de semana, mientras asistía a la conferencia? Pudo matarla él.

Aparcó en el estacionamiento exterior del complejo y preparó la historia de que se había quedado trabajando y se había dormido. A nadie pareció importarle que se perdiera la mayor parte de la recepción, hasta que se vio envuelto en una investigación por homicidio. Lo único que salió mal fue que hallaron el coche de Amanda con su cuerpo en el maletero. Ella le había contado una oportuna mentirijilla a su marido, de modo que todo parecía indicar que había preparado su propia desaparición. Paul Sharpe era el único que estaba al corriente de la aventura, y no diría nada, sobre todo si ignoraba que habían estado en su cabaña.

Es posible. Pero Sharpe bien podría haber dicho algo. Cuando ella desapareció, el personal del hotel bien podría haber informado de que los habían visto juntos, y en ese caso habrían puesto a Harris bajo la lupa. Aun así, en ausencia de pruebas fehacientes —y en especial de un cuerpo—, habría dado la impresión de que una esposa infiel y descontenta había dejado atrás su vida.

O tal vez el asesino es Robert Pierce. Pierce les ha mentido. Según Harris, Pierce tenía acceso al teléfono de prepago de Amanda y sabía de la aventura. Y Raleigh Sharpe vio el aparato en el escritorio de Pierce después de que Amanda desapareciera. Pero el móvil no estaba allí cuando ellos registraron la casa. Pierce debió de deshacerse de él. Tal vez vigilaba a su esposa. Parece de los que lo hacen. Tal vez sabía a dónde se dirigía ella esa noche, condujo hasta la cabaña, la vio con su amante —¿Larry Harris?, ¿Paul Sharpe?—, esperó a que estuviera sola y le reventó la cabeza. Pierce tampoco tiene coartada.

Hablará con el fiscal. Por ahora dejarán en libertad a Paul Sharpe, para ver cómo reacciona todo el mundo. Webb tiene tiempo. Puede ponerlos nerviosos. Los homicidios no prescriben.

Olivia se sobresalta al oír el teléfono en la cocina el miércoles a primera hora. Es el inspector Webb, diciéndole que dejarán en libertad a su marido sin cargos. Olivia cuelga y se queda inmóvil. Conduce hasta la comisaría como en una nube. Está atontada.

Se sienta en una sala a esperar a que aparezca Paul. Atenazada entre el alivio y el terror, quisiera demorar el momento. Pero llega enseguida; al oír unos pasos, se pone de pie. Entonces ve a Paul. Se le acerca y lo abraza, como ha hecho miles de veces, aunque esta es diferente. No se fía de él. Siente cómo laten los corazones de ambos. Al cabo de un momento, se aparta.

Él la mira con recelo.

—Vámonos a casa —dice ella, y se da la vuelta para que él no vea la duda en sus ojos.

Olivia le ha enviado un mensaje con la noticia a Glenda, diciéndole que no hace falta que vaya a verla.

Raleigh espera ansioso a que sus padres vuelvan a casa. Olivia le dijo que iba a recoger a Paul. Tampoco hoy Raleigh ha ido a clase.

Su padre es inocente, se dice. Lo han liberado. Pero el alivio de Raleigh está teñido de inquietud. Se da cuenta de que su madre alberga dudas. Y él tiene las suyas. Ya no está seguro de nada. No ha encontrado nada esclarecedor en el ordenador de su padre. Pero además Raleigh sabe algo que ellos desconocen. Y va a tener que decírselo.

Cuando regresan sus padres, la situación se pone tirante. Su madre le sonríe como si no pasara nada, pero por su cara ojerosa Raleigh se da cuenta de que pasan unas cuantas cosas. Su padre tiene una pinta espantosa y huele como si le hiciera falta una ducha. Raleigh siente la tensión que surge de los dos.

Todos acaban en la cocina y su madre comenta:

—Le he contado a tu padre que presentarán cargos contra ti.

—Todo va a salir bien, hijo —dice el padre, acercándose para abrazarlo.

Raleigh asiente con la cabeza y traga saliva. Pero no está preocupado por lo que le toca, sino por su padre. Raleigh les debe una confesión a sus padres, y le aterra hacerla. Tiene que decirles la verdad.

Comenzar es difícil.

—Tengo que contaros algo —murmura. Por la cara que pone su madre, es obvio que no quiere oírlo. Ya bastante tiene con lo demás. Raleigh detesta hacerle más daño. Pero tiene que decírselo, aun cuando le cuesta pronunciar las palabras.

—¿Qué pasa, Raleigh? —pregunta su padre con cansancio. Es evidente que los últimos días lo han vuelto más humilde. Se ha bajado del pedestal, piensa Raleigh.

—Os he mentido —dice—. A los dos. Sobre las casas.

Su madre parece más angustiada que nunca; su padre, tremendamente agotado.

—A vosotros y al abogado os dije que solo había entrado en dos casas, pero fueron más. —Observa cómo su padre frunce el ceño—. En realidad, unas nueve o diez —confiesa.

Su padre lo mira con dureza; su madre parece horrorizada.

—Y hay una cosa más —continúa Raleigh, incómodo—. No quería que lo supierais, pero me metí en casa de los Newell.

—¿Cómo? Cuándo?

Raleigh traga saliva.

—La noche que cenasteis todos aquí; sabía que Adam también estaría fuera.

Su madre dice casi sin aire:

—¿Te metiste en la casa de nuestros mejores amigos mientras cenaban con nosotros? —Parece totalmente traicionada—. Pero ¿cómo se te ocurre? ¿Por qué?

Raleigh siente cómo se ruboriza. Se encoge de hombros, impotente.

—Estaba hackeando. Para mí es algo serio... Es una habilidad, y hace falta práctica. Así que me metía en casa de la gente cuando no estaban y hackeaba sus ordenadores. —Se arriesga a mirar de nuevo a sus padres, que lo observan incrédulos—. Se me daba cada vez mejor, pero he dejado de hacerlo. —Continúan mirándolo fijamente, helados. Se hace un silencio ensordecedor—. Sabía que no lo veríais con buenos ojos, pero no hice ningún daño. No robé datos, ni los publiqué, ni puse nada en los ordenadores de la gente ni le conté a nadie lo que encontraba —protesta Raleigh—. No es como si hubiera querido chantajear a nadie ni nada —dice en defensa propia.

—¡Chantajear! —repite su madre, con la mano en la garganta.

—Tranquila, mamá, nunca hice nada de eso. La cosa era más en plan de... adquirir experiencia.

—Experiencia. ¿Así lo llamas? —dice su padre.

A Raleigh no le gusta nada su tono. Es el de su padre de siempre, y le revienta.

—Sí, bueno, a lo mejor por una vez me tendríais que escuchar vosotros a mí —replica Raleigh bruscamente.

—¿De qué estás hablando? —le pregunta su madre.

—Sé algunas cosas sobre vuestros queridos amigos —contesta Raleigh.

Olivia siente que se le hiela la sangre. Se queda mirando a su hijo, sin saber si quiere oír lo que él tiene que decirles. Está mareada, en shock. ¿Qué secretos tendrán Glenda y Keith? Le lanza una mirada a su marido, pero Paul está observando fijamente a Raleigh, que parece haber tocado una fibra sensible.

—¿Adónde quieres llegar, Raleigh? —pregunta Paul.

—Vi algunas cosas en su ordenador —dice Raleigh.

—Ya lo hemos pillado —contesta Paul, tenso—. ¿Qué cosas?

—Keith es un capullo —afirma Raleigh con tono enérgico.

—No hables así —dice Olivia ásperamente.

—¿Y por qué no? ¡Es verdad! ¡Deberíais ver lo que esconde! Vi sus correos: ha estado engañando a Glenda con alguien a sus espaldas. No os lo podía contar porque sois sus amigos.

Olivia siente náuseas; se queda sin habla.

—¿Y eso cuándo fue? —pregunta Paul.

—Ya os lo he dicho: la vez que vinieron a cenar, la noche antes de que mamá viera los mensajes de mi teléfono y descubriese lo que estaba haciendo —responde Raleigh quejumbrosamente.

Olivia trata de centrarse. Keith engaña a Glenda, y Glenda no tiene ni idea. Olivia está segura de que su amiga no lo sabe. ¿Qué debe hacer ella? ¿Contárselo? ¿O dejarla en la ignorancia? Olivia mira de reojo a su marido y recuerda el momento en que Becky vino a hablarle de sus sospechas sobre Paul. Con el corazón en la garganta, se da cuenta de que tendrá que hablar con Glenda.

—¿Estás seguro? —pregunta Paul.

—Claro que estoy seguro. Lo vi con mis propios ojos. No había manera de malinterpretar lo que él había escrito. Incluso le mandé algunos correos a su novia desde su cuenta, y no ponían cosas muy bonitas.

Olivia mira a su hijo y se queda boquiabierta.

—Así que ahora probablemente es consciente de que alguien metió las manos en su ordenador y está al tanto de sus secretos. —Raleigh resopla—. Espero que no haya podido dormir bien. A lo mejor piensa que fue Adam. ¿Por qué creéis que Adam bebe tanto? Bebe para olvidar que su viejo es un imbécil.

—¡Raleigh! —empieza a decir Paul, desconcertado—. No puedes entrometerte así en las cosas de la gente.

—Es un imbécil. Se lo merece.

Olivia se pregunta si Glenda le habrá contado a Keith que Raleigh había estado metiéndose en casas ajenas, aun cuando prometió que no lo haría. A veces Olivia le comenta cosas a Paul que había prometido no divulgar.

—Los correos estaban ocultos —continúa Raleigh—. Nadie podía saber que estaban allí a menos que buscara, como hacía yo.

—¿Cómo llegaste hasta ellos? —pregunta Paul.

—Es fácil si sabes cómo hacerlo. Puedo meterme en un ordenador apagado en unos tres minutos. Uso una memoria flash USB para encenderlo; la mayoría de los ordenadores te permiten arrancar desde el USB, y así puedes sortear la seguridad interna. Después, con un par de órdenes, creo una puerta trasera y listo. Una vez que estuve dentro del ordenador de Keith, me di cuenta de que ocultaba algo porque siempre borraba el historial del navegador. Pero no borraba las cookies, así que pude obtener su nombre de usuario y su contraseña para ver sus correos electrónicos y hacerme pasar por él y enviar cualquier cosa que quisiera.

Olivia no sabe si sentirse horrorizada o admirada.

—¿Sabes quién era la mujer? —pregunta.

—No, era un nombre inventado de la cuenta de correo.

—Madre mía, Raleigh. No deberías haber hecho eso —dice Paul.

Raleigh mira a su padre como si de alguna manera lo estuviera desafiando y continúa:

—¿Crees que pudo estar viéndose con la mujer que asesinaron?

Olivia los mira a los dos, muda de asombro.

—¡Claro que no! —exclama Paul—. Es... ridículo.

—Conoce nuestra cabaña —señala Raleigh.

—¿Estás insinuando que la mató Keith? —dice Paul, claramente horrorizado de solo pensarlo—. No es posible que Keith esté implicado en este asunto. No puede ser un asesino. Es mi mejor amigo.

34

Becky pega un salto cuando se abre la puerta y entra su marido. A primera hora de la mañana estaba demasiado alterado como para ir a la oficina, y luego los inspectores lo citaron en la comisaría para hacerle más preguntas. Está visiblemente agitado, pero lo cierto es que ha vuelto. No lo han detenido.

—¿Qué ha pasado? —pregunta ella.

—Me preguntaron si alguna vez fui a la cabaña de los Sharpe. —Larry se desploma en el sofá del salón, claramente exhausto—. Siguen actuando como si pensaran que yo la maté. ¿Por qué lo piensan, Becky? Tuve una aventura con ella, pero juro que no la maté —asegura, y levanta la vista para mirarla con preocupación.

Becky se sienta a su lado.

—Dime la verdad, Larry. Nunca has ido a la cabaña, ¿no?

—¡No! En mi vida. Te juro que ni siquiera sé dónde queda.

Pero le ha mentido antes. Es posible que, de alguna manera, conociera la cabaña de los Sharpe.

En las noticias de esta mañana, en internet, se decía que habían dejado en libertad a Paul Sharpe sin cargos. Becky no puede ser la única a la que eso le resulta extraño. Pero es obvio que no lo creen culpable. Pensarán que la mató otra persona en la cabaña. Y creerán que fue Robert Pierce o su marido, Larry.

Vuelta a empezar. ¿Cuál de los dos? No lo sabe.

Robert Pierce no logra dar crédito. Ayer estaba fuera de sospecha: hizo declaraciones a la prensa y lo celebró en solitario bebiéndose unas cervezas; hoy resulta que han soltado a Paul Sharpe sin cargos. Se entera de ello en el periódico, y los puñeteros inspectores llaman de nuevo a su puerta a la hora del almuerzo.

—Señor Pierce —dice Webb—. Nos gustaría conversar un poco más con usted.

—¿Sobre qué? —pregunta Robert suspicazmente.

—Sobre su esposa.

—Pensé que habían atrapado al asesino —observa Robert—. Buen trabajo, por cierto. ¿Qué quieren aclarar conmigo?

—Pues verá, tuvimos que dejarlo en libertad. Falta de pruebas.

—Es una broma, ¿no? —exclama Robert, con el corazón acelerado—. La sangre de mi esposa cubre el suelo de su cabaña y eso para ustedes no es suficiente.

—Por extraño que parezca, no —contesta Webb—. Nos gustaría que nos acompañara a la comisaría.

—¿Ahora?

—Sí.

Así que allí está una vez más, en la salita claustrofóbica, con la diferencia de que ahora le leen sus derechos, y el interrogatorio se graba. Los inspectores han soltado a Sharpe. Ahora vendrán a por él, el marido. Siempre culpan al marido.

—Creemos que usted sabía que su mujer se estaba viendo con alguien —empieza Webb.

Robert no dice nada.

—Sabemos que ella tenía un teléfono de prepago. No hemos podido encontrarlo, pero sabemos que lo tenía.

Robert guarda silencio, con cautela.

—¿Sabe dónde está? —insiste Webb.

Robert sigue sin decir nada.

—Sabemos que tenía uno —continúa Webb—, porque nos lo ha dicho Larry Harris.

Pero Robert no piensa tragar el anzuelo.

Webb se acerca a su cara y dice:

—Sabemos que usted tenía el teléfono, porque Harris nos contó que lo llamó con él. La mañana del viernes 29 de septiembre, el día que desapareció su esposa.

Robert se encoge de hombros.

—No es verdad. Es solo su palabra. Él se la estaba tirando, así que puede decir cualquier cosa.

—No solo tenemos su palabra. Hay un testigo.

—¿De qué me está hablando?

—Un chico de la zona se metió en su casa y encontró un móvil en el cajón de su escritorio después de que desapareciese Amanda. Pero no estaba allí cuando hicimos el registro unos días después. ¿Qué hizo usted con el teléfono, Robert?

No contesta. Tiene el corazón desbocado. Al final dice:

—¿Quién es el chico?

Pero el inspector ignora la pregunta.

—Sabemos que nos mintió. Sabemos que usted estaba al tanto de que Amanda veía a Larry. ¿Veía también a Paul Sharpe? ¿Estaba usted informado? ¿Cuántos números había en ese teléfono? ¿Su esposa se estaba acostando con los dos? Debió de ser difícil de aceptar. Sabemos que usted tenía el teléfono, así que sin duda estaba al tanto de que se iba a encontrar con alguien en la cabaña ese fin de semana. ¿Cuál de los dos era? Usted fue allí, los vio juntos, y, cuando ella se quedó sola, le rompió la cabeza a martillazos.

Robert no dice nada, pero su corazón late con fuerza.

—Tal vez el teléfono está en el fondo de algún lago, como el martillo —concluye Webb.

—Quiero llamar a mi abogado —dice Robert.

—Olivia —le pregunta Paul, en un tono de preocupación, cuando se acuestan esa noche—, ¿y si resulta que Keith veía a Amanda?

Olivia lleva todo el día y toda la tarde pensando en eso mismo. Por un lado la idea le parece improbable. Sin duda Keith no la conocía realmente. Se la cruzó en la fiesta del barrio, como todo el mundo, pero no trabajaba en la misma empresa que Paul y Larry, donde ella era eventual. Las probabilidades de que saliera con Amanda parecen escasas. Y Glenda nunca le dio a entender que sospechaba que Keith pudiera engañarla. Por otro lado... Le responde en voz baja:

—¿Tú crees que es posible?

—No lo sé. Creo que nunca se cruzaron, salvo en esa fiesta de hace un año. A mí nunca me lo mencionó. Tampoco me parecía de los que tienen aventuras.

—Pudieron conocerse por internet —dice Olivia—. Pudieron coincidir en cualquier parte.

Paul le devuelve la mirada, llena de tensión.

—Olivia, mataron a Amanda Pierce en nuestra cabaña. Yo no lo hice. Pero ¿quién más sabemos que ha estado en la cabaña?

Y de ahí la duda de Olivia. Glenda y Keith van a la cabaña todos los veranos, por lo menos un fin de semana o dos. Conocen muy bien la zona. Sus huellas están por todas partes, de un modo totalmente explicable. Keith habría podido encontrarse con ella ese fin de semana y nadie se habría enterado. Porque lo más probable es que Keith supiera que ese fin de semana no iban a utilizar la cabaña.

—Pero ¿cómo entró? —pregunta Olivia.

—Keith sabe dónde escondemos la segunda llave —dice Paul.

—¿Lo sabe?

Paul asiente y se muerde el labio.

—Le conté que una vez hicimos todo el camino hasta la cabaña sin la llave, y que a partir de ese día escondimos una segunda en el cobertizo, debajo de la lata de aceite.

Se miran el uno al otro, mientras el temor y la incomodidad se extiende por sus rostros. ¿Pudo ser Keith, se pregunta Olivia, no el marido de Amanda, ni Larry, ni Paul?

—¿Qué hacemos? —pregunta Olivia.

—Tenemos que alertar a la policía —contesta Paul—. Que ellos lo investiguen. Pueden requisar el ordenador.

«¿Puedo hacerle eso a Glenda?». Lo más probable es que Keith no estuviera viendo a Amanda. Pero estaba viendo a alguien. Olivia mira a su marido, que sin duda sigue siendo sospechoso, y sabe que deben hacerlo.

—Si lo denuncias a la policía —advierte—, tendrás que aclararles cómo lo sabes. Tendrás que decirles que Raleigh se metió en su casa, y que accedió a su ordenador.

—No veo por qué. No les diré nada de eso.

—No seas ingenuo, Paul. Si requisan el ordenador de Keith y descubren que veía a Amanda, Keith será sospechoso en la investigación de un homicidio. Y todo, absolutamente todo, saldrá a la luz.

—Ya veremos cuando llegue el momento —zanja Paul tajantemente.

Mientras se acomoda entre las mantas e intenta dormir, Olivia no puede evitar pensar que, si Keith mató a Amanda, estaba dispuesto a dejar que culparan a su mejor amigo, sin abrir la boca. Se le hiela la sangre, y no sabe si esa sensación desaparecerá algún día. Se envuelve mejor y se queda en la oscuridad con los ojos bien abiertos.

Es tarde. Carmine está leyendo en la cama cuando oye que llaman a la puerta. Qué extraño. El golpe se repite. No cabe duda de que hay alguien fuera. Se levanta, se pone el albornoz y desciende las escaleras atándose el cinturón. Una vez abajo, enciende la luz. Tras mirar por la ventana, entorna la puerta con incertidumbre.

—Hola —dice, con una sonrisa vacilante.

—Disculpe la molestia, pero vi su luz encendida.

—No pasa nada. ¿Qué se le ofrece?

—¿Podemos hablar?

—De acuerdo —dice ella. Da un paso atrás y termina de abrir la puerta. Luego le da la espalda a su visita y cierra. Todo cambia en una fracción de segundo. Percibe un movimiento rápido detrás de ella y siente que algo le aprieta el cuello con muchísima fuerza. Ocurre demasiado deprisa como para que le dé tiempo a gritar. No puede respirar y el cuello le duele una barbaridad. Siente que se le saltan los ojos y su visión se desenfoca mientras intenta desesperadamente agarrar la cuerda que tiene en torno al cuello. Pero se le están aflojando las rodillas y cae hacia delante, de manera que su propio peso juega en su contra al hacer presión contra la cuerda. Estupefacta, Carmine se da cuenta de que está a punto de morir. Nadie espera hacerlo así. Y a continuación todo se vuelve negro.

35

Glenda se sorprende al encontrar a Olivia en la puerta de su casa a la mañana siguiente.

—¿Qué ocurre? —le pregunta enseguida—. ¿Ha pasado algo?

Olivia siempre llama antes, nunca aparece sin avisar como ahora. Ayer le envió un mensaje diciéndole que habían dejado en libertad a Paul y que no hacía falta que fuese a verla. Han soltado a su marido sin presentar cargos. ¿Por qué parece tan afligida?

—¿Estás sola? —pregunta Olivia, nerviosamente.

—Sí, ya se han ido. Pasa —responde Glenda.

—Tengo que hablar contigo —dice Olivia, sin mirarla a los ojos.

Glenda empieza a sentirse incómoda.

—Vale.

Se sientan en la cocina.

—¿Quieres café? —pregunta Glenda.

—No.

—¿Qué pasa, Olivia? Me estás asustando.

—Los inspectores identificaron las huellas de Raleigh con otras que encontraron en la casa de los Pierce —dice Olivia—. La policía ha presentado cargos por allanamiento de morada.

—Ay, no —susurra Glenda.

—Pero no he venido por eso —continúa Olivia—. Ayer Raleigh nos contó otras cosas. —Duda un momento y luego lo suelta—: Nos dijo que se metió en tu casa. La última vez que vinisteis a cenar.

Glenda se queda helada. De repente le cambia el humor.

—¿Y por qué hizo algo así? —pregunta.

—Lo siento mucho, Glenda.

Toda la actitud de Olivia implora perdón. Parece sumisa. Pero Glenda se siente traicionada, atropellada. No tenía idea de que Raleigh se hubiese metido en su casa. Eso ya es distinto. Todas sus palabras suaves y tranquilizadoras desaparecen de un plumazo. Ahora lo que piensa es: «¿Cómo se atreve?». Y no dice: «No pasa nada, Olivia. Sé lo difícil que es todo esto para ti. Por favor, no te preocupes». No intenta arreglar las cosas. No dice una palabra. Se cruza de brazos sobre el pecho, sin siquiera darse cuenta de su clara actitud a la defensiva.

—No sé por qué lo hizo —prosigue Olivia—. Supongo que por pura estupidez adolescente, como dices tú. Los adolescentes hacen tonterías.

Están sentadas a la mesa de la cocina una enfrente de la otra. Se sienten incómodas, aunque han estado allí cientos de veces.

—Vale, gracias por contármelo —dice finalmente Glenda—. Supongo que no hay consecuencias graves, ¿no? —Lo dice un poco a regañadientes, y está bastante segura de que Olivia se da cuenta de los sentimientos que alberga en realidad.

Pero hay algo más en la expresión de Olivia, y Glenda sabe que aún va a tener que oír más cosas. ¿Por qué teme hablarle Olivia? Y lo cierto es que parece muerta de miedo.

—La cosa no acaba ahí, ¿no? —dice Glenda.

Olivia asiente. Está pálida, le tiemblan los labios y parece tan apenada que Glenda quiere perdonarla de antemano. En todo caso, no puede ser tan terrible, piensa Glenda.

—Ya te conté que Raleigh curioseaba en los ordenadores ajenos —empieza Olivia.

Glenda está segura de que no tienen nada de qué preocuparse. Ella y Keith utilizan el mismo. ¿Adónde quiere Olivia ir a parar con todo esto?

—Encontró en el tuyo unos correos...

—¿Qué correos? —pregunta Glenda bruscamente.

—Correos que prueban que Keith tenía una amante.

Glenda siente como si le dieran una patada en el estómago. Por un momento apenas puede respirar.

—No —rebate—. Raleigh miente. Esos correos no existen. ¿Cómo se le ocurre decir algo así?

—Yo creo que no miente —murmura Olivia con cautela.

—Pero sabes que es un mentiroso —replica Glenda—. Te dijo que había ido al cine cuando en realidad estaba metiéndose en mi casa. ¿Cómo puedes siquiera creerle?

—No tiene motivos para mentirme sobre esto —argumenta Olivia—. No lo ha dicho para salir de apuros. ¿Por qué iba a inventárselo?

—No lo sé —contesta Glenda, confundida—. Pero yo uso el ordenador todo el tiempo. Y, lo admito, de vez en cuando miro los correos de Keith. Son todo cosas de trabajo. No hay ningún mensaje para ninguna otra. Si lo hubiera, lo sabría.

Olivia parece aún más incómoda y añade:

—Raleigh dice que estaban ocultos. Tienes que saber dónde buscar. Y Raleigh sabe.

De pronto Glenda comprende que es verdad. Archivos ocultos. ¿Cómo ha podido ser tan estúpida, tan ciega? Niega con la cabeza; se ha quedado sin habla. Quiere matarlo.

—Lo siento en el alma, Glenda. Pero tenía que decírtelo.

Al final Glenda recobra la voz.

—¿Quién es? ¿Alguna conocida?

Es el turno de Olivia de negar con la cabeza.

—No lo sé. Raleigh habló de un nombre inventado.

—Hijo de puta —dice Glenda.

—¿Crees —arriesga Olivia con cautela, como si pisara una fina capa de hielo— que pudo ser Amanda?

Glenda clava una mirada helada en Olivia.

—Amanda. ¿Por qué se te ocurre ese nombre?

—No lo sé —se apresura a decir Olivia—. Lo más probable es que apenas la conociera.

—¿Y entonces por qué la mencionas?

Olivia niega con la cabeza, echándose atrás.

—Lo siento, no sé en qué estaba pensando.

—Tal vez es mejor que te vayas —dice Glenda.

—No me odies, Glenda, te lo ruego —suplica Olivia—. No quería contártelo, pero en tu lugar me habría gustado saberlo.

—O a lo mejor querías desviar la atención de Paul, ¿no? —responde Glenda ácidamente—. Un sospechoso más. ¿Irás a decírselo a la policía? —Se queda mirando la cara de Olivia—. Dios mío, ¡piensas ir a decírselo!

Olivia se queda sentada, mordiéndose los labios.

—Vete —dice Glenda.

Olivia se pone de pie.

Glenda ni siquiera se levanta mientras Olivia se marcha. Oye la puerta de entrada, y luego la casa queda en silencio. Se siente horriblemente sola.

Durante un buen rato no se mueve. Después se pone en pie de un salto y sube las escaleras para dirigirse al cuarto de invitados que usan como despacho. Se sienta ante el escritorio y enciende el ordenador. Prueba con todo lo que se le ocurre, que no es mucho. No encuentra los correos. Pero cree que están en alguna parte. Y, aunque desearía no hacerlo, cree que Raleigh dice la verdad.

Al final, tragándose las lágrimas de frustración, se rinde y se desploma en la cama que está contra la pared. Luego coge el móvil y marca el número de su marido.

Webb oye que llaman a la puerta de su despacho. Luego asoma la cabeza un agente:

—Ha venido a verlo Paul Sharpe, señor.

Sorprendido, Webb dice:

—Hazlo pasar a una sala de interrogatorios. Voy enseguida.

De camino ve a Moen, que se acerca por un pasillo.

—Acaba de venir Paul Sharpe. Acompáñame.

Ella cambia de dirección y lo sigue. Cuando entran en la sala, Webb tiene la esperanza de que haya una revelación. Presiente la misma ansiedad por parte de Moen.

—Señor Sharpe —dice, tras recordarle sus derechos y encender la grabadora—, ¿quiere contarnos algo?

—Sí.

Webb le lanza una mirada inquisitiva y aguarda. Paul Sharpe no parece un hombre a punto de confesar un homicidio. Y tampoco ha venido acompañado de su abogado.

—Puede que me equivoque completamente —empieza Sharpe—, pero se me ha ocurrido que tenía que contarles una cosa. He descubierto que un amigo mío engañaba a su esposa. Y creo que pudo estar viendo a Amanda Pierce.

—¿Y por qué nos lo cuenta ahora?

—Porque acabo de enterarme.

—¿Cómo lo descubrió?

Sharpe parece incómodo.

—Preferiría no decirlo.

Webb le devuelve la mirada, un poco irritado, y resopla.

—¿Por qué me hace perder un tiempo valioso, señor Sharpe? —Este no contesta, pero se mantiene firme—. ¿Qué le hace pensar que su amigo veía a Amanda Pierce?

—Conoce nuestra cabaña. Ha estado allí —responde Sharpe nerviosamente.

—¿Quién?

—Keith Newell.

El nombre le resulta conocido.

—Ya. Sus huellas estaban en la cabaña; lo hemos descartado.

Sharpe asiente.

—Él y su esposa nos visitaron allí el año pasado.

—¿Y ahora usted cree que estaba viendo a Amanda, pero no quiere decirnos cómo ha llegado a esa conclusión?

—La verdad es que no sé si estaba viendo a Amanda, aunque sí que estaba viendo a alguien. Tenía una aventura. No sé con quién. Y él sabe dónde ocultábamos la llave. Se lo conté cuando vino a vernos a la cabaña el verano pasado.

Webb se muerde los carrillos.

—Entiendo.

—Échele un vistazo a su ordenador personal —dice Sharpe—. Busque los correos que le mandó a su novia. A lo mejor puede deducir si era Amanda.

—¿Y usted cómo sabe de la existencia de esos correos? ¿Le habló Newell de ellos?

—No —responde Paul Sharpe, desviando la mirada—. Pero sé que están ahí.

—Keith —dice Glenda secamente al teléfono—. Creo que tienes que venir a casa.

—¿Cómo? ¿Por qué? Estoy a punto de entrar en una reunión.

—Esta mañana vino a verme Olivia. Dice que Raleigh se metió en nuestra casa. Accedió a nuestro ordenador.

—¿Qué? ¿De qué demonios me estás hablando? ¿Por qué iba a hacer Raleigh algo así?

Glenda oye el miedo en su voz, por lo general calmada. Pasa por alto su pregunta.

—¿Qué escondes en el ordenador? ¿Correos para otra? ¿Para Amanda Pierce? —La voz de Glenda se hace más aguda.

El silencio atónito de Keith le revela todo cuanto necesita saber. Siente deseos de matarlo.

—Voy para allá —dice Keith, con voz de pánico.

36

El inspector Webb llama con firmeza a la puerta. Ha obtenido una orden judicial para registrar el ordenador de Keith Newell. Lo acompañan Moen y dos expertos técnicos; se incautarán del ordenador y otros aparatos electrónicos.

Les abre una mujer.

—¿Señora Newell? —pregunta Webb, mostrándole la placa. Nota la palidez de la mujer; está claro que ha estado llorando.

—Sí —responde ella.

—¿Está su marido?

Ya han llamado a su oficina, esperando encontrarlo allí —a fin de interrogarlo—, pero les dijeron que de repente había tenido que irse a casa. Webb nota la reticencia de la mujer a contestar.

Al final, ella dice:

—Sí.

—Quisiéramos hablar con él —le informa Webb.

La mujer parece saber de qué va la cosa. Abre la puerta sin decir palabra.

Webb entra en el vestíbulo, y la mujer lo conduce al salón.

—Iré a buscarlo —anuncia.

Webb supone que Keith Newell está ante su ordenador, borrando archivos a toda prisa. Da igual. Pueden recobrar casi cualquier cosa.

Unos momentos después, Keith baja las escaleras con expresión nerviosa.

—Soy el inspector Webb y ella es la inspectora Moen. Nos gustaría que viniera a la comisaría para hacerle algunas preguntas.

—¿Sobre qué? ¿Quiénes son ellos? —dice Keith, señalando a los dos técnicos mudos.

—Son los técnicos que han venido a llevarse sus ordenadores, portátiles, móviles y demás.

—Usted no puede hacer eso.

—Pues lo cierto es que sí. Tengo una orden.

Webb la sostiene en alto y ve el miedo en los ojos del hombre.

Keith Newell lo mira y mira a su esposa, claramente sintiéndose acorralado.

Dejan a los técnicos en la casa con la señora Newell y conducen a Keith hasta la comisaría. Una vez allí, lo llevan a una sala de interrogatorios y le leen sus derechos.

Dice que no necesita un abogado. Insiste en que no ha hecho nada ilegal.

—Bueno —empieza Webb—, ¿conocía usted a Amanda Pierce?

Newell los mira con desconfianza.

—Sí, la conocía.

—¿Tuvo usted una aventura con ella?

Newell parece al borde de un precipicio. Su expresión de pánico le revela a Webb la verdad, con independencia de lo que afirme a continuación. Pero Newell lo admite.

—Sí, así es. Pero yo no la maté.

—Cuéntenos más.

—No queríamos que nadie se enterara. Su marido era muy celoso. Le hacía la vida imposible. Ella quería dejarlo.

—¿Alguna vez se citó con ella en la cabaña de los Sharpe?

Newell asiente. Exhala profundamente.

—Una sola vez. El fin de semana que desapareció.

Se detiene como si no pudiera seguir. Le tiemblan las manos.

—¿Qué ocurrió, señor Newell? —pregunta Moen en voz baja.

—Yo sabía que la cabaña estaría vacía ese fin de semana, que la familia no iría. Sabía dónde guardaban una segunda llave. Amanda y yo queríamos vernos y no queríamos ir a ninguna parte donde pudieran reconocernos. Y entonces se me ocurrió la cabaña.

Carraspea y bebe un sorbo de agua; las manos le tiemblan notablemente.

—Me dijo que podía escaparse conmigo un fin de semana, que le diría a su marido que se iba de viaje de compras con su amiga Caroline. Así que hizo una maleta pequeña, y yo le indiqué cómo llegar a la cabaña. Ella sabía que no podía quedarme todo el fin de semana. Se lo aclaré. Le dije que podía ir un rato el viernes por la tarde, pero que tendría que volver a casa, y que el sábado estaría con ella casi todo el día, pero que no podía dejar a mi familia el fin de semana entero: habría resultado demasiado sospechoso. No le pareció mal. Estaba contenta de pasar un tiempo conmigo, pero también le gustaba estar sola. Le gustaba permanecer un tiempo lejos de su marido.

»Así que fui allá el viernes después del trabajo, a eso de las cinco. Ella llegó una media hora después. Me quedé un rato, pero se hacía tarde. Salí sobre las ocho. Todo estaba en orden cuando me despedí. Me fui a casa. Al día siguiente, le dije a mi esposa que iba a jugar al golf y regresé a la cabaña. Lo primero que noté fue que el coche de Amanda no estaba. Me pareció raro, porque yo había llevado todo lo que nos podía hacer falta. Pensé que habría salido a dar un paseo. Me cabreé un poco porque es un camino largo, y no me podía quedar hasta muy tarde. La puerta de la cabaña no estaba cerrada. Entré y encontré todo en orden. No había dejado nada. Se había ido. Vi la llave de la cabaña en la encimera. Habría resultado imposible saber que ella había estado allí alguna vez.

»No había nota ni nada. Miré mi teléfono: ningún mensaje. Pero ella me había advertido de que su marido le había descubierto el teléfono de prepago. Me pregunté si habría cambiado de parecer sobre el fin de semana, o quizá sobre mí. O tal vez le había surgido algo en casa. En fin, me quedé un buen rato, hasta la hora de marcharme, supongo que con la esperanza de que volviera. Pero no lo hizo. Así que cerré la cabaña, dejé la llave bajo la lata de aceite y volví a casa. No sabía qué hacer. No podía contárselo a nadie.

»De camino a casa, pasé delante de la suya para ver si su coche estaba en la puerta, pero no lo vi. Al día siguiente volví a hacerlo, y el coche seguía sin aparecer, aunque la puerta del garaje estaba cerrada, y pensé que estaría dentro.

»No había manera de ponerme en contacto con ella. Mis mensajes y correos irían a su teléfono de prepago, que estaba en poder de su marido. Yo estaba hecho polvo, pero tenía que hacer como que todo marchaba bien. Un par de días después me enteré de que su marido había informado de su desaparición.

En ese punto, Newell mira a Webb, con expresión adusta.

—La mató él, estoy seguro. Por entonces, corría el rumor de que ella lo había dejado porque le había dicho que se iba de viaje con una amiga y él había descubierto que no era cierto. Pero sé que Amanda mintió para estar conmigo. Ahora creo que él lo sabía y la mató por eso. En ese momento, pensé que ella lo había dejado, o tenía esa esperanza. Después de que la encontraran...

Se cubre la cara con las manos.

—Después de que la encontráramos, no vino a contarnos nada de esto —dice Webb, sin ocultar siquiera su desdén.

Newell menea la cabeza, con expresión contrita.

—Lo sé. No me enorgullezco. —Inspira con un temblor—. Debió de matarla su marido. Ella me contó que a veces le parecía un psicópata. No era el hombre con el que había creído casarse. Era un manipulador, le gustaban los jueguecitos. Amanda quería dejarlo. —Se pasa una mano nerviosa por el pelo—. Me mandó mensajes hablándome sobre su matrimonio. Era algo... anormal.

—¿Qué vamos a encontrar en su ordenador? —pregunta Webb al cabo de un momento.

—Correos enviados a Amanda.

—Y usted los escondió.

—Claro que lo hice. Utilizaba un teléfono de prepago para hablar con ella, pero a veces le mandaba correos al suyo desde mi portátil. No quería que los descubriera mi esposa. Si no fuera por Raleigh, nadie se habría enterado de nada.

—¿Raleigh Sharpe? —pregunta Webb.

Keith resopla.

—Se metió en nuestra casa y encontró los correos y se lo contó a sus padres, que obviamente se lo contaron a usted. El cabroncete.

—Ya —dice Webb—. ¿Y qué pasó con su teléfono de prepago?

—Lo rompí en mil pedazos y lo arrojé a un camión de basura que pasaba.

Al cabo de un momento, Webb pregunta:

—¿Sabía usted sobre los otros hombres con que se veía ella?

—¿Amanda? No se veía con nadie más. Solo conmigo.

Webb no puede creer lo ingenuo que es este hombre, aunque a lo mejor es una cuestión de ego.

—¿En serio? ¿No lo sabía? Se encontraba con otra persona en el hotel Paradise, bastante a menudo. Tenemos pruebas en vídeo.

Newell se queda boquiabierto, y desvía la vista.

—No. —Tras una pausa, pregunta—: ¿Quién era?

—Larry Harris. —Webb siente cierta satisfacción al presenciar la cara que pone Newell—. ¿Y cómo podemos saber que no era usted el celoso? —añade—. Estuvo en la cabaña con ella el viernes. Volvió el sábado. Nadie la vio desde el viernes. Por lo que sabemos, usted fue el último en verla con vida. Usted sabía que ella le había dicho a su marido que estaría con Caroline, que daría la impresión de que solo se había marchado. ¿Sabía que estaba embarazada? ¿Le arruinó eso sus planes? ¿Discutió con ella?

Newell le devuelve una mirada cada vez más aterrada.

—No. Quiero decir, sí, sabía que estaba embarazada. Pero no discutimos. Ella pensaba abortar.

—No sé si le creo —dice Webb.

—Quiero llamar a un abogado —dice Newell, con miedo en la voz.

Webb se levanta para marcharse de la sala y le indica a Moen que lo siga. Envía a un agente para que le permita a Keith Newell llamar a un abogado. Lo dejarán sudar y temblar mientras espera a que llegue el letrado de su elección.

Glenda camina nerviosa por su casa. Los dos técnicos se han ido hace rato, llevándose todos los ordenadores y aparatos electrónicos con ellos. Está aterrada. Keith le ha dicho que borró los correos, pero teme que no sea suficiente; está bastante segura de que la policía sabe cómo recuperar archivos borrados. A eso se dedican.

Keith lleva horas fuera. Ella no sabe qué está pasando y eso la vuelve loca. Es obvio que sospechan que él mató a Amanda. Se veía con ella; se lo ha confesado y con toda seguridad lo hará delante de la policía. Encontrarán los correos. Presentarán cargos contra él y lo enjuiciarán por homicidio. ¿Qué le dirá Glenda a su hijo?

Piensa con pesar en Olivia. Nunca ha necesitado a una amiga más que en este momento, pero Olivia es la última persona del mundo con la que quiere hablar.

Cuando Adam vuelve a casa del instituto, Glenda lo está esperando. Nada más cruzar la puerta, el chico deja caer su pesada mochila en el suelo con su habitual ruido sordo y pasa delante de ella en una línea recta hacia la cocina, en busca de algo de comer. Ni siquiera parece verla allí de pie.

—Adam —dice Glenda, y lo sigue hacia la cocina—. Tenemos que hablar. —Él abre la puerta de la nevera y la mira con recelo por encima del hombro. Glenda traga saliva—. Tu padre está en la comisaría. —Él se queda rígido como una piedra—. Lo están interrogando sobre Amanda Pierce.

La cara de su hijo se llena de terror. Se hace un largo silencio.

—Pero están interrogando a todo el mundo, ¿no? —pregunta Adam.

—Sí.

—Lo dejarán marcharse —dice Adam—. Como al padre de Raleigh. A él lo soltaron.

—Eso no lo sé —contesta ella, con la voz tensa—. No sé lo que está pasando en la comisaría. Pero la policía se ha llevado el ordenador de tu padre.

Adam permanece inmóvil un momento, pálido como el papel. Luego le vuelve la espalda bruscamente y se dirige arriba.

—Espera, Adam, tengo que hablarte.

Pero él ya sube los escalones de dos en dos.

Raleigh está destrozado. Fue él quien vio los correos de Keith Newell. Por su culpa, su padre acudió a la policía. Por su culpa, Keith Newell está en la comisaría, con toda seguridad bajo sospecha de homicidio. Raleigh acaba de recibir un mensaje desesperado de Adam.

Después de contarles la verdad sobre los allanamientos y jurar que todo había acabado, Raleigh por fin consiguió que sus padres le devolvieran el teléfono, pero ahora casi desea que no se lo hubieran dado. Se queda mirando de nuevo el mensaje. Bueno, ¿qué esperaba? Sabía que, tan pronto como desvelara la verdad sobre el padre de Adam, los suyos podían acudir a la policía. Le pareció que no tenía elección, en vista de que su padre seguía siendo sospechoso de asesinato. Raleigh sabe que Keith Newell es un capullo, pero duda de que realmente pueda ser un asesino. Aun así, eso es menos atroz que la posibilidad de que lo sea su propio padre.

Vuelve a mirar el mensaje de Adam y aparta el teléfono.

No podrá impedirlo. Todo saldrá a la luz, incluido el hecho de que entró en casa de los Newell y accedió a su ordenador. Si el padre de Adam va a juicio, Ralcigh tendrá que testificar sobre esos correos. Todo el mundo lo sabrá. Raleigh se meterá en un buen lío. Pero, si Keith Newell mató a Amanda Pierce, al menos su padre estará libre.

Webb vuelve a entrar en la sala de interrogatorios a finales de la tarde, con Moen a su lado. Keith Newell ha conseguido un abogado.

Retoman el interrogatorio. Newell niega con la cabeza una y otra vez, obstinadamente.

—Yo no la maté. Cuando me fui el viernes por la tarde se encontraba muy bien. Cuando regresé el sábado, a eso de las diez y media de la mañana, ya se había ido. Todo estaba limpio. Pensé que ella había cambiado de parecer. No tenía ni idea de lo que le había ocurrido. —Reprime un sollozo, fruto del cansancio y la tensión—. Supe que había pasado algo nada más ver que no estaba el coche. Intenté abrir la puerta pero estaba cerrada con llave. Fui a buscar...

De repente se detiene.

Webb siente que Moen se endereza con atención a su lado.

—Cerrada con llave —repite Webb en medio del silencio.

—No —se apresura a decir Newell, negando con la cabeza—. Lo siento, estoy cansado. No estaba echada la llave. Entré directamente y vi que la casa estaba vacía.

—Acaba de decir que la llave estaba echada. «Fui a buscar»: iba a decir que fue a buscar la llave, ¿no? —pregunta Webb.

—Estoy seguro de que no estaba echada la llave —repite Newell—. Entré directamente y vi la llave en la encimera.

Mira a su abogado y parece indicarle algo con la mirada.

—Basta de preguntas —dice el abogado—. Mi cliente está cansado. Por hoy hemos acabado. —El abogado se pone de pie—. ¿Van a detenerlo?

—Sí —contesta Webb—. Claro que sí.

Olivia se presenta en la puerta de Glenda. Es tarde, después de las diez. La calle está oscura y hace frío. Se arropa mejor con su abrigo. Ha tratado de hablar por teléfono, pero Glenda no se lo coge. Olivia sabe que está en casa; Raleigh le ha dicho que Adam le ha estado enviando mensajes porque está preocupado por su madre, y le ha pedido que mandara a la suya a verla. Así que Olivia no está forzando las cosas; la han invitado. Aun así, está nerviosa, porque está bastante segura de que Glenda no quiere verla.

Glenda no acude a la puerta. Olivia vuelve a tocar el timbre. Finalmente oye el sonido de unos pasos. Cuando se abre la puerta, no la recibe Glenda, sino Adam. Parece consternado. Y no del todo sobrio. Su aliento de dieciséis años de edad huele a alcohol. A Olivia le duele en el alma. Entra en la casa oscura.

—¿Dónde está tu madre?

Él le indica con un gesto de la cabeza el salón. Olivia se adentra más en la casa, sin detenerse para quitarse el abrigo. Ve a Glenda sentada en el salón a oscuras. Olivia pulsa automáticamente el interruptor. Cuando la luz inunda la habitación, Glenda parpadea, como si se hubiese acostumbrado a la oscuridad. Puede que lleve horas allí sentada.

—Glenda, ¿estás bien? —pregunta Olivia con ansiedad. Nunca la ha visto así. Está ojerosa. Por lo general, es muy resistente, incluso en momentos de crisis; es la que mantiene unida a la familia. Olivia mira de reojo a Adam, que clava la vista en su madre. El chico se balancea ligeramente sobre los pies. Olivia siente que el peso de todo ello le oprime el pecho. ¿Cómo han llegado las cosas a este punto? Se acerca un paso—. Glenda. Estoy aquí —dice, pero se le quiebra la voz. Glenda es su mejor amiga. ¿Cómo puede estar pasándole esto a ella, a su familia? A todos ellos—. Lo siento muchísimo.

Al final Glenda levanta la vista y responde:

—No es culpa tuya.

Adam se las queda mirando meciéndose.

—¿Por qué no vuelves arriba, Adam? —le indica su madre. Adam escapa, con evidente alivio.

—Todo va a salir bien —asegura Olivia, y se sienta en el sofá junto a Glenda. No cree en lo que dice, pero no se le ocurre otra cosa. Recuerda a Glenda sentada en la comisaría el otro día, cuando sus posiciones estaban invertidas. Quiere reconfortarla—. Ya sabes que han estado interrogando a todo el mundo. Hablarán con Keith y luego lo dejarán en libertad, como hicieron con Larry y con Paul. Él no fue el que mató a Amanda. Lo sabes. —Pero piensa: «Es alguien a quien conocemos». Y, la verdad, cree que puede ser Keith.

Por un momento Glenda no responde. Luego dice:

—Lleva mucho tiempo allí.

—También retuvieron a Paul mucho tiempo y luego lo soltaron.

—Estoy muy preocupada por Adam —susurra Glenda.

Olivia asiente con la cabeza. Casi le da miedo preguntar, pero tiene que hacerlo. Necesita saberlo.

—¿Averiguaste con quién se estaba viendo Keith?

—Es eso, ¿no? —dice Glenda—. Todos queremos saber si Keith la estaba viendo a ella.

Olivia espera la respuesta. Dado que Glenda guarda silencio, murmura:

—¿La estaba viendo?

Glenda también baja la voz hasta un susurro.

—Keith me lo contó antes de que llegara la policía. Confesó que la veía. Dijo que borró todo del ordenador, pero sin duda podrán recuperar la información, ¿no? Y la policía se enterará. Seguro que ya lo han hecho; Keith debió de admitirlo. Se fue hace horas.

Olivia siente que la sangre le late en los oídos, y le aterra lo que pueda ocurrir a continuación.

Glenda se inclina hacia ella y dice:

—Keith jura que no la mató. Pero no sé si le creo.

Olivia la mira, recordando sus propias dudas sobre su marido, y se le parte el corazón por Glenda.

37

Webb va de un lado a otro en su oficina mientras una Moen exhausta lo observa sentada en su silla, frente al escritorio. Es tarde. Pero tienen a dos personas encerradas: Robert Pierce, que lleva detenido un día y tiene que ser acusado o puesto en libertad, y Keith Newell.

—Newell metió la pata cuando dijo que la puerta de la cabaña estaba cerrada con llave —observa Webb—. Antes había dicho que estaba abierta, y que la llave se encontraba sobre la encimera. —Webb deja de caminar y mira a Moen—. Quiere que creamos eso. ¿Por qué mentiría al respecto?

—A lo mejor se confundió un poco, como ha dicho —sugiere Moen.

Pero Webb sabe que ambos creen que Keith Newell cometió un desliz: fue obvio. ¿A qué vino, si no, la vuelta atrás, y la petición súbita y silenciosa a su abogado de detener el interrogatorio?

—Tú tampoco lo crees —dice Webb, y resopla.

—No, no lo creo —admite Moen—. Me parece que hace un rato cometió un error y lo sabe.

—Dice que aquel viernes llegó antes que ella —continúa Webb—. Así que sin duda cogió la llave de debajo de la lata de aceite del cobertizo antes de que apareciera Amanda. Probablemente ella no conocía el escondite. Él nunca dijo que ella estuviera al corriente.

Moen asiente con la cabeza.

—Y le dejó la llave a ella, porque se quedaba, y luego regresó, y si la puerta estaba cerrada con llave...

—... y tuvo que ir a por la llave, la tuvo que buscar en el escondite de siempre.

Webb mira sus notas.

—Dijo: «Intenté abrir la puerta pero estaba cerrada con llave. Fui a buscar...». Y en ese momento se detuvo. —Webb continúa—: Si la llave hubiera estado en otra parte, no habría sabido dónde buscarla.

—Está protegiendo a alguien —dice Moen.

—El que mató a Amanda Pierce debía de saber que había una segunda llave escondida bajo la lata del cobertizo, y la dejó ahí. Keith regresó al día siguiente, encontró la puerta cerrada y fue al cobertizo a buscar la llave sin pensarlo. Pero después se debió de dar cuenta de que las únicas personas que conocían ese escondite eran los Sharpe. Robert Pierce no lo conocía.

—A menos que Pierce viera a Newell recoger la llave.

Webb considera esto último.

—Si Pierce hubiera estado allí, observándolo en secreto, habría podido verlo entrar en el cobertizo, pero de ninguna manera pudo verlo sacar la llave de debajo de la lata de aceite. Está bien adentro, contra la pared. Habría podido deducir que la llave se guardaba en el cobertizo, pero no en qué sitio.

—Newell está tratando de proteger a Paul Sharpe.

Webb asiente con la cabeza.

—¿Y si de alguna manera Sharpe se enteró de que iban a usar la cabaña ese fin de semana? ¿Y si llegó después de que Newell se fuera, sabiendo que encontraría a Amanda allí? La mata, lo limpia todo, hunde su cuerpo y su coche en el lago y vuelve a casa en mitad de la noche. —Webb exhala con fuerza—. Al día siguiente llega Newell, encuentra la casa desierta y cerrada, la llave bajo la lata.

—Sharpe estaba nervioso; no pensaba con claridad —dice Moen—. Se olvida de que Newell va a regresar al día siguiente y va a encontrar la llave en el escondite de siempre: un obvio indicio de que él estuvo allí.

Webb asiente de nuevo.

—Entonces Newell también se puso nervioso. No sabía qué había pasado, pero debió de darse cuenta de que, en cualquier caso, Sharpe había pasado por allí. Cuando lo interrogamos, sabía que si decía que la puerta estaba abierta y que la llave estaba en la encimera, se abría la posibilidad de que la hubiese matado cualquiera, desde su marido hasta un total desconocido.

—Correcto.

—Pierce no habría sabido dónde poner la llave —dice Webb—. Tendremos que soltarlo.

—¿Cuánto tiempo hará que Keith Newell sabe que su mejor amigo es un asesino? —reflexiona Moen.

El viernes por la mañana deciden interrogar de nuevo a Keith Newell.

—Quiero probar con él una vez más y luego volveremos a hablar con Paul Sharpe —le explica Webb a Moen.

Keith Newell ha pasado la noche en una celda, y se nota.

—Empecemos —dice Webb, y le lanza una mirada al abogado de Newell. Luego se centra en este—. Me inclino a creerle —comenta. El otro lo mira con desconfianza—. Pienso que no mató a Amanda Pierce, después de todo. —Newell mira de reojo a su abogado—. Pero me parece que está encubriendo al culpable.

—¿Cómo? No. No encubro a nadie. No sé quién la mató.

Está alterado, pero trata de que no se le note.

—Pues yo creo que sí.

Newell niega con la cabeza enérgicamente, mira a su abogado en busca de apoyo y luego se vuelve hacia Webb.

—No sé nada. Ya se lo he dicho. Nunca pensé que le había ocurrido nada a Amanda hasta que la encontraron.

—¿Y qué pensó entonces, Newell?

Webb se le acerca y le clava los ojos.

—No..., no lo sé.

—Ha debido de pasarlo muy mal desde que encontraron el cuerpo. Sabía que alguien la había matado. ¿Quién creía que era? —Newell no responde, pero la mirada se le llena de angustia—. Cuando llegó a la cabaña el sábado, la puerta estaba cerrada.

—No, no es cierto. Estaba abierta y la llave estaba en la encimera de la cocina —insiste Newell con obstinación. Pero se resiste a mirar al inspector; clava la vista en la mesa.

—¿Adónde quiere llegar con esto? —pregunta el abogado—. Ya hemos hablado del tema, y mi cliente le ha dicho claramente que la puerta estaba abierta.

Webb fulmina al abogado con la mirada.

—También cometió un desliz y nos dijo que estaba cerrada y que había ido a buscar la llave. Y creemos que sacó la llave del escondite habitual. En esa cabaña asesinaron brutalmente a Amanda Pierce. Y quienquiera que «limpiara» después dejó la llave donde siempre. ¿Quién más tenía conocimiento del escondite, Newell?

Ve que el hombre se ha puesto pálido.

—No..., no lo sé.

—No lo sabe. Bueno, veamos. Paul Sharpe se lo contó a usted, así que él lo sabía, ¿no?

Keith Newell mira a su abogado y se vuelve hacia Webb.

—¿Quién más? —insiste Webb.

Olivia da un respingo al abrir la puerta y ver a los inspectores Webb y Moen parados en el umbral, con aspecto sombrío. ¿Qué pueden querer ahora? ¿Cuándo acabará este asunto? ¿Buscan que los ayude a poner el último clavo en el ataúd de Keith Newell? Ella quiere pasar página; no ve la hora de que todo esto termine.

—Buenos días —dice Webb, todo formalidad—. ¿Está su marido en casa?

—Sí —contesta ella, y abre sin más la puerta. Vuelve la cabeza cuando oye a Paul acercarse por detrás.

—¿Qué quieren? —pregunta Paul con recelo.

—Necesitamos que nos aclare algunas cosas —responde Webb.

—Ya he contestado a todas sus preguntas —protesta Paul. Pero parece preocupado; Olivia lo nota. Tampoco quiere hablar con los policías acerca de Keith.

—Nos gustaría que nos acompañara a la comisaría —dice Webb.

—¿Para qué? ¿No pueden hacerme las preguntas aquí?

—No. Necesitamos grabar el interrogatorio.

—¿Y si me niego?

—Entonces me temo que tendríamos que detenerlo —responde Webb, sin inmutarse.

De repente Olivia tiene miedo. ¿Por qué han vuelto a buscar a su marido? ¿Ha cambiado algo?

Raleigh aparece en las escaleras.

—¿Qué ocurre?

Olivia mira consternada a su hijo, sin saber qué decirle.

—Nos gustaría que también usted nos acompañara, señora Sharpe —señala Webb—. Queremos hacerle algunas preguntas.

Han dejado a Paul Sharpe en una sala de interrogatorios, esperando a su abogado. Mientras, Webb también ha citado a Glenda Newell para una entrevista. Hablarán con las esposas mientras aguardan al abogado. Empiezan por la señora Sharpe, que está sentada en la sala de interrogatorios, visiblemente nerviosa. Webb va directo al grano.

—Señora Sharpe, no nos llevará mucho tiempo —dice—. Tengo entendido que guardaban una segunda llave de la cabaña en el cobertizo, debajo de una lata de aceite.

—Así es —contesta ella.

—¿Quién más sabía lo de la llave oculta?

La mujer carraspea.

—Bueno, nosotros, claro. Mi marido y yo.

—¿Alguien más?

—Mi hijo. —Webb espera un momento. Ella añade en voz baja—: Y Keith Newell lo sabía. El verano pasado mi esposo le contó que empezamos a dejarla ahí después de que una vez nos fuéramos hasta la cabaña sin la llave.

—¿Alguien más?

Ella niega con la cabeza, desconsolada.

—No. Creo que no.

—Pues, verá, ese es el problema —dice Webb. Espera a que la mujer lo mire a los ojos—. No creemos que Keith Newell sea el asesino. Pero quienquiera que lo haya hecho, limpió la escena y luego volvió a poner la llave en su sitio.

Ella lo mira horrorizada cuando comprende la implicación.

38

Glenda estudia a los inspectores, sin saber cómo comportarse ni qué hacer. La sala de interrogatorios está vacía, a excepción de una mesa y unas sillas. Es intimidante. Aquí es donde su marido ha pasado tanto tiempo últimamente. Todas esas horas en las que ignoraba qué ocurría en la comisaria..., ahora comienza a hacerse idea. Su marido sigue dentro, en alguna parte, quizá en otra sala de interrogatorios como esta. ¿Qué les habrá dicho a los inspectores? ¿Qué piensan ellos? ¿Se lo dirán a ella? ¿O solo le harán un sinfín de preguntas buscando que lo inculpe?

—Señora Newell —comienza Webb.

Ella lo mira con antipatía. Está enfadada con él; enfadada y asustada. Solicitará un abogado si lo considera necesario; por ahora, cree que puede manejarlo.

—¿Sabía que su marido tenía una aventura con Amanda Pierce?

—No.

—Él lo ha admitido —dice el inspector sin rodeos.

Ella le devuelve la mirada y responde:

—No lo sabía.

—Usted conoce la cabaña de los Sharpe, ¿no es cierto? —pregunta Webb.

—Sí. Los Sharpe son buenos amigos. —Hace una pausa—. Estuvimos allí en junio pasado, y otra vez en julio.

—¿Sabe dónde guardan la segunda llave de la casa? —pregunta el inspector.

Ella se queda completamente inmóvil.

—¿Cómo dice?

Webb la mira con más atención, y ella se pone nerviosa.

—¿Sabe dónde se guardaba la segunda llave de la cabaña? —repite.

—¿La segunda llave? Yo no sé nada de ninguna llave —dice.

Webb le clava la vista.

—De acuerdo con su marido, usted sabía dónde estaba la segunda llave.

Glenda siente que le sudan las axilas. El ambiente está caldeado. Demasiados cuerpos juntos. Se mueve en su asiento.

—Se equivoca. No sé por qué le dijo eso.

—Es un detalle importante —replica Webb.

Ella guarda silencio. De repente siente que se marea. Es un detalle importante. Lo sabe. Obviamente ellos también. ¿Qué les habrá dicho Keith? Cae en la cuenta —demasiado tarde— de que debería haberle dicho la verdad a Keith. Pero no lo hizo, y ahora están en salas separadas siendo interrogados por los inspectores. Tendrían que haberse puesto de acuerdo. Podrían haberse protegido el uno al otro. Pero esa es la cuestión: nunca le contó la verdad a Keith, porque no estaba segura de que él fuese a protegerla.

Webb prosigue:

—Su esposo afirma que, cuando se marchó de la cabaña sobre las ocho de la tarde, Amanda estaba viva, pero que, cuando llegó a las diez y media de la mañana siguiente, su coche había desaparecido, y que la puerta de la cabaña estaba cerrada. Admite que sacó la llave del escondite de siempre, bajo la lata de aceite del cobertizo. —Webb se inclina hacia ella—. Quienquiera que mató a Amanda el viernes por la noche limpió todo y volvió a poner la llave en el escondite. Un error fácil de cometer, dado el estrés del momento.

Glenda no atina a decir nada. Fue un error muy estúpido.

—¿Señora Newell? —dice el inspector.

Pero ella no le hace caso; se le cruzan las ideas con los destellos de aquella noche horrible. Fregar el suelo de la cocina, limpiar las paredes, utilizar los detergentes que llevó de su casa. Conducir en el coche de Amanda hasta la curva de la carretera en la oscuridad y hundirlo adrede. Revisarlo todo, asegurarse de que estuviera impecable y ordenado. Al final estaba tan agotada que cerró y, sin pensarlo, volvió a poner la llave en el escondite de siempre.

Solo cuando Keith llegó a casa por la tarde al día siguiente, con cara de angustia, se dio cuenta de su error. Comprendió que habría buscado la llave y que habría deducido que alguien que sabía dónde la guardaban había pasado por allí.

Desde ese momento Glenda confió en que nunca se encontrara el coche con el horrendo cuerpo en el maletero; que todos —en especial Keith— pensaran que Amanda solo se había esfumado. Keith supondría que Paul —o casi seguro Glenda— había estado allí y se había enfrentado a Amanda, y que ella había decidido desaparecer y dejarlos en paz para siempre.

Keith nunca le dijo ni una palabra al respecto; tal vez tenía demasiado miedo de lo que realmente pudiera haber pasado. Bajo la confianza que exhibe, siempre ha sido un cobarde. Pero luego encontraron el coche. El cuerpo. Y han vivido los dos con ello desde entonces. Ella lo sabía, él lo temía.

Solo con que el coche no hubiese aparecido, piensa en vano Glenda. O con que Becky no hubiera visto a Paul con Amanda esa noche, no habría habido motivo para fijarse en Paul, para registrar la cabaña, para descubrir la sangre. No habrían relacionado el asesinato con la cabaña, con Paul, con Keith, ni con ella.

—¿Señora Newell? —repite Webb.

—¿Sí?

Tiene que concentrarse. ¿Qué le estaban diciendo? No piensa admitir nada. Todavía puede salvarse. En todo este tiempo se ha esforzado muchísimo por proteger a las personas que quiere. Adam la necesita. No necesita a su padre como la necesita a ella. Tal vez aún pueda echarle la culpa a Keith. El muy cabrón se lo merece por engañarla. Pensó en todo, salvo en la llave.

—No sé nada de ninguna llave —dice con firmeza—. No sé por qué mi marido le ha dicho tal cosa —repite.

—Señor.

—Sí, ¿qué pasa? —pregunta Webb, molesto. En este momento está demasiado ocupado.

—Han denunciado un homicidio.

Webb levanta la vista sorprendido.

—¿Dónde?

—Calle Finch, número 32. Una vecina descubrió el cuerpo y llamó a emergencias. La víctima es —el agente comprueba sus notas— una mujer llamada Carmine Torres. Los agentes de uniforme están en el lugar del hecho, señor.

—Será mejor que vayamos allí. Envíame a Moen, ¿vale?

—Sí, señor.

Webb coge su chaqueta y encuentra a Moen de camino.

—¿Qué tenemos? —pregunta Moen.

—Lo sabremos al llegar —dice Webb.

Aparcan delante de una bonita casa gris con contraventanas azules y puerta roja. El precinto amarillo de la policía cruza el umbral de la entrada, y hay un agente uniformado de la división de patrulleros haciendo guardia.

—El equipo de homicidios está en camino, señor —le dice el agente. Webb se fija en una mujer un poco apartada, en el camino de entrada, a la que consuela otro agente. Con toda seguridad es la que descubrió el cuerpo.

Webb entra en la casa. La víctima está tirada en el suelo. Lleva un albornoz rosa y un camisón debajo. Por los visibles moratones de su cuello es obvio que la estrangularon con alguna cuerda o cordel. Nada lo bastante fino como para cortar la piel.

—¿Tenemos el objeto con que fue estrangulada?

—No, señor.

—¿Alguna señal de que forzaran la puerta?

—Tampoco, señor. Hemos revisado la casa y el terreno. Parece que la víctima dejó entrar al asesino por la puerta principal, y que la mataron en cuanto le dio la espalda.

—Está en camisón —observa Webb—. Lo más probable es que conociera a quien la mató.

Se inclina para observar más de cerca. Parece que lleva muerta un tiempo, al menos un día, quizá más.

—El forense está en camino.

Webb hace un gesto de asentimiento.

—¿Quién la descubrió? ¿La mujer que está fuera?

El oficial asiente con la cabeza.

—Una vecina.

Webb cruza la mirada con Moen y los dos vuelven a salir. Se acercan a la mujer que está de pie en la entrada. No está llorando, pero parece muy conmocionada.

—Soy el inspector Webb —dice—. ¿Me indica su nombre, por favor?

—Zoe Petillo —dice la mujer.

—¿Usted encontró el cuerpo?

Ella asiente con la cabeza.

—Carmine vivía sola. Llevaba un par de días sin verla. Como noté que no había recogido el periódico, llamé a
la puerta. No contestó. Probé a abrir y la puerta no tenía
la llave echada, así que entré y la vi tirada. —Se estremece—. No puedo creerlo. Acababa de llegar al barrio, estaba
tratando de hacer amigos.

—¿La conocía bien? —pregunta Webb.

—En realidad, no. Solo de hablar en la calle —dice
Zoe, y añade—: Hace poco entraron en su casa y se estaba
volviendo loca tratando de averiguar quién había sido.

Webb recuerda que Raleigh Sharpe confesó haber
allanado esta casa. Recuerda la dirección, Finch 32. La mujer continúa:

—La verdad, se estaba poniendo un poco pesada; iba
diciendo a todos que podían haber entrado en su casa sin
que se dieran cuenta. Alarmaba a todo el mundo. —Sacude la cabeza, claramente perturbada—. Pero esto es terrible.
Antes aquí no pasaban estas cosas.

—¿Vio a alguien entrar o salir de su casa estos días?

De pronto ella lo mira consternada, como si acabara
de ocurrírsele algo. Dice intranquila:

—Ahora que lo menciona, lo cierto es que sí.

Glenda levanta la vista sobresaltada cuando los inspectores
Webb y Moen vuelven a la sala de interrogatorios. Se han

ausentado un largo rato, dejándola cocerse en su propio miedo y ansiedad.

Webb le lee sus derechos.

—No necesito un abogado —dice ella, asustada.

—¿Está segura? —pregunta Webb.

—No sabía nada de esa llave.

—De acuerdo —dice Webb con ecuanimidad. Luego añade—: Carmine Torres ha sido asesinada.

Glenda siente que la sangre se le sube a la cabeza; teme desmayarse. Se aferra al borde de la mesa. Webb se le acerca.

—Creemos que la mató usted.

Glenda siente que empalidece, niega con la cabeza.

—Yo no maté a nadie.

—La vieron —dice Webb sin rodeos—. Carmine Torres descubrió que usted había matado a Amanda Pierce.

Se la queda mirando un momento, clavándole los ojos. Finalmente ella aparta la vista.

Empieza a venirse abajo. No hay escapatoria. Otro error por el que pagará muy caro. No debería haber matado a Carmine, maldita entrometida. Perdió el juicio, ciega de miedo. Actuó por instinto. No calculó bien. Al final levanta la cabeza, mira a los inspectores y consigue decir:

—Es cierto, la maté. Temía que lo hubiera descubierto. —Luego aparta la vista, derrotada, y añade—: También maté a Amanda Pierce. Tenía una aventura con mi marido.

Webb y Moen salen de la sala de interrogatorios y se alejan por el pasillo para intercambiar pareceres.

—¿Qué opinas? —pregunta Webb.

—¿Qué, no la crees? —dice Moen.

—Estoy convencido de que mató a Carmine Torres. Pero me parece que mintió al decir que mató a Amanda Pierce. En ese momento apartó los ojos. Hizo otro gesto. Creo que está protegiendo a alguien.

—¿Su marido?

—No creo que confesara el asesinato para proteger a su marido, ¿tú sí?

39

Tiemblo tanto que cualquiera puede notarlo. Siento náuseas, pero no es solo por la bebida.

Los inspectores me llevan a una habitación en la que una cámara me apunta desde un rincón del techo. Sé que mis padres están aquí, en alguna otra habitación como esta. La inspectora me trae una lata de refresco. Se presentan como los inspectores Webb y Moen; la otra mujer es una abogada.

El inspector Webb revisa el procedimiento, pero apenas puedo asimilar nada; enciende la grabadora. Dice:

—Adam, tu madre ha confesado que mató a Amanda Pierce.

Le devuelvo la mirada, incapaz de hablar, negando con la cabeza. Aguanto las ganas de vomitar, me trago la bilis. Mamá me dijo que nunca admitiera lo que había hecho. Pero no me dijo que ella cargaría con la culpa. Ojalá estuviera aquí a mi lado, para decirme qué hacer ahora. Me paso la lengua por los labios secos.

—Nos dijo que fue a la cabaña, la golpeó hasta matarla con un martillo y hundió el cuerpo en el lago.

Me echo a llorar. Después de un rato consigo decir, negando con la cabeza:

—No. Yo fui el que mató a Amanda Pierce.

Es un gran alivio decirlo en voz alta. Lo he cargado en mi conciencia como un monstruo que clamaba por salir. Sé que mi madre ha tenido miedo de que me emborrachase y lo soltase en alguna parte. Yo también lo he tenido. Bien, ya no tendrá que preocuparse.

Los inspectores me miran, esperando. Tengo que contarles todo.

—Mi padre se acostaba con Amanda Pierce.

—¿Cómo te enteraste? —pregunta Webb.

—Él tiene apuntados sus nombres de usuario y contraseñas en un cuaderno que guarda en el fondo de su escritorio. Usé su ordenador y encontré su cuenta privada de correo electrónico en línea. La había escondido. Siempre borra el historial del navegador para que no aparezca la cuenta de correo electrónico. Pero encontré sus correos. Sabía que estaba viendo a alguien, pero no a quién, porque usaban nombres inventados en sus direcciones. Ella estaba embarazada. Pensé que mi padre iba a dejar a mi madre y empezar una nueva familia con ella. Mi madre no sabía nada.

Trago y hago una pausa. ¿Cómo habrían sido las cosas si le hubiera dicho a mi madre lo que sabía en lugar de ir a la cabaña?

—¿Qué pasó, Adam? —pregunta suavemente la inspectora Moen.

Cuento la historia sollozando.

—Sabía que se iban a encontrar en la cabaña de Sharpe esa noche. Lo oí hablar con ella por teléfono. Solo quería ver quién era la mujer, nada más. No planeaba matarla.

Es la verdad, y observo a los tres para ver si me creen, pero es imposible saber qué piensan.

—Cogí el coche de mamá. Todavía no tengo el permiso, pero he estado aprendiendo a conducir con el suyo, y había ido a la cabaña con mis padres muchas veces, así que sabía el camino. Papá dijo que volvería a casa a eso de las nueve. Yo quería llegar después de que él se fuera y verla, averiguar quién era y mandarla a tomar por culo. Decirle que se lo iba a contar a mi madre.

Paro un momento, reuniendo coraje para la siguiente parte.

—¿A qué hora fue eso, Adam? —pregunta Webb.

—Serían las nueve menos cuarto, a lo mejor las nueve. No estoy del todo seguro. —Inspiro hondo—. Dejé el coche en el camino, subí a la cabaña y miré por la ventana del frente. La reconocí. Sabía quién era. La había visto por el barrio. Pensé en irme en ese momento. Y ojalá lo hubiera hecho. Pero lo cierto es que abrí la puerta. Estaba de pie en la parte de atrás de la cocina mirando el lago por la ventana. Se volvió...

Cierro los ojos un momento, haciendo memoria. Tiemblo de nuevo; se me abren los ojos.

—Sonreía, quizá esperando a mi padre. Pero luego me vio. Creo que ni siquiera sabía quién era yo. Había un martillo en la encimera. Lo vi y lo cogí sin siquiera pensarlo. Estaba furioso: con ella, con mi padre. No sé qué me pasó. Sentí una tremenda... rabia. Me abalancé sobre ella y le di un martillazo en la cabeza.

Me callo y todos se me quedan mirando, como si no pudieran apartar la vista. Siento las lágrimas que me corren por la cara y no me importa; continúo entre sollozos:

—Seguí dándole y dándole y ni siquiera me importó saber que la estaba matando.

—¿Cuántas veces la golpeaste? —pregunta el inspector Webb al cabo de un minuto.

—No me acuerdo. —Me limpio los mocos de la cara con la manga—. Solo seguí golpeándola hasta que estuvo muerta.

De nuevo me callo. No tengo fuerzas para contarles el resto. Quiero irme a casa a dormir. Pero sé que no podré hacerlo. El silencio parece alargarse mucho tiempo.

La inspectora Moen pregunta:

—¿Qué hiciste después, Adam?

La miro con miedo.

—Me quedé sentado un rato en el suelo. Cuando se me pasó la conmoción, no podía creer lo que había hecho. Estaba cubierto de sangre. No sabía qué hacer. —Trago saliva—. Así que llamé a mi madre.

La inspectora Moen me observa con comprensión. Decido mirarla solo a ella. Parece amable y estoy muy asustado, pero tengo que continuar. Solo miro sus ojos, a los de nadie más, mientras cuento el resto de la historia.

—Le confesé a mi madre lo que había hecho. Le pedí que me ayudara. —Empiezo a lloriquear de nuevo—. Vino a la cabaña en el coche de mi padre. Cuando llegó y me vio, pensé que me abrazaría, que me diría que todo iba a salir bien y que llamaría a emergencias. Pero no. —Ya estoy llorando tanto que tengo que parar un momento. Después de un rato, sigo—: No me abrazó, pero me dijo: «Te quiero, Adam, pase lo que pase. Te voy a ayudar, pero tienes que hacer exactamente lo que te diga». Llevaba guantes y también me dio unos. Me indicó que me pasara una enorme bolsa de basura negra por encima de la cabeza como una camiseta para no dejar fibras en el cuerpo, y luego me dijo que cogiera a Amanda y la metiera en el maletero de su coche. Tenía una muda de ropa para mí y un montón de bolsas de plástico. Después de que metiera a Amanda en el coche, me dijo que fuese al lago y me quitara toda la ropa y la pusiera en las bolsas y me lavara. El agua estaba helada. —Mi voz se ha vuelto monótona—. Me puse la ropa que mamá me había llevado. Ella limpió el salón hasta que quedó igual que antes. Mientras limpiaba, subí al bote de remos. Estaba muy oscuro. Dejé caer el martillo en medio del lago y puse piedras pesadas en la bolsa de la ropa y la anudé bien fuerte y la eché en otra parte del lago, como me había indicado mamá. Una vez que quedó todo limpio, ella se subió al coche de Amanda y arrancó y yo la seguí en el suyo. Se detuvo en una curva del camino. Ya era muy tarde, pasada medianoche. Dejé el coche un poco lejos y me acerqué. Bajó todas las ventanillas y los dos empujamos el coche al agua.

»Se hundió de inmediato. Mamá me dijo que nadie lo encontraría. Que si no me venía abajo y no decía nada, nadie tenía por qué saberlo nunca. Y luego volvimos a la cabaña para revisarlo todo y recoger el coche de papá. Después regresamos a casa. Yo conduje su coche y ella me siguió en el de papá.

»Cuando llegamos, papá ya estaba dormido. Mamá le había dicho que iba a casa de su amiga Diane y que yo estaba en una fiesta. Al parecer no puso objeciones, pero lo cierto es que no lo sé. No sé si se dio cuenta de que esa noche se usaron los dos coches. Sé que regresó a la cabaña al día siguiente como tenía planeado. Me quedé en mi habitación todo el día, enfermo y aterrorizado. Volvió a casa y actuó como si no pasara nada, pero lo noté tenso. Todos hicimos como si no pasara nada. Pero yo la había matado, y mamá lo sabía, y creo..., creo que papá lo sospechó.

Miro a Moen y le digo:

—Mi madre no la mató. Ella solo me ayudó a limpiar el desastre. Fue culpa mía. Y de la otra..., Amanda. Mis padres eran muy felices hasta que llegó ella.

—Tu madre es cómplice de asesinato —dice el inspector Webb.

—No —protesto—. No tuvo nada que ver. —Me derrumbo en mi silla, exhausto. Miro a la inspectora Moen. Estoy demasiado asustado para mirar a Webb, o a la abogada.

—¿Qué me va a pasar? —pregunto.

La inspectora me mira con el ceño fruncido, pero hay una amabilidad sombría en su gesto y tristeza en sus ojos.

—No lo sé —dice, y mira a mi abogada—. Pero solo tienes dieciséis años. Se va a arreglar.

Webb se echa atrás en su silla y se queda mirando en silencio mientras Moen consuela a Adam, con su abogada al lado.

—¿Conoces a Carmine Torres? —pregunta.

Adam tiene la cara hinchada y colorada. Parece sorprendido por la pregunta. Webb está seguro de que Adam no tiene idea de que su madre la ha matado.

Adam se sorbe la nariz.

—Sí, sé quién es.

—¿De qué la conoces? —pregunta Moen.

—Vino a casa a hablar de los allanamientos. Y la he visto por el barrio.

—Está muerta —dice Webb sin rodeos.

Adam parece sobresaltarse.

—Vi a la policía en su casa...

—La asesinaron.

Adam mira a su abogada, obviamente confundido.

Webb tiene que decírselo.

—La mató tu madre. Para protegerte.

Glenda levanta la vista cuando se abre la puerta y Webb y Moen regresan a la sala de interrogatorios. Lleva horas aquí sentada. Ya tiene un abogado, que ha sido citado y ahora la acompaña.

Webb y Moen se sientan enfrente de ella y, por cómo se conducen, Glenda se da cuenta de que ha sucedido algo. Se prepara para la revelación. Webb tarda en decírselo.

—Adam ha confesado.

Glenda trata de mantener la calma, por si quieren engañarla, pero el inspector comienza a entrar en detalles, cosas que solo Adam podía revelar. Glenda se echa a llorar, en silencio, clavando la mirada en la mesa mientras las lágrimas le corren por las mejillas. Esa noche, cuando llegó a la cabaña, entendió que Adam había empezado a beber al enterarse de lo de su padre y Amanda.

—Es me instituto nor de edad —dice Webb—. El asesinato de Amanda fue impulsivo, no premeditado. Podría salir de prisión antes de cumplir los dieciocho años.

Glenda lo mira, sintiendo un rayo de esperanza.

—Pero usted pasará en la cárcel mucho más tiempo.

Su cuerpo se hunde. No sabe cómo lo ha soportado, cómo ha aguantado tanto sin desmoronarse. «¿Cómo se me ocurrió que Adam podía con ello?». Claro que confesó. Piensa en el peso terrible de ocultarle la verdad a todo el mundo, esconder lo sucedido a su marido, ir comprendiendo que quizá él lo había descubierto. Temer que Adam se emborrachase y le contase a alguien lo que había hecho. Comprender por fin que había cometido un error terrible.

Mira desesperada al inspector.

—Yo solo quería proteger a mi hijo.

Webb responde:

—Habría sido mejor para todos que llamara a emergencias.

Epílogo

O livia está con la mirada ausente delante de la ventana. La pesadilla no ha terminado, solo ha cambiado de forma. Paul ha sido completamente absuelto. Adam ha confesado. Olivia no se hace a la idea: todo el tiempo, Adam era el que había matado a Amanda y Glenda le ayudó a encubrirlo. Y Olivia ni siquiera lo había sospechado.

Lo que pasó en su cabaña le resulta repugnante. Nunca volverá a ir allí. Tendrán que venderla. También ha desaparecido ese pedazo de su antigua vida.

Y Glenda ha confesado el asesinato de Carmine. Da escalofríos. Olivia imagina a Carmine muerta en el suelo. Dicen que la estrangularon con una cuerda. Trata de no pensar en Glenda asfixiando a Carmine por detrás; le provoca vértigo. Al parecer, Glenda consideraba a Carmine una amenaza; temía que los hubiera visto a Adam y ella conduciendo a casa en coches separados la noche en que Amanda fue asesinada y que hubiera deducido el resto y pudiera contárselo a la policía. Tal vez, a esas alturas Glenda estaba completamente desquiciada, piensa Olivia. Glenda pensó en proteger a su hijo. Una madre haría casi cualquier cosa por el suyo.

Olivia se pregunta si la actual sensación de irrealidad desaparecerá alguna vez. Se pregunta cómo seguirán ella y Paul. Él sabe que, durante un tiempo, ella creyó que podría ser el culpable. Tendrán que vivir con eso.

Se le llenan los ojos de lágrimas. ¿Cómo se las apañará sin Glenda? No soporta la idea de que sea una asesina; siempre tratará de pensar en ella nada más que como Glenda, su mejor amiga. Ya la echa de menos de un modo insoportable. De alguna manera tendrá que arreglárselas sin ella.

Raleigh se declarará culpable de tres cargos de allanamiento de morada y uso no autorizado de un ordenador; como es menor de edad, su abogado cree que puede conseguir para él una condena ligera, de servicio comunitario. Raleigh les ha prometido que lo del hackeo se ha acabado. Ya lo ha dicho antes. No está segura de creerle.

Robert Pierce está encantado. Tan encantado como se lo permite su corazón frío y oscuro.

Ignoraba lo de Keith Newell. Cuando arrestaron a Paul Sharpe, supuso que era el otro amante. Pero su esposa había estado viendo a Keith Newell, cuyo hijo acabó matándola. Es bueno saber finalmente qué pasó. Es bueno dejar de sentirse amenazado.

Robert reconoce que está mejor sin Amanda. La relación se estaba poniendo imposible. Había pensado en matarla él mismo.

Mira a Becky alejarse con el coche. Entonces se pone los guantes de jardinería, coge el desplantador y se dirige al jardín para desenterrar el móvil. Todo ha acabado bien, pero en cualquier caso tiene que deshacerse del teléfono de Amanda de una vez por todas. No se ha olvidado de ese maldito adolescente, que podría haber husmeado en él. Hay cosas en el teléfono que realmente no quiere que vea nadie. Amanda era más lista de lo que él creía.

Cogerá el teléfono y conducirá un par de horas hacia el norte río arriba, hasta un lugar desierto que conoce. Lo volverá a limpiar y lo arrojará al agua profunda del Hudson.

Robert se hinca de rodillas y cava donde enterró el teléfono, pero no lo encuentra de inmediato. Cava más hondo, más aprisa, en una zona cada vez más amplia, revolviendo la tierra sin parar, con la respiración acelerada de la rabia. No está.

Becky. Debió de verlo en el jardín. Siempre lo estaba observando. Debió de desenterrar el teléfono.

Robert se pone de pie, tratando de controlar la furia, y mira la casa vacía de Becky al otro lado de la cerca. Planea su próxima jugada.

Agradecimientos

Sé que no estaría donde estoy si no fuera por las siguientes personas, a las que debo mi mayor gratitud: mis editores en el Reino Unido Larry Finlay, Bill Scott-Kerr, Frankie Gray, Tom Hill y el fenomenal equipo de Transworld UK; mis editores en Estados Unidos Brian Tart, Pamela Dorman, Jeramie Orton, Ben Petrone y el resto del fantástico equipo de Viking Penguin; y mis editores en Canadá Kristin Cochrane, Amy Black, Bhavna Chauhan, Emma Ingram y el magnífico equipo de Doubleday Canada. Una vez más, gracias por todo. Sé que la suerte forma parte del mundo editorial y me siento muy afortunada de trabajar con todos vosotros. Estáis entre los mejores del negocio, y además sois un grupo de personas muy simpático, trabajador y divertido. Gracias a todos y cada uno de vosotros.

Helen Heller, ¿qué puedo decir? Me has cambiado la vida. Y yo disfruto de ti y te aprecio más de lo que puedo expresar. Gracias también a todos en la Agencia Marsh por seguir haciendo un excelente trabajo de representación en todo el mundo.

Un agradecimiento especial, una vez más, a Jane Cavolina por ser la mejor correctora que una escritora ocupadísima puede tener.

Además, quiero agradecer a Mike Illes, M.Sc., del Programa de Ciencias Forenses de la Universidad de Trent, por su inestimable ayuda a la hora de responder mis preguntas en materia forense, y hacerlo con rapidez y buen humor. ¡Gracias, Mike!

También quiero dar las gracias a Jeannette Bauroth, cuya donación caritativa a la Writers' Police Academy le valió que su nombre figure en este libro.

Me gustaría señalar que cualquier error en el manuscrito es todo mío. No creo que haya ninguno, pero nunca se sabe.

Por último, gracias a Manuel y a nuestros hijos. No podría hacer esto sin vosotros. Y Poppy: eres el mejor gato y la mejor compañía, día tras día, que cualquier escritor pueda desear.

Shari Lapena trabajó como abogada y profesora de inglés antes de dedicarse a escribir. Es la autora de *thrillers* que fueron éxitos de venta a nivel internacional: *La pareja de al lado*, *Un extraño en casa* y *Un invitado inesperado*. Actualmente reside en Toronto, Canadá.

megustaleer

Esperamos que
hayas disfrutado de
la lectura de este libro
y nos gustaría poder
sugerirte nuevas lecturas
de nuestro catálogo.

Si quieres formar parte de nuestra
comunidad, regístrate en
www.megustaleer.club y recibirás
recomendaciones de lecturas
personalizadas.

Te esperamos.